KB018139

공존하는 소설

공존하는 소설

안보윤
서유미
서고운
최은영
김 숨
김지연
조남주
김미월

창비

머리말

환대하고 연대하는 열린 공동체를 위하여

이제 우리는 감염병 상황으로 3년 동안 쓰던 마스크를 벗고 학교에서 학생들을 만납니다. 마스크를 벗은 학생들은 한동안 볼 수 없었던 환한 미소와 생생한 표정을 그대로 드러냅니다. 그런 아이들의 얼굴을 보면서 너무나 평범해서 인식조차 하지 못했던 일상이 얼마나 소중한 것인지 알게 되었습니다. 학생들과 스스럼없이 이야기하고 수업하는 이 순간이 얼마나 감사한 것인지도요.

감염병 상황은 우리 사회의 취약한 부분과 양극화 문제를 가감없이 보여 주었습니다. 지난 3년간의 상황만을 환기해 봤을 때도 노인, 아동, 비정규직 노동자, 빈곤 계층 등 생존을 위협받았던 이들이 떠오릅니다. 보이지 않았던, 아니 어쩌면 외면하고 있었던 사회적 약자들이 코로나-19라는 특별한 상황에서 얼마나 위태롭고 아슬아슬한 처지에 놓여 있는지 드러났지요.

그리고 이들을 향해 평소라면 쉽게 드러내지 못했을 혐오의 말들도 거침없이 쏟아져 나왔습니다. 우리가 얼마나 차갑고 날카로운 차별의 말들을 마음속에 품고 있는지를 알게 해 주었지요. 이렇게 코로나-19는 구분 짓기와 배제, 그리고 냉소와 이기심의 문제를 그대로 드러내는 계기가 되었습니다.

우리는 누구나 약자가 될 수 있습니다. 나이, 학력, 직업, 거주지, 건강 상태는 변하는 것이고, 이런 조건에 따라 약자로서의 정체성은 얼마든지 변할 수 있습니다. 그럼에도 불구하고 약자에 대한 우리의 인식은 현저히 부족합니다. 이미 이주 노동자 없이는 대한민국 경제가 유지되기 어렵지만, 그들이 정당한 대우와 존중을 받고 있는지는 의문입니다. 하루가 멀게 들려오는 아동 학대나 노인 학대의 이야기도 우리를 우울하게 합니다. 장애인이나 여성, 성 소수자들 또한 혐오나 차별의 시선에서 자유롭지 못합니다.

어쩌면 우리가 코로나-19를 겪으며 얻은 가장 큰 교훈은 우리 모두에게 서로가 필요하다는 사실일 것입니다. 위기의 시대에 연결과 연대의 중요성은 앞으로 더 커질 수밖에 없겠지요. 좋은 사회가 되어야 모두가 살아남을 수 있고, 그 방법은 결국 '공존'뿐이라는 생각이 듭니다. 이런 재난과 위험은 언제든 다시 우리를 찾아올 수 있기 때문입니다. '공존'만이 안심하고 살아갈 수 있는 포용적이고 관용적인 세상을 만드는 유일한 길이 아닐까요?

직접 경험하지 않으면 우리는 타인을 온전히 이해할 수 없습니다. 그렇지만 문학은 우리를 타인의 삶으로 인도하고 타인에 대한 공감과 이해의 영역을 확장시킵니다. 마음을 움직이게 하고, 연민의 눈으로 바라보게 하죠. 문학이 유토피아 같은 세상을 만들 수는 없지만, 우리가 꿈꾸는 세상을 향한 토론의 장은 만들 수 있습니다. 이제는 우리가 질문하고 고민하며 스스로를 변화시킬 때입니다.

이 책이 열악한 위치에 놓인 우리 사회 구성원들에 대해 인식하고, 배타적인 공동체가 아닌 환대하고 함께하는 열린 공동체를 지향하는 데 조금이라도 도움이 되길 희망합니다. '각자 따로 있는 것'이 아닌 '같이 함께 있는 것'을 지향하면서 말입니다. 지금 우리에게 필요한 것은 '다시, 계속해서, 희망하는 태도'일 테니까요.

동료 선생님들과 함께 처음 책을 엮은 지 벌써 5년의 시간이 지났습니다. 그리고 드디어 4번째 소설집을 세상에 내놓게 되었습니다. 같은 지향을 가진 좋은 동료가 있다는 건 분명 인생의 큰 행운입니다. 또한 편집자의 한결같은 신뢰가 아니었다면 이 책은 세상에 나오지 못했을 것입니다. 김현정 편집자님께 다시 한번 감사의 말을 전하며, 좋은 작품들을 수록할 수 있도록 허락해 주신 작가님들께도 함께 감사의 말을 전합니다.

2023년 9월

다시 엮은이들의 마음을 모아

차례

안보윤

2005년 장편 소설 『악어떼가 나왔다』로 문학동네작가상을 받으며
작품 활동을 시작했다. 소설집 『소년7의 고백』, 『비교적 안녕한 당신의 하루』,
중편 소설 『알마의 숲』, 장편 소설 『여진』, 『밤의 행방』, 『사소한 문제들』,
『우선 멈춤』, 『모르는 척』 등을 썼다. 자음과모음문학상, 웹진문지문학상,
이상문학상, 김승옥문학상, 현대문학상 등을 수상했다.

밤은 내가 가질게

1

어머니, 주승이 때리셨어요?

여자가 얼굴을 찌푸린다. 무슨 소린지 모르겠다는 표정을 지으려 노력한다. 여자는 가끔 저능한 척하고 귀가 안 들리는 척하며 마른 덩굴인 양 몸을 뒤튼다. 전부 연기다.

여기, 이거 보세요. 내가 주승이 어깻죽지를 가리킨다. 새끼손가락만 한 크기의, 파랗고 반들반들한 멍이 거기 있다. 여자가 기억을 더듬는 척하는 사이 주승이 바지를 벗긴다. 식탁 모서리에 부딪혔다고 둘러댈 수 없는 곳, 넘어져서 다친 거라고 우길 수 없는 허벅지 안쪽과 옆구리 등지, 겨드랑이 아래를 샅샅이 살핀다. 차가운 손이 닿자 주승이가 콩벌레처럼 몸을 오그린다. 상관없다. 내가 지금 하는 일은 정의롭고 타당하다. 심지어 주승이를 위한 일이기도 하다.

말씀 안 하시면 저희도 원칙대로 처리할 수밖에 없어요. 어떻게 된 거예요, 이 멍?

다시 한번 다그치자 여자가 눈동자를 굴린다. 툭 불거진 눈 때문에 눈꺼풀이 세 겹이나 주름져 있다. 갑상선에 문제가 있는 거겠지. 그러나 여자의 문제는 그뿐만이 아니다.

주승이가 우리 어린이집에 입학했을 때 가족 관계 증명서보다 먼저 도착한 건 아동 복지국 공문이었다. 여자에게 아동 학대 전력이 있으니 이상 징후가 있으면 곧바로 신고하라는 내용이었다. 주승이는 네 살 나무반으로 들어왔지만 체구가 세 살 아이만큼 작았다. 가자미처럼 넓적한 얼굴이 여자와 꼭 닮아 있었다.

나무야, 나는 너만 믿는다, 알지?

원장이 그렇게 말했기 때문에 나는 주승이 머리부터 발끝까지 꼭짓점을 찍어 가며 꼼꼼히 살폈다. 주승이는 아이들과 어울리지도, 말을 하지도 않았다. 옆에서 무슨 소란이 일든 무표정했다. 조립이 덜 끝난 나무 인형처럼 교실 끝자락에 붙박여 있었는데 사흘, 일주일이 지나도 그대로였다. 신경은 쓰이지만 이상할 정도는 아니었다. 교실에는 언제나 먹은 걸 토하는 아이와 옆 사람 머리통에 이를 박는 아이와 오줌을 지리는 아이가 뒤섞여 있었다. 소란

피우는 아이보다 멍한 아이가 낫지. 그렇게 생각하며 한 달을 흘려보냈을 때였다.

선생님이 우리 주승이 때렸어요?

어린이집에 들어선 여자는 다짜고짜 소리부터 질렀다. 아이를 등원시키던 부모들이 나를 돌아보았다.

어제까지만 해도 이런 거 없었거든요! 어린이집 다녀와서 생긴 거거든요!

여자가 주승이 웃옷을 훌렁 벗겼다. 턱 아래부터 빗장뼈까지 가늘고 긴 생채기가 두 줄 나 있었다. 어떻게 봐도 손톱자국이었다.

믿고 맡겼는데! 애를 이 지경으로 만들어 놓고! 시위를 당긴 활처럼 팽팽해진 여자가 소리쳤다. 어제 내가 주승이와 접촉한 일이 있었던가? 당연히 있겠지, 내가 선생인데. 급식 먹을 때? 왜 율동을 따라 하지 않느냐고 물었을 때? 장난감 정리 시간? 낮잠 시간? 머릿속이 아득해졌다. 시끄러운 소리에 달려 나온 원장이 나를 원장실로 끌어갔다. 여자가 씨근대며 따라 들어와 내 옆에 버티고 섰다.

주승이 어머니, 일단 진정을 좀 하세요. 원장 목소리에는 당혹감보다 짜증이 짙게 배어 있었다. CCTV 기록을 찾아 모니터에 띄운 뒤엔 엄밀한 목소리로 덧붙였다. 어디서 난 상처인진 보면 알겠죠.

첫 화면은 텅 비어 있었다. 고동색 카디건을 입은 어제의 내가 화면 끝에 나타났다. 이쪽저쪽을 분주히 오가다 사라지더니 아이 손을 붙잡고 교실로 돌아왔다. 아이를 원탁에 앉히고 가방을 벗긴 뒤 알림장을 꺼내는 모습이 서너 차례 반복됐다. 아이들은 조금씩 몸을 기울이다 벌떡 일어서거나 뒤로 드러누웠다. 어제의 내가 다섯 번째 아이를 교실로 들여놓았을 때 핸드폰이 울렸다.

[우리가 신고할까 봐 먼저 덤터기 씌우는 거야. 말려들지 말고 정신 똑바로 차려.]

원장이 보낸 카톡이었다. 그러고 보니 과장되게 어깨를 들썩이던 것에 비해 여자 얼굴이 냉랭했다. 일곱 번째 아이가 등장했을 때에는 심지어 지루한 기색이었다. 주승이는 아홉 번째로 등장했다. 내가 알림장을 펼쳐 보는 사이 슬금슬금 몸을 옮긴 주승이가 교실 벽에 등을 붙이고 앉았다. 화면 가장자리라 납작한 뒤통수만 가까스로 보였다. 열 개의 머리통이 당구공처럼 쉴 새 없이 굴러다니는 동안 주승이는 꼼짝도 하지 않았다. 그래, 주승이는 저 자리에 있었다. 율동 시간에도 낮잠 시간에도. 어제뿐 아니라 일주일 전 자료를 확인해도 마찬가지일 것이었다. 나는 허리를 곧추세웠다. 기묘한 안도감이 흘러들었다.

나는 보상을 바라는 게 아니에요!

여자가 갑자기 소리쳤다.

보상 같은 건 됐고! 앞으로 우리 애를 똑바로! 잘 보란 소리를 하고 싶은 거라고요!

말릴 새도 없이 여자가 나가 버렸다. 열린 문으로 담당 선생과 상담하는 척 원장실을 주시하고 있던 엄마들이 보였다. 원장 얼굴이 시뻘겋게 달아올랐다.

그날부터 나는 주승이가 어린이집에 도착하자마자 거실에 세워 놓고 옷을 벗겼다. 팔 어깨 등 배 다리, 네, 아무 이상 없네요. 두고 가세요. 저녁에 여자가 마중 오면 다시금 주승이 옷을 벗겼다. 턱을 들어 올리게 하고 팔다리를 활짝 펼쳐 주승이 몸 구석구석을 여자에게 확인시켰다. 어머니, 주승이 팔 어깨 등 배 다리, 아무 이상 없는 거 보이시죠? 멍든 곳 긁힌 곳 까진 곳 하나도 없는 거 보이시죠? 내일 아침에 상처 난 곳이 있으면 그건 어머니가 그러신 거예요. 아시겠어요?

그리고 오늘, 여자는 드디어 꼬리를 밟혔다. 나는 벌거벗은 주승이를 여자 쪽으로 돌려세웠다.

어제까지만 해도 주승이 몸에 벌레 물린 자국 하나 없었어요. 보셨잖아요? 그렇죠? 이거 어머니가 그런 거 맞죠?

시위를 당긴 활처럼 팽팽해진 내가 물었다. 목소리가 스치는 부위마다 근육이 새로 붙는 느낌이었다. 나는 주승이 어깨의 파랗고 반들반들한 멍을 어루만졌다. 좀 더 크고 뚜렷했다면 좋았을 텐데. 단면이 거칠거칠하거나 이쪽으로 조금만 더 길게 이어졌다면. 손가락에 힘을 주어 가만히 눌러 보았다. 각질이 일어난 살갗이 붉게 변하는 동안 주승이는 콧구멍만 벌름대고 있었다.

그래서 어떻게 됐어?

복지국 사람들이 애만 데려갔어.

안됐다.

나는 그릇째 들고 먹고 있던 연어덮밥을 상에 내려놓았다. 아동복지국 승합차에 타면서 주승이는 나를 돌아보았다. 이건 다 모함이라고, 어린이집에 불을 질러 버리겠다고 발악하는 여자가 아니라 나를. 물끄러미 나를 응시하던 검은 눈동자를 떠올리자 입맛이 완전히 사라졌다. 그런 건 됐고, 오늘 자고 갈 거야? 이선이 뭐라 대답하기도 전에 전화가 울렸다. 받아. 나는 커피 내려 올게. 이선이 덮밥 그릇을 들고 주방으로 향했다.

엄마와의 통화는 피곤하지만 전화를 피하면 몇 배 더 피곤한 일이 벌어지곤 했다. 게다가 이선이 덮밥을 만들고 커피를 내리는, 쾌적한 주방이 딸린 이 집은 엄마 소유였다. (엄마 번호는 내 핸드폰에 집주인으로 저장돼 있었다.) 나는 생물학적으로도 경제적으로도 엄마에게 을인 셈이었다. 그런데도 도무지 전화받을 마음이 생기지 않았다. 나는 이선을 쫓아 개수대로 향했다. 부드러운 수세미에 세제를 덜어 문지르자 금세 거품이 일었다.

전화는?

나중에. 언니 얘기일 거야.

그래도 다행이지. 이선이 커피 필터를 드리퍼에 얹으며 말했다.

언니가 실종됐다고 했을 땐 정말 놀랐거든. 금세 찾아서 다행이다.

나는 적당히 고개를 끄덕였다. 이선이 걱정하는 것과 달리 언니는 또 사기를 당했을 뿐이지만 굳이 말하고 싶지 않았다. 이선은 언니에게 대추고를 보내고 싶다며 본가 주소를 물어 왔다.

그런 사람은 혼자 내버려 두면 안 돼.

그런 사람이 어떤 사람인데?

내가 묻자 이선은 잠시 고민하더니 소파 아래 앉는 사람,이라고 답했다.

예전에 언니가 갑자기 찾아온 날 있었잖아?

그때 우리는 거실 소파에 앉아 내가 만든 콩국수를 먹고 있었다. 삶은 콩을 믹서기로 갈아 만든 것이었는데 어느 단계에서 실패했는지 먹는 사이사이 덜 익은 콩과 덜 갈린 콩이 번갈아 나왔다. 이선은 괜찮다며 씹어 삼켰으나 나는 콩을 전부 뱉어 냈다. 콩 조각을 탁자 위에 늘어놓고 있자니 견딜 수 없이 우울해졌다. 고작 콩을 삶는 것뿐인데. 투덜거리며 이선에게 몸을 기댔을 때 초인종이 울렸다. 언니가 연락도 없이 나를 찾아온 것은 처음이었다.

언니는 집 안에 들어서자마자 작은 상자를 내게 건넸다. 수상한 상표의 녹용 가루였다. (나중에 그게 얼마짜리인지 듣고 기함을 했으나 이선도 나도 먹지 않았다. 언니는 그걸 50상자나 샀다고 했다.) 거실로 들어온 언니가 이선에게 인사를 건넨 뒤 우리 옆에 앉았다. 정확히는 우리가 나란히 앉은 소파 아래 맨바닥에.

센터에 처음 온 애들이 그래. 담요를 깔아 줘도 그 위로 올라가질 않아. 꽉 잠긴 자물쇠처럼 흙바닥에 몸을 웅크리고 눕는 거야. 거기가 원래 자기 자리라는 듯이.

이선이 말하는 센터가 그가 봉사를 다니는 유기견 보호소라는 걸 깨닫고 나니 마음이 복잡했다.

그 얘긴 그만하자. 엄마랑 통화할 생각만 해도 벌써 피곤해.

아. 그거 뭔지 알 거 같다.

이선은 엄마를 한 번도 본 적 없는데 내가 엄마 얘기를 하면 늘 알 것 같다고 말했다. 너네 엄마가 어떤 사람인지 알 것 같아. 유기농 미나리랑 산지 직송 새우를 사다가 홍고추 올려 새우미나리전을 만든 다음 근사한 도자기 그릇에 세팅한 사진을 인스타그램에 올리는 사람이지? 해시태그로 가족_사랑, 건강한_먹거리 이런 거 찍어서.

나는 이선은 좋지만 이선의 알은척은 싫었다. 이선의 비유는 더더욱 싫었다. 엄마는 해시태그로 가족_사랑을 써넣을 인물이 아니었다. 홈메이드_내가직접만든_나만의레시피 정도면 모를까.

2

엄마는 언니 태몽으로 스노볼을 품에 안는 꿈을 꾸었다고 했다. (공산품도 태몽의 범주에 들어가는지 아직도 의문이다.) 연분홍 벚꽃잎이 흩날리는 모양의 예쁜 스노볼인데 전부 유리로 만들어져 있었다고, 심지어 데굴데굴 굴러 언덕을 내려오고 있었다고 했다. 비명을 지르며 달려가 품에 안았더니 글쎄, 멜로디가 흘러나오지 뭐니. 엄마는 태몽이라고 말했지만 내가 듣기엔 예지몽 같았다.

언덕을 데굴데굴 구르던 탄성 그대로 언니는 숨 쉬듯 사고를 치고 다녔으니까.

한심한 언니였지만 이번만큼은 나도 걱정을 좀 했다. 두 달가량 언니와 연락이 완전히 끊긴 탓이었다. 기도원에 들어간다던 언니가 사라지자 엄마는 경찰서며 흥신소를 헤집고 다니며 언니를 찾았다.

그래서, 언니는 어디서 찾은 거야?

통영.

통영에 이르기까지의 여정을 엄마는 영웅담처럼 떠들어 댔다. 매물도랑 소매물도를 내가 싹 다 뒤지고 다녔는데, 거기서 그놈이 잡아떼는 걸 내가 딱 알아채고는, 배를 타고 통영으로 도로 나왔더니 세상에 글쎄. 나는 전화를 스피커 모드로 돌려놓고 체험 학습 보고서를 작성하기 시작했다. 통영에 있는 적갈색 관광호텔 얘기가 나온 건 그로부터 한참 뒤였다. 엄마는 그 호텔을 언니가 버려져 있던 곳이라고 말했다.

거기서 뭘 했는데? 아니, 애초에 거기까진 왜 간 건데?

언니가 서울에 있는 오피스텔 전세를 월세로 돌리고, 이내 보증금까지 빼 사라진 일은 이제 놀랍지도 않았다. 대학 때 음악 하던 남자에게 속아 공연 비용을 대 주겠다며 사금융에서 돈을 끌어다 쓴 것에 비하면 우스울 지경이었다. 그래도 남쪽 끝 항구 도시라니. 나는 채반에 축축하고 흐물거리는 김을 이어 붙여 사각형을 만들고 있는 언니를 떠올렸다.

명상.

어?

명상을 하셨단다. 사이비 집단 주제에 고상도 하시지. 300일 동안 전국을 떠돌면서 명상을 하면 우주 진리를 통달할 수 있게 된다나.

엄마가 코웃음을 쳤다.

모텔 주인도 한통속인지 젊은 여자는 본 적도 없다고 우기는 거야. 그런다고 내가 속을 사람이니? 소화기로 문고리를 때려 부쉈더니 단박에 몇 호인지 알려 주더라. 도대체 네 언니는 나 죽으면 어떻게 살 작정이라니.

엄마 목소리가 점점 더 의기양양해졌다. 엄마는 내일쯤 상담 센터에 가서 똑같은 얘길 떠들어 댈 것이었다. 내 딸을 구했어. 이번에도 내가, 내 딸을 지켜 냈어. 그러다 순식간에 낯빛을 바꿔 울먹이겠지. 이게 다 내가 돈 버느라 애들을 제대로 돌보질 못해서 그래, 전부 내 잘못이야, 사랑해 우리 딸, 엄마가 평생 지켜 줄게.

내가 보기에 언니는 불행해지기 위해 최선을 다하는 사람 같았다. 기를 쓰고 히든 크레바스에 몸을 던지는 사람. 어떤 의지나 신념 때문이 아니라 그냥 거기 구멍이 존재하니 빠지고 보는 사람. 더욱 최악인 건 언니가 도무지 지치질 않는다는 점이었다. 그만큼 속았으면 무기력해질 법도 한데 언니는 끝도 없이 사람을 믿었다. 새로운 일을 벌이고 어김없이 돈을 뜯기고 가차 없이 버림받았다.

태초에 설계가 잘못된 것처럼 언니는 더 나쁜 쪽을 향해서만 굴러갔다. 하긴, 시작이 유리 스노볼이었으니.

운이 좋아 버려졌다는 거지 사기꾼들이 조금만 더 악질이었다면 언니를 죽여 바다 섬 어디에 묻었을지 모를 일이었다.

그런 꼴까지 당했으면 이제 정신 좀 차리라고 해.

너는 무슨 말을 그렇게 하니. 남도 아니고 네 언니 일인데.

언니가 왜 남이 아니야?

우린 가족이잖니.

가족이라는 단어로 묶일 때마다 나는 여러 가지를 헐값에 팔아넘기는 기분에 사로잡히곤 했다. 정체성이나 이성, 합리적 태도처럼 함부로 내려놓아서는 안 되는 그런 것들을.

보잘것없는 불행부터 걷잡을 수 없는 불행까지 빠짐없이 즈려밟고 있는 언니는 이제 겨우 서른네 살이었다. 저대로 100살까지 살면 어쩌지. 이런 전화를 평생에 걸쳐 받게 되는 걸까. 아니지, 엄마가 죽고 나면 내가 언니를 찾아 3,000개도 넘는 섬들을 뒤지고 다니게 될지 몰랐다. 나는 그러고 싶지 않았다.

어릴 때 같이 살았다고 뭐가 달라져? 등본에 나란히 이름 쓰인 게 뭐 대수라고. 나 취직한 다음부턴 언니랑 제대로 얘기해 본 적도 없어. 언니가 취업 사기를 당하든 사이비 종교에 빠지든 그건 전부 언니 일이고 언니 인생이야. 나까지 휘말리게 하지 마.

……나쁜 년.

언니가 늘 그렇게 멍청한 선택을 하는 데는 엄마 책임도 있어.

그러니 둘이 알아서 해. 나한테 전화하지 말고.

엄마는 몇 번 더 숨을 삼키더니 전화를 끊었다.

새벽이든 다음 날이든 벼락같이 찾아올 줄 알았는데 엄마는 의외로 잠잠했다. 아닌 척해도 이번 일이 꽤 충격이었던 모양이라고 나는 생각했다. 언니가 제주도로 여행 갔다가 만난 남자와 대뜸 살림을 차렸을 때보다 더 충격이었을까. 그때 언니는 남자 집에 들어가 식모처럼 살고 있었다. 미역을 말리고 종일 밭일을 하고 남자의 조카라는 여섯 살 아이를 돌보고. 알고 보니 조카는 남자의 친자식이었고 남자는 언니한테 얘기한 것보다 스무 살이나 많았다. 게다가 이웃집 할머니가 엄마를 조용히 끌어가 그랬다지. 어서 저 처자 좀 데려가라고, 밤마다 얼마나 얻어맞는지 저러다 죽겠다고.

불행을 끌어당기는 자기장 같은 게 있는 걸까.

이선은 내 말을 웃어넘겼다. 평화로운 주말이었다. 나는 이선과 함께 대청소를 하고 구스 이불과 베갯잇을 사러 다녔다. 날이 부쩍 추워진다니까 다음 주에는 팥옹심이를 해 먹자. 이선은 손으로 빚은 옹심이 얘기를 한참 하다 집으로 돌아갔다. 이선이 일하는 애견숍과 내가 일하는 어린이집은 두 시간가량 떨어져 있었다. 우리는 둘 다 일찍 출근해 늦게 퇴근했고 타인의 집에 세 들어 살고 있었으며 체력이 좋지 않고 직장 옮기는 일에 소극적이었다. 그래도 언젠가는 같이 살고 싶다. 그런 생각을 하며 월요일을 맞이했을 때였다.

퇴근하고 돌아오니 현관 앞에 우체국 5호 박스가 잔뜩 쌓여 있었다. 일단 집에 들여놓고 박스를 열자 겨울옷과 책, 생활용품과 전골냄비가 나왔다. 이게 뭔가 싶어 들여다보고 있는데 벨이 울렸다. 볼이 홀쭉하고 이마가 새까매진 언니가 현관문 앞에 서 있었다. 집주인의 복수구나. 나는 전골냄비를 바닥에 내동댕이쳤다.

3

나무반. 나한테 무슨 할 말 있니?

퇴근 시간이 지나도록 미적대기에 물었더니 나무반이 오히려 정색을 하고 다가왔다. 운영 일지를 써야 하는데. 부모 교육 자료도 만들어 발송해야 하고 소모품 대장도 정리해야 하는데 나무반은 눈치도 없이 의자를 끌어다 내 앞에 앉았다.

저는 선생님 방식에 동의 못 해요.

그렇게 말해 놓고 나무반은 입을 꾹 다물었다. 스물두 살의 나무반에게 이곳은 첫 직장이었다. 여름에 급히 사람을 구할 때 들어왔으니 경력 3개월 차. 원장은 나를 나무야,라고 부르고 내 밑의 신참을 나무반,이라고 불렀다. 원장이 나무야 나무야 하다 보니 내가 주임 교사라는 사실을 얘가 잊어버린 거 아닐까. 내가 가만히 있자 나무반이 다시 입을 뗐다.

저는 그게 옳다고 생각 안 해요.

그게 뭔데?

선생님이 주승이한테 하셨던 거요.

내가 뭘 했는데?

방치요. 선생님, 그것도 학대예요.

학대라고 말해 놓고 나무반은 지레 놀란 표정을 지었다. 아동복지국에서 데려간 뒤 주승이 소식은 들은 게 없었다. 그 애가 나무 인형일 땐 아무 말 없다가 이제 와서? 뒤늦게 죄책감이 들었다 한들 나무반의 행동은 터무니없었다. 죄책감은 책임질 위치에 놓인 사람에게나 허락된 감정이니까.

4세 반은 다섯 명씩 두 반으로 편성되었지만 실제로는 한 반으로 합쳐 운영했다. 내가 주 담임, 나무반이 보조인 셈이었다. 나무반이 하는 일이라곤 배식판을 엎은 아이 손발을 닦아 주거나 이런 저런 이유로 젖은 아이 속옷을 애벌빨래해 비닐봉지에 담아 두는 정도였다. 알림장에 적힌 시간에 맞춰 아이에게 약을 먹이지 못했을 때 사과 전화를 돌리는 것. 그 정도가 나무반이 책임질 수 있는 수준의 일이었다.

내 침묵이 길어지자 나무반 얼굴이 울긋불긋해졌다.

나무반, 다른 선생님들이 너를 뭐라고 부르니?

나무반이요.

그리고 또?

애기 쌤이요.

니가 왜 애기인지 생각을 좀 해 봐. 언제까지 애기로 살 건지 계산도 좀 해 보고.

주승이가 돌아온 건 2주가량이 지난 뒤였다. 복지국 직원들이 정색을 하고 아이를 데려간 것에 비하면 이른 복귀였다. 그럼에도 주승이는 양 볼이 홀쭉하고 눈 밑이 검게 변해 모르는 아이 같았다.

주승이는 이제 우리 집에서 어린이집 다닐 겁니다. 나는 주승이 할아버지예요.

주승이를 데려온 늙은 남자는 원장과 나에게 여자가 접근 금지 처분을 받았다고, 혹시 근처에 나타나면 꼭 신고해 달라고 당부했다. 그러고는 언제 아이를 데리러 오면 되는지 물었다. 가장 늦게 데려갈 수 있는 시간이 몇 십니까? 내가 7시라고 답하자 그는 놀란 표정을 지었다.

24시간은요?

네?

어린이집에서 24시간 봐 주기도 한다던데요. 주말에만 애를 데려가는 것도 있고, 한 달에 한 번만 애를 데려가는 것도 있다고.

저희는 24시간 운영제가 아닙니다.

늙은 남자가 돌아간 뒤 원장이 낮게 혀를 찼다. 나무야, 하고 나를 부른 원장이 말했다.

저런 애들이 제일 속 썩인다. 이제 봐라, 8시가 되어도 애 데리러 안 올 테니까.

원장의 예언대로 늙은 남자는 도무지 나타나질 않았다. 나무반의 퇴근 시간이 점점 늦어졌다. 나는 일거리를 싸 들고 집으로 돌아왔다. 텅 빈 어린이집에 되도록 나무반과 주승이, 단둘만 남겨 놓고 싶어서였다. 내게 한 말이 있어서인지 나무반은 열심히 주승이를 챙기는 척했다. 주승이를 데리러 오는 사람은 늙은 남자이기도 늙은 여자이기도 했다. 처음엔 헐레벌떡 뛰는 시늉이라도 하더니 이제는 문밖에서 주승아 이리 나오너라 소리친다고, 뻔뻔하기 이를 데 없는 사람들이라고 나무반은 성토했다. 피로와 짜증에 찌든 얼굴이었다.

도와주세요, 선생님.

나무반이 슷제 울먹이며 말했다.

내 방식은 마음에 안 들 텐데?

비아냥대긴 했지만 더 놔둘 생각은 없었다. 늦은 시간까지 원에 남아 있는 주승이를 보고 다른 엄마들이 덩달아 늦기 시작한 탓이었다. 나는 나무반과 함께 주승이 보호자를 기다렸다. 어린이집에 있던 주승이 여벌 옷과 낮잠 이불, 실내화와 개인 물품을 전부 싸둔 상태였다. 8시 반이 되자 정말 밖에서 주승아, 주승아, 하고 부르는 소리가 들렸다. 나는 꼼짝 않고 앉아 있었다. 주승이가 움찔움찔 엉덩이를 뗐다 자리에 앉았다를 반복했다.

인터폰이 울렸다. 나무반이 잽싸게 현관문을 열고 늙은 남자를 안으로 들였다. 그는 이마 끝까지 불콰하게 술이 올라 있었다. 나는 대형 장바구니에 담아 둔 주승이 물품을 그에게 건넸다.

내일부턴 보내지 마세요.

뭐요?

주승이 이제 안 받아요. 집에서 돌보시든가 24시간 돌봄 방을 찾아보시든가 하세요. 주승이 너도 빨리 나가. 이제 여기 오면 안 된다.

짐을 떠안은 늙은 남자를 밖으로 내몰았다. 주승이 등을 떠밀어 남자에게 보낸 뒤 일괄 소등 버튼을 눌렀다. 어린이집이 순식간에 캄캄해졌다. 겨울 초입이라 새어 드는 빛 한 줌 없었다. 보란 듯이 남자 코앞에서 문을 잠그고 보안을 걸었다. 보안등에 빨갛게 불이 들어오자 남자가 현관에서 몇 발자국 떨어졌다. 가세요, 그럼. 멈칫거리는 나무반을 끌고 나는 큰길을 향해 걸었다.

택시 승강장까지 가는 동안 나무반이 자꾸 뒤를 돌아보았다. 나는 나무반 손을 꽉 붙들고 더 빨리, 더 힘차게 걸었다.

너는 그게 선의라고 생각하지? 돌아보고 미적거리고 자꾸 여지를 남기는 거.

나무반이 복잡한 얼굴로 나를 바라보았다. 마침 도착한 택시 안에 나무반을 밀어 넣었다.

이 세상은 공평해. 네가 선을 가지면 저쪽이 악을 가져. 네가 만만하고 짓밟기 좋은 선인이 되면 저쪽은 자기가 제멋대로 굴어도 되는 줄 안다고.

문을 닫자 택시가 빠르게 출발했다. 나는 뒤에 대기하고 있던 택시에 올라탔다. 늙은 남자와 주승이 서 있을 방향은 한 번도 돌아보지 않았다. 집에 도착할 즈음에야 나무반에게서 문자가 왔다. 감사합니다. 다섯 글자가 다였지만 그 아래 꾸역꾸역 덧붙은 감정들은 보지 않아도 알 것 같았다.

4

언니와 이선이 나란히 앉아 옹심이를 빚는 모습은 생각보다 기가 찼다. 손바닥을 활짝 펼친 이선과 달리 언니는 손안의 것을 숨기듯 맞잡고 반죽을 굴렸다. 한쪽이 찌그러진 옹심이들이 쟁반 위에 놓였다. 언니 손에 뭉개지고 있는 게 나의 평화로운 주말, 이선과의 일상인 것만 같았다.

서울에서 옹심이를 빚을 줄은 몰랐네.

언니가 새삼스럽다는 듯 웃었다.

옛날엔 자주 빚었어, 할아버지가 좋아하셔서.

할아버지랑 사이 좋으셨어요?

이선이 묻자 언니가 고개를 끄덕였다. 그럴 리가. 할아버지에 대한 좋은 기억은 눈을 씻고 찾아봐도 없었다. 그는 제멋대로에 괴팍했고, 아무 말이나 내뱉고 아무것이나 휘둘렀다. 천것들처럼 맨발로 뛰어다닌다고 종아리를 호되게 맞은 뒤엔 한여름에도 샌들에 양말을 신어야 했다. 아빠 제삿날이면 당연하다는 듯 엄마에게 황태나 산적 같은 걸 내던졌다. 젓대 같은 년. 그런 소리를 하면서 텔레비전을 보고 있던 내 어깨를 죽비로 후려친 적도 있었다.

할아버지가 죽기 전 엄마는 언니와 나를 데리고 병원으로 갔다. 항암 치료를 수차례 받은 할아버지는 새까맣게 조린 우엉처럼 변해 있었다. 그걸 본 언니는 울었다. 대체 왜? 할아버지가 늙고 병들었으니까? 이제 곧 죽을 거니까? 그런 이유로 그간의 치졸하고 폭력적이던 날들이 용서될 리 없었다. 엄마가 언니와 내 등을 쿡쿡 찔렀다. 나는 꿈쩍 않고 버텼지만 언니는 아니었다. 침대로 다가간 언니는 할아버지의 새까만 손을 붙잡고 어서 건강해지셔서 우리랑 오래오래 같이 살아요,라고 말했다. 그의 손을 잡은 건 언니인데 비루한 기억은 내게만 남아 있었다.

근데 저건 다 뭐야?

언니가 구스 이불로 바꾸면서 헌 이불을 모아 묶어 놓은 보따리를 가리키며 물었다. 이선이 미용 봉사를 다니는 유기견 센터에 가져다준다며 챙겨 놓은 것들이었다.

그렇구나. 봉사 활동도 하는구나. 이선 씨는 참 좋은 사람이네.

봉사라니 참 좋다. 언니가 몇 번이고 곱씹듯 말했다. 슬그머니 불안이 피어오른 건 그 때문이었다. 언니는 다만 선한 사람, 언제까지고 선하기만 하려는 사람이었으니까. 나는 이선을 향해 눈짓했다. 부추기지 마. 아무것도 알려 주지 마. 그런 의미였으나 이선은 가볍게 손을 털고 일어났다. 수십 개의 옹심이들이 끓인 팥 속으로 소리도 없이 빨려 들어갔다.

언니와 함께 살기 시작하면서 내 감정 상태는 엉망진창이었다. 아무짝에도 쓸모없는, 상한 굴을 씹는 것처럼 불쾌감만을 남기는 기억들이 자꾸 떠올랐다. 언니를 대체 언제까지 여기 둘 거야? 내가 따지자 전화기 너머에서 엄마가 불행한 목소리를 흉내 냈다.

그렇다고 네 언니한테 집을 구해 줄 순 없잖니. 또 날려 먹을 텐데.

밤늦게 집에 돌아온 언니는 비슬비슬 웃고 있었다. 나는 1인분씩 포장한 밥을 냉동실에 넣다 말고 거실로 나왔다. 언니에게서 진득한 누린내가 풍겼다. 입고 있는 옷 여기저기가 털투성이였다.

봉사라는 건 정말 좋은 거더라.

개 우리를 청소한 얘기와 늙은 개를 목욕시킨 얘기가 끝도 없이 이어졌다. 다음 주부터는 개들을 산책시키러 갈 거라고, 흙길 숲길 걷는 걸 좋아하니 개들과 함께하는 산책 봉사라면 매일이라도 가고 싶다고 언니는 말했다. 마음대로 해. 언니가 상기된 얼굴로 나를 올려다보았다.

지금껏 산 언니 인생이 봉사 그 자체인데 뭘 새삼스럽게.

거실이 순식간에 고요해졌다. 언니는 내 말을 못 들은 척 욕실로 들어갔다. 나는 바닥에 놓인 겉옷에서 개털을 한 가닥씩 잡아 뽑았다. 사실 언니에겐 적당히 시간을 죽이는 것 말곤 다른 선택지가 없었다. 도시 외곽에서 무해한 동물들과 어울리는 게 최선인지도 몰랐다. 머리로는 그렇게 생각해도 화가 나는 건 어쩔 수 없었다. 매일을 필사적으로 살고 있는 내가 바보가 된 기분이었다.

언니 근황을 들은 엄마는 몹시 만족스러워했다. 그날로 당장 유기견 보호 센터에 사료 100킬로그램을 보냈을 정도였다. 버려진 개들을 돌보고 있다는 말에 스위치가 눌린 게 틀림없었다. 네 언니가 옛날부터 날 닮아 정이 많았지. 그건 거짓말이 아니었다. 마음 씀씀이는 좀 좋았니? 불쌍한 동물을 지나치질 못해서 지 용돈 다 털어 간식 사 먹이고 그랬다. 그 역시 틀린 말은 아니었다. 문제는 그동안 언니가 거둬 먹인 동물들이 교활하고 욕심 많고 폭력적인 데 있었다. 언니는 숲길 산책 따위에 결코 만족할 수 없는 종자들만 골라 끈질기게 사랑해 왔다.

내가 뭐라든 언니는 열심히 봉사 활동을 다녔다. 간선 버스를 타고 한 시간 반은 꼬박 가야 하는데도 센터에 거의 매일 얼굴을 비추는 듯했다. 주말에 집에 온 이선은 자신도 두세 달에 한 번 가던 미용 봉사를 한 달에 한 번으로 늘리고 싶다고 말했다.

같이 가지 않을래?

단지 그렇게 권했을 뿐인데 한계까지 부푼 고무풍선이 뻥 터지는 기분이었다. 이선과 나는 소리를 질러 가며 싸웠다. 넌 아무것도 몰라! 이선이 소리쳤고, 아무것도 모르는 건 너야 이 등신아! 내가 소리쳤다. 서로가 모르는 것을, 앞으로도 모를 게 분명한 것을 잣대로 서로를 비난하는 이상한 싸움이었다.

언니가 집에 돌아온 뒤에도 상황은 나아지지 않았다. 주눅 든 얼굴의 언니를 본 이선이 주방으로 들어가 버렸다. 나는 소파에 앉아 씨근댔다. 그동안의 이선은 내게 소리치는 사람도, 나를 비난하는 사람도 아니었다. 나는 이선의 쉿소리를 처음 들었다. 그것이 화가 나면서도 동시에 충격적이었다. 언니는 내 옆에 앉아 (정확히는 소파 아래 바닥에 앉아) 나를 달랬다. 아무 말 없이 내 무릎을 쓰다듬고 차가운 팔뚝을 내 종아리에 맞댔다. 그러고 보니 언니가 앉은 바닥에 양모로 된 러그가 깔려 있는 게 눈에 띄었다. 희고 긴 털이 포근해 보이는 새것이었다.

나는 이선을 돌아보았다. 화가 나 어깨를 들썩거리면서도 이선은 건조된 그릇을 조심스럽게 찬장에 들여놓고 있었다. 어느 쪽일까. 나는 이선의 곧고 긴 팔을 바라보며 생각했다. 이선에게 나는 선일까 악일까. 묻지 않아도 답을 알 것 같았다. 그리고 어느 날에는 질문을 바꾸게 되겠지. 대체 이 사람들의 무엇이 나를 자꾸 악인으로 만드는가,라고. 나는 무릎에 닿아 있는 언니 손을 떼어냈다.

5

주승이가 문제를 일으킨 건 의외의 방식이었다. 어린이집 중도 입학이 불가능에 가깝다는 걸 깨달은 주승이 할아버지는 원장에게 애걸한 끝에 주승이를 다시 등원시켰다. 데리러 오는 사람은 들쑥날쑥했으나 하원 시간에 늦는 일은 더 이상 없었다. 문제는 주승이가 벽에서 떨어져 나오면서부터 시작됐다.

나무반이 오전 간식으로 작은 그릇에 담긴 호박죽을 나눠 주고 있을 때였다. 주승이가 일어나 교실 중앙으로 걸어 나왔다. 어느 틈에 양말을 벗었는지 땀에 젖은 발바닥이 잘박잘박 소리를 냈다. 반 아이 하나가 나아-무가 일어섰다! 나아-무가 일어섰다! 호들갑을 떨었다.

주승이도 죽 먹을래?

나무반이 반색을 하며 알은체했다. 그래, 우리 주승이 호박죽 좋아했구나, 선생님이 몰랐네. 노래하듯 말하는 나무반을 주승이가 물끄러미 쳐다보았다. 기분 나쁜 예감이 들었다. 나는 오감 놀이 재료 준비를 하다 말고 자리에서 일어났다. 마라카스가 요란한 소리를 내며 바닥으로 굴러떨어졌다. 나를 잠깐 돌아본 주승이가 체육복 바지와 팬티를 차례차례 무릎까지 끌어 내렸다. 그러고는 제자리에 쪼그려 앉아 똥을 누기 시작했다.

부모들의 항의는 다양한 방식으로 이어졌다. 원장은 '학대받은 아이'를 치트 키처럼 사용했다. 주승이가 어떤 환경에 놓여 있고 어떤 학대를 받아 왔는지 나도 나무반도 알지 못하는 이야기들이, 어쩌면 주승이 보호자조차 모를 이야기들이 쏟아져 나왔다. 그러나 주승이의 실내 배변이 수차례 반복되자 부모들은 그것을 이해가 필요한 아이가 아닌 치료가 필요한 아이로 받아들였다. 주승이를 쫓아내든가 반을 바꿔 달라는 요청이 쇄도했다. 4세 반이 통합반 하나이니 어느 쪽이든 같은 의미였다.

자기들도 아이 키우면서 대체 왜 저러는지 모르겠어요.

나무반이 노력하는 얼굴로 말했다. 주승이를 감싸고 싶은 마음과 매번 똥을 치워야 하는 데서 오는 스트레스가 맹렬히 싸우고 있는 모양이었다.

고객이 무슨 생각을 하는지 우리가 알 필요 없어.

고객이요?

나무반아. 너는 네가 선생인 거 같니?

나무반 얼굴이 모욕을 당했다는 듯 일그러졌다. 나는 비난하는 게 아니라는 뜻으로 나무반 손에 들려 있던 소독제와 마른걸레를 건네받았다. 내가 교구들을 닦기 시작하자 나무반은 잠시 눈치를 보다 파라슈트를 반듯하게 접어 수납장 속에 밀어 넣었다.

유치원 선생은 교육직이지만 어린이집 선생은 보육 서비스직이야. 현관에 안내문도 붙여 놓잖아? 오전 7시 반부터 오후 7시 반까지 학부모님들 편하신 시간에 마음껏 이용하세요.

상체를 뻣뻣하게 굳힌 나무반이 나를, 움직이는 내 손을 바라보았다.

네가 학부모에게 아이 발달 사항을 설명하고 그에 맞는 조언을 해 주면 가끔 선생으로 인정받을 때도 있겠지. 근데 그게 너를 존중한다는 의미는 아니야. 그 사람들은 서비스받는 걸, 과도하게 친절한 서비스를 제공받는 걸 당연하게 생각해. 그러니까 원생이든 선생이든 누가 마음에 안 들면 쫓아내라고 난리를 피우는 거지. 우리 근간은 서비스직이야. 거기까지만 생각해.

하지만…….

선생이길 기대하고 대우해 주면 당연히 선생으로 있어야지. 근데 아니잖아? 서비스를 요구하면 서비스만 해 주면 돼. 하는 만큼 받는 거야. 세상은 공평하거든.

소독을 끝낸 교구들을 제자리로 돌려놓을 때까지 나무반은 말을 아꼈다. 왜, 내 방식에는 또 동의하기 싫어? 놀리듯 묻자 나무반이 고개를 저었다.

그런 게 아니라 선생님처럼 생각하게 되는 데 몇 년이나 걸릴까 싶어서요.

당장 두 학기만 지나도 나처럼 될걸. 내 시작은 시금치였어.

시금치요?

5세 반 점심 반찬으로 시금치가 나왔었거든. 다음 날 애 아빠가 들이닥쳐서는 자기 딸한테 시금치를 먹였다고 머리채를 잡더라고. 그걸 먹고 애가 체해서 응급실에 다녀왔다나. 무릎 꿇고 빌라고 난동을 피우다가 난데없이 시금치 한 통을 꺼내는 거야. 시금치가 그렇게 몸에 좋으면 니가 다 먹으라고, 자기가 보는 앞에서 당장 다 먹으라고.

먹었어요?

먹었지. 몇 년이 지났는데도 아직도 궁금해. 애가 아팠다면서 그 이른 시간에 시금치 무쳐 올 생각을 어떻게 했을까. 다른 사람을 괴롭히겠다는 일념으로 어떻게 그렇게까지 부지런해질 수 있었을까.

언니가 개를 한 마리 데려오겠다고 한 건 예기치 못한 일이었다. 왜 이런 당연한 걸 예상 못 했지 스스로 어리둥절해질 정도였다.

매일같이 개들을 보고 있는 이선조차 몇 달에 한 번씩은 눈에 밟히는 개 때문에 마음을 앓곤 했었다. 한 마리로 끝날 것 같아? 다음 달엔 더 가여운 개가, 그다음 달엔 더 불쌍한 개가 거기 있을 거야. 그걸 전부 책임질 수 있겠어? 내가 말하면 이선은 눈을 꾹 감았다 떴다. 그러고는 건조기에 고구마와 닭가슴살, 오리 목뼈 따위를 잔뜩 넣어 돌리곤 했다. 개들에게 줄 한 묶음의 간식으로 빚진 마음을 털어 내기라도 하겠다는 듯이.

같이 개를 보러 가지 않을래? 언니가 내게 물었다.

그 애 이름표도 달고 있어. 밤톨이라는 이름이 새겨진 은색 펜던트. 그것 때문에 주인을 빨리 찾을 줄 알았는데 지금껏 못 찾았다지 뭐야. 펜던트를 주문해 달아 줄 정도로 예뻐했는데 어쩌다 헤어졌을까.

펜던트는 있어도 인식 칩은 없었지?

어떻게 알았어? 그게 정말 이상해.

이름은 자기 편하려고 붙이는 거니까. 귀여워는 해도 책임지고 싶진 않았던 거지. 난 그 마음 알 거 같아. 그래서 싫어.

언니가 당황한 얼굴로 나를 보았다.

난 개 같은 거 정말 질색이야. 저 혼자 할 수 있는 거라곤 짖고 조르는 것뿐이잖아.

나는 심호흡을 했다. 언니가 포기하지 않으면 쏟아 낼 말이야 얼마든지 있었다. 그 나이 먹도록 엄마한테 생활비 받아 쓰는 주제에 이젠 개까지 키워 달라고 할 셈이야? 개밥 살 때마다 엄마한테 돈 달라고 조르려고? 그런 식의 치졸한 단어들이 마음속에서 점점 부피를 키워 가고 있을 때였다.

나, 일할게.

언니가 말했다.

허튼짓 안 하고 꿈도 안 꾸고, 아무것도 아닌 거 할게. 돈만 벌게.

언니가 그렇게 말한 이유를 모르는 건 아니었다. 이선과 내가 말다툼을 한 날 언니는 안절부절못하다 새벽녘에야 내게 카톡을 보냈다. 미안해. 그래 놓고 다음 카톡은 한참 뒤에야 왔다.

내가 얼른 번듯한 직장 구해서 집 나갈게. 언니답지 못해서 미안해.

나는 거실에 앉아 언니 방 문틈으로 가늘게 새어 나오는 빛을 바라보았다. 저 방문 너머에서 바깥 소리에 귀 기울이며 카톡을 쓰고 지우고 다시 썼을 언니가 떠올랐다. 침대 아래, 방석도 러그도 없는 맨바닥에 쪼그려 앉아 있을 언니가. 열심히 살수록 불행해지고 남의 호의에 기생하는 것 외엔 아무것도 할 줄 모르는 언니가. 희망이 가장 두렵고 끈기가 가장 무서운, 그런 세상에 살고 있다는 걸 끝끝내 인정하려 들지 않는 선하고 한심한 언니가.

아니. 하지 마.

답을 쓰는 손가락이 멋대로 움직였다.

번듯한 거 언니다운 거 그딴 거 하지 마. 그럴듯한 거 흉내 내느라 사고 치지 말고 하루살이처럼 살아. 그날 하루만 안전하고 배

부르길 바라면서 살라고, 제발.

이선은 언니가 말하는 개를 알고 있었다. 새까맣고 나이 든 개라고, 푸들이라 털은 덜 빠지겠지만 피부염 때문에 고생을 좀 할 거라고 말했다. 내가 약용 샴푸랑 오일을 갖다줄게. 이선은 보호소에 유기견이 너무 많이 늘어 연말이 지나고부터 안락사를 시키기로 방침을 바꿨다고 설명했다.

안락사 없는 보호소라고 소문이 났거든. 그랬더니 너도나도 여기다 개를 갖다 버리는 거야. 자기들 딴에는 개를 살리고 싶다고 한 행동이겠지만 결국은 그것 때문에 모두 죽게 됐어.

이선은 담담하게 말했으나 목소리가 깊고 어두웠다. 안락사를 시키게 되면 밤톨이가 1순위일 거야. 늙고 병들었으니까. 나이가 어렸대도 힘들었겠지. 까만 개는 입양률이 낮거든. 언니가 조급해하는 이유를 알 것 같으면서도 화가 났다. 개를 데려온다는 건 돌봄처럼 느슨한 단어로 대체되는 일이 아니었다. 개의 전 생애를 책임진다는 게 어떤 의미인지 언니는 생각이나 해 봤을까?

괜찮아. 나도 도울게. 씻기고 치료하는 건 다 내가 할게.

개가 언제 죽을 줄 알고?

곶감 꼭지를 잘라 내던 이선의 손이 멈췄다. 반건조 곶감에 치즈를 넣어 돌돌 만 곶감말이는 언니가 좋아하는 음식이었다. 나는 곶감의 달콤함도 치즈의 시큼함도 전부 싫어했다.

요즘 개는 20년도 산다며? 늙고 병든 개를 정성껏 돌봐서 뭐 하게? 늙고 병든 채로 주구장창 사는 것뿐이잖아. 제구실 못 하는 것들 수발들기가 얼마나 더럽고 지긋지긋한 일인지 알기나 해?

너…….

언니도 그래. 대체 왜 내버려 두질 않아? 책임질 능력도 자격도 없으면 애초에 손을 뻗질 말았어야지. 연민이니 죄책감이니 그따위 헤픈 감정에 빠져들질 말았어야지. 버려진 개 몇 마리 돌봐 줬다고 자기가 뭐라도 된 거 같대? 자기 앞가림도 못 하면서 무슨 주제넘은 소리야!

이선이 들고 있던 칼을 개수대에 던져 버렸다. 쇠 부딪는 소리가 요란하게 울렸다.

너 정말…… 사람 질리게 만든다.

이선은 그대로 나를 지나쳤다. 소파에 놓여 있던 겉옷과 가방을 집어 든 다음 뒤도 돌아보지 않고 나가 버렸다. 곶감에 묻어 있던 흰 가루들이 이선의 겉옷에 지문처럼 찍혔다. 현관문이 날카로운 소리를 내며 닫힌 뒤에도 나는 가만히 서 있었다. 내가 한 말을 되감고 싶지 않았다. 진심이었으니까. 저들이 놓인 꼭짓점이 직선을 만들든 삼각형을 만들든 평면 위에 있는 한 저들의 삶은 평화로울 것이다. 나 혼자 현실 속에 있으니 나는 평생 저들에게 악인이겠지. 아일랜드 식탁 위에는 자르다 만 곶감과 치즈와 볶은 호두가 늘어서 있었다. 큐브 모양으로 잘라 둔 치즈를 볼에서 꺼냈다. 손가락에 아주 약간 힘을 주었을 뿐인데 치즈는 형체도 없이 뭉개져 버렸다.

6

주승이 할아버지에게 수차례 주의를 주었지만 달라지는 건 없었다. 그는 처음엔 난감해하더니 시간이 지나자 애 교육을 어떻게 하는 거냐고 우리에게 도리어 화를 냈다.

똥 눌 때를 제외하면 주승이는 예전과 똑같았다. 벽에 붙어 앉아 누구와도 어울리지 않았다. 파라슈트 위에서 요란한 소리를 내며 튀어 오르는 볼풀에도 아기 상어 머리띠에도 관심이 없었다. (주승이의 알림장에는 입학한 이래 늘 자폐증 검진 권고가 쓰여 있었으나 어떤 피드백도 없었다.) 누구에게도 집중 못 하던 주승이가 일시적이나마 시선을 맞추는 게 좋아진 건지 나빠진 건지조차 알 수 없었다.

낮잠에서 깬 아이들이 나무반에게 몰려갔다. 작은 설치류처럼 옹기종기 모여 선 아이들이 작은 간식 그릇을 나눠 갖는 동안 나무반은 위생 장갑을 꼈다. 아이들 그릇에 노랗고 동글동글한 카스텔라떡이 두 개씩 담겼다. 그때 한 아이가 코를 움켜쥐고 소리쳤다. 주승이 똥 쌌어요! 또 쌌어요! 다른 아이가 자신의 떡을 양손으로 폭 덮었다. 어느 틈인지 수납장 옆에 똥을 눈 주승이가 나를 물끄러미 바라보고 있었다. 그쪽으로 달려가려는 나무반을 제지하고 주승이에게 다가갔다.

동글고 딱딱한 똥을 휴지로 싸 변기에 버리고 주승이를 화장실로 데려갔다. 잠깐 기다려. 나는 도로 교실로 가 물걸레로 바닥을 닦고 환기를 시키고 소독제를 뿌린 뒤 다시 한번 마른걸레로 바닥을 닦았다. 걸레를 들고 가 보니 주승이는 내가 세워 둔 그 자리에 꼼짝 않고 서 있었다. 어떻게 할까. 나는 잠시 고민했다. 굳이 씻기기까지 할 필요는 없을 것 같은데, 물티슈로 엉덩이만 닦아 주면 되지 않을까. 나는 일단 주승이 바지와 팬티를 벗겼다. 그러자 주승이가 꼬물대며 윗옷을 벗기 시작했다.

아니야, 옷 안 벗어도 돼.

내가 말렸지만 주승이는 기어코 셔츠에서 팔 하나를 빼냈다. 겨울용 셔츠라 그런지 동작이 둔하고 부자연스러웠다. 옷을 도로 입히려다 말고 나는 주승이를 살폈다. 셔츠 안에 내복이 있었다. 이상하게 꽉 맞는 내복이었다. 주승이가 상당히 마른 편인데도 살을 파고든 손목 밴드 부근에 빨갛게 피가 몰려 있었다. 주승이가 다시금 반대편 팔을 빼내기 시작했다. 나는 소매 끝을 잡고, 언젠가의 날처럼 주승이 옷을 벗겼다. 셔츠를 벗기고 주승이를 곤충 표본처럼 압박하고 있는 내복을 끌어 올렸다. 주승이가 익숙한 각도로 턱을 들어 올렸다.

선생님, 왜 그러세요?

교실 안쪽에서 나무반이 물었다.

왜 그러세요? 선생님 왜 그래요? 앵무새처럼 아이들이 말을 따라 했다. 주승이 입이 작지만 분명하게 오물거렸다. 나는 주승이 배에 나 있는 크고 뚜렷한 멍 자국을 바라보았다. 배꼽 주변은 원래 피부색을 알아볼 수조차 없었다. 보라색과 노란색과 검은색이 얼룩덜룩 겹쳐 있어 그것이 결코 한 번에 생긴 것이 아님을 말해 주었다. 작고 마른 아이의 배를, 한곳만을 집요하게 내리치는 어떤 손에 대해 생각하자 숨이 멎을 것 같았다. 팔다리를 활짝 펼친 주승이가 콧구멍을 벌름거렸다.

나는 주머니에서 핸드폰을 꺼내 112를 눌렀다.

경찰서로 나를 데리러 온 건 언니였다. 나는 로비에 앉아 벽에 붙은 초록색 부직포를 바라보고 있었다. 의미를 알 수 없는 글자들과 흉악하거나 흉악하지 않은 얼굴들이 뒤섞여 소란스러운 벽에 비해 테이블이 놓인 로비는 한산했다. 카톡 메시지가 끝도 없이 들어왔다. 복지국에 연락하면 될 걸 뭔으로 경찰을 출동시키면 어떻게 해! 원장의 메시지를 시작으로 학부모 단톡방이 터질 것처럼 웅웅 댔다.

선생님 덕분이에요. 아동 청소년과 형사는 그렇게 말했다. 아이를 잘 살펴봐 주시고 즉시 신고해 주신 덕분에. 주승이를 데리러 온 아동 복지국 사람들도 그렇게 말했다. 나는 그것이 듣기 싫어 미칠 것 같았다.

나는 주승이 선생님이 아니에요. 나는 한 번도 선생님이었던 적이 없어요. 나는 그냥.

손 좀 녹이고 가자. 밖에 추워.

언니가 믹스커피가 든 종이컵을 내 손에 쥐여 주었다. 자판기가 있었어? 내가 묻자 언니는 로비 한편을 가리켰다. 대여섯 개의 테이블이 늘어선 모퉁이에 정수기와 종이컵, 커피믹스와 옥수수수염차 박스가 놓여 있었다. 조금 전까진 전혀 눈치채지 못한 것들이었다.

데리러 오라길래 네가 사고라도 친 줄 알았어.

언니가 겸연쩍게 웃으며 덧붙였다. 네가 그럴 리 없지. 나라면 모를까.

정수기 온도가 잘못 설정되었는지 커피는 미지근하고 달았다. 언닌 경찰서 자주 왔었지. 내 말에 언니가 점퍼 지퍼를 목까지 끌어 올렸다. 신고하러도 오고 신고당해서도 오고. 속고 뺏기고 맞고의 무한 반복이었잖아. 그게 늘 이상했어. 언닌 왜 저러고 살까. 저만큼 속으면 이제 아무것도 기대 안 할 법도 한데 대체 왜 포기를 안 할까.

뒤에서 의자 끄는 소리가 들렸다. 누가 앉은 건지 지나던 길에 의자를 밀어 넣은 건지 알 수 없었다. 형사는 참고인 조사나 추가 진술이 필요할 수 있으니 그때도 도와 달라고 말했다. 형사에게서 받은 명함이 돌덩이처럼 무거웠다.

인간한테 가망 없다 싶으니 이제 개로 갈아 타려는 거야?

……그럴지도 모르겠다.

언니가 가방에서 머플러를 꺼내 내 목에 감았다. 몇 번에 걸쳐 돌려 감고는 그래도 부족한지 매듭을 지어 고정시켰다. 목이 따뜻해지자 몸의 떨림이 좀 멎는 듯했다.

그래도 나한테는 그게 중요해.

언니가 말했다.

아무 의심 없이 대할 수 있는 존재가 내 앞에 있다는 거. 그래서 내가, 아직 상냥한 채로 남아 있어도 된다는 거. 그게 나한테는 정말 중요해.

미리 연락을 해 두었는지 개는 외부 사육장이 아닌 실내에 있었다.

이선이 말했던 대로 새까맸으나 어느 정도 늙었는지는 가늠하기 어려웠다. 보글보글한 정수리 털과 대조되게 눈 근처 털이 좀 빠져 있다는 정도만 눈에 띄었다. 안도하던 마음은 그리 오래가지 못했다. 언니를 보고 발랑 드러누운 개의 배 때문이었다.

새빨갛게 달아오른 얇은 뱃가죽을 나는 당혹감에 젖어 바라보았다. 개가 꼬리를 치며 몸을 뒤틀 때마다 빨간 스탬프를 찍어 놓은 것처럼 얼룩진 뱃가죽이 씰룩거렸다. 사타구니께에 하얗게 각질이 일어 두 색의 대조가 더욱 기이하게 느껴졌다. 내 시선을 눈치챈 언니가 개를 얼른 품에 안았다.

개가 언니에게서 떨어지려 하질 않는 통에 입양 서류는 내가 작성했다. 나는 언니의 이름과 주민 번호, 전화번호 같은 것을 천천히 채워 나갔다. 개는 내게 한 번도 시선을 주지 않았다. 이 세상에 오롯이 언니만 존재하는 것처럼 언니를 향해 고개를 치켜든 채였다. 언니가 목덜미를 쓰다듬으면 상체를 낮추었다가 금세 뛰어올라 언니 아래턱을 핥아 댔다. 개의 까만 눈동자가 흔들림 없이 언니를 향해 있었다. 잘 아시겠지만,이라고 입양 담당자가 운을 뗐다. 담당자 역시 언니를 바라보고 있었다.

상처를 많이 받은 애예요. 그래도 이렇게 또 사람을 믿고 온몸을 내던지지요. 개라는 생물은 정말 안타깝고 신비합니다.

정말 개 같다,고 나는 생각했다. 이 개도 언니도 정말 개 같은 성질을 가졌구나.

좋은 주인을 만나게 되어 다행이라고 담당자는 몇 번이고 말했다. 언니가 개 목에 걸려 있는 은색 펜던트에 손을 댔다. 밤톨이라는 이름이 적힌, 혹시라도 주인이 찾아올까 봐 계속 걸어 두고 있었다던 그것이었다. 딸깍, 소리와 함께 펜던트가 떨어져 나갔다.

밤은 내가 가질게.

언니가 개의 귀에 작게 속삭였다. 늙고 새까맣고 병든 개의 이름은 토리가 되었다.

집에 도착하기까지 한 시간 남짓한 시간 동안 개는 언니에게서 떨어지지 않았다. 패딩 점퍼 안쪽에 개를 밀어 넣은 언니가 개의 부피만큼 솟아오른 가슴께를 소중히 끌어안았다. 차멀미를 하지도 침을 흘리지도 않고, 개는 언니에게 몸을 딱 붙인 채 잠만 잤다. 개를 데려오기 위해 구입한 켄넬은 꺼내 보지도 못한 채였다. 나는 느리게 핸들을 돌렸다. 고요하고 단 숨이 차 안 가득 퍼져 있었다. 누구의 것인지 작게 코 고는 소리가 들려왔다.

문득 이선이 보고 싶었다. 체온이 높지 않은 이선의 서늘한 팔에 뺨을 문지르고 싶었다. 이선의 등에 이마를 딱 붙이고 긴 잠을 자고 싶었다. 내가 지닌 굴곡과 이선이 지닌 굴곡을 어찌어찌 잘 맞춰 보면 평면이 되는 순간도 오지 않을까. 선이니 악이니 그런 것 말고 그저 평온하게 나란히 있을 수 있는 순간이. 다만 상냥하게, 아무것도 아닌 채로. 나는 신호등에 걸릴 때마다 이선의 번호를 만지작거렸다. 검은 개를 데려왔어. 글자를 입력하고 지우기를 반복했다. 배가 아주 빨개. 약용 샴푸가 필요해. 이선.

네가 필요해.

현관문을 열자 고소하고 매운 냄새가 훅 끼쳤다. 돼지 등뼈를 넣고 뚝배기에 푹 끓인 김치찜은 내가 좋아하는 것이었다. 이선의 냄새. 이선의 신발. 언니가 서둘러 집 안으로 뛰어 들어갔다. 나는 등 뒤에서 소리 없이 닫힌 현관문을 돌아보았다. 아침에 나갈 때만 해도 도어 클로저가 고장 나 뭐라도 잘라먹을 듯 날카로운 소리를 내며 닫히던 문이었다. 문 닫히는 속도를 가늠하며 몇 번이고 나사를 조였다 풀었을 이선이 떠올랐다. 더 조용하고 더 조심스러운 속도와 각도를 찾아서 몇 번이고 문을 여닫았을 이선.

나는 천천히 신발을 벗었다. 거실 복판에 다리가 길고 새까만 개가 어리둥절한 얼굴로 서 있었다.

서유미

2007년『판타스틱 개미지옥』으로 문학수첩작가상을,
『쿨하게 한걸음』으로 창비장편소설상을 받으며 작품 활동을 시작했다.
소설집『당분간 인간』,『모두가 헤어지는 하루』,
『이 밤은 괜찮아, 내일은 모르겠지만』, 중편 소설『우리가 잃어버린 것』,
장편 소설『당신의 몬스터』,『끝의 시작』,『틈』,『홀딩, 턴』 등을 썼다.

에
트
르

29일에는 티라미수 케이크가 좋겠다고 생각했다.

달콤하고 부드러운데다가 커피까지 들어 있으니 무의미하게 한 살 더 먹는 어른에게 위로가 될 것 같았다. 코코아 가루가 촘촘하게 뿌려진 사각형의 티라미수 케이크를 감상한 뒤 휴대폰으로 사진을 찍었다. 맛있겠지. 몸은 좀 어때? 동생에게 전송한 다음 매장 안의 진열대 선반을 닦았다.

동생은 출근 준비를 하다가 도저히 안 되겠다며 사무실 전화번호를 찾았다. 열이 올라 얼굴이 붉었다. 평소에는 반차 쓰는 게 아깝다고 기를 쓰며 출근하더니 빈속에 감기 몸살 약을 털어 넣은 뒤 드러누웠다. 전기장판과 이불 사이에서 그 애는 전자레인지에 오래 가열한 인절미처럼 푹 퍼졌다. 차갑게 식은 패딩 점퍼를 걸치며 나도 옆에 누워 천천히 녹아 버리고 싶다고 생각했다.

매니저와 찡은 빵을 종류별로 바구니에 담았다. 손놀림이 신속

하고 리드미컬해 어떤 경우에도 서로의 움직임을 방해하지 않았다. 내가 선반을 다 닦자 두 사람이 빵 바구니를 차례대로 진열했다. 주방에서 새어 나오는 빵 냄새가 매장 안에 번져 나갔다. 고소함은 코끝에 진하게 달라붙었다가 서서히 흩어졌다. 개점을 앞둔 에트르의 풍경은 평소와 비슷했다.

석 달 전 지하 이벤트 홀에서 일할 때는 에트르의 갓 구운 빵 냄새가 마냥 황홀했다. 하루에 두 번, 냄새만으로도 빵 나오는 시간을 알 수 있었다. 운동화를 팔다가 공기 중에 섞인 고소함을 맡고 싶어서 숨을 깊이 들이마시곤 했다. 화장실 가는 길에 약간 돌아서 매장 앞을 지나칠 때면, 오븐에서 막 꺼낸 듯 통통하게 부푼 페이스트리 모형 위에 비스듬하게 쓰인 'etre'라는 글씨가 부드럽고 나른해 보였다. 저곳의 빵은 비싸고 양이 적지만 고소하고 달콤하지. 브랜드의 로고는 귀엽고 유니폼은 단정하지. 에트르의 빵 냄새를 맡으면 기분 좋은 허기가 밀려왔다. 백화점 아르바이트는 그만하자고 결심한 상태였지만 찡이 사람을 구한다고 했을 때 에트르에 대한 호감 때문에 흔들렸다. 베이커리 쪽에서는 일해 본 적이 없으니까 새로운 경험이 될 것 같았다. 거기에 하고 싶은 일이 있을지도 모른다는 막연한 기대가 등을 떠밀었다.

오픈과 함께 방문한 손님들이 인기 메뉴인 피자바게트와 치아바타, 에그타르트를 한차례 쓸어 갔다. 빵을 다시 진열한 뒤 매니저와 찡이 차례대로 화장실에 다녀왔다. 나는 직원용 화장실에 들어가서 변기 커버를 내리고 걸터앉았다. 동생은 사진과 메시지를 확인했는데도 답이 없었다. 많이 아픈가. 전기장판은 제대로 켜 두고 자는 거겠지. 확인하지 못하고 나온 게 마음에 걸렸다.

날이 추워지면 우리는 전기장판부터 꺼냈다. 몇 년 동안 쓴 전기장판은 말린 북어처럼 빳빳해 제대로 작동이 될까 의심스러웠다. 그런데도 동생과 나는 매년 황토색의 전기장판에 겨울밤을 맡기기 위해 코드를 꽂는 수밖에 없었다. 전원에 빨간 불이 들어오고 바닥에 온기가 돌기 시작하면 안도하며 다리를 쭉 폈다. 오래된 전기장판은 해가 지날수록 온도를 더 높여야만 예전과 비슷한 정도로 뜨뜻해졌다. 아침에 일어나면 입고 나갈 옷을 이불과 장판 사이에 넣어 두었다. 세수하고 로션을 바르는 동안 한기가 가시길 바랐다.

— 몸은 좀 어때.

메시지를 다시 보내 놓고 나는 초조하게 답을 기다렸다. 휴식 시간은 길지 않았다. 화장실에서 용변을 보고 손을 씻고 가볍게 화장을 고칠 정도의 시간만 자리를 비울 수 있었다. 다행히 메시지를 읽었다는 표시가 떴다.

— 아까 집주인 왔다 갔는데 내년부터 보증금이나 월세, 둘 중에 하나 올려 달래.

— 그래서 뭐라고 했어?

— 언니랑 상의해 보고 말해 준다고 했어.

— 얼마나 올려 달래?

— 보증금은 1000, 월세는 10.

짤막한 메시지가 긴박하게 오갔다. 집주인이 너무하다거나 이런 일이 생겨서 속상하다, 앞으로 어떡하지, 같은 푸념은 빼고 상황에 대해서만 얘기했다.

서울에 와서 처음 같이 지낼 때는 방을 얻고 아르바이트를 하고 직장을 구할 때마다 많은 얘기를 나눴다. 서울 생활에 대한 기대에 비해 서울에 대해 잘 몰랐고 독립에 대해서도 마찬가지였다. 무지와 막연한 희망만이 우리를 끌고 가는 연료가 되었다. 자기 전에 불을 끄고 누우면 고단함이 발끝으로 흘러내려 발바닥이 뻐근했다. 우리는 천장을 쳐다보며 하루치의 좌절과 고충을 가만히 털어놓았다. 넓은 도시에 의지할 사람도 대화 상대도 둘뿐이라 수다는 종종 새벽까지 이어졌다. 신세 한탄을 좌절로 마무리하지 않고 희망의 불씨를 붙이기 위해 안간힘을 썼으나 깜깜한 하늘에서 우리가 품은 희망은 폭죽처럼 금세 빛을 잃고 말았다.

독립은 경제적인 것 외에 생활과 고민까지 분리하는 것이라 아르바이트와 취업 준비를 하면서 끼니, 청소, 빨래까지 우리가 다 해결하며 지내야 했다. 돈이 부족하고 사는 게 힘들다고 하면 집에 오라고 할까 봐 엄마 아빠에게는 비밀로 하는 것들이 많아졌다. 독립 기간이 길어질수록 아침에는 일어나서 나가느라 정신없고 집에 돌아오는 시간은 늦어져서, 개인적으로 쉬고 자는 시간을 쪼개야 수다 떨 짬이 생겼다. 대화에서 우스갯소리나 그냥 해 보는 말, 감정에 대한 얘기 같은 게 점점 사라졌다. 일일 업무 보고를 하듯 변동 사항이나 공지, 공유해야 할 사안에 대해서만 겨우 얘기를 나눌 수 있었다. 1년쯤 지나자 서로에게 제일 많이 하는 말은 그럴 시간에 잠이나 자,가 되었다.

지금 살고 있는 데가 1000만 원이나 10만 원을 더 내고 살 정도로 괜찮은 건 아닌데. 오래된 단독 주택은 양옆의 다세대 주택이 똑같이 생긴 5층짜리 빌라로 변해 가는 동안 모르쇠로 일관하며 버텼다. 옆집의 공사 소음과 먼지를 견딜 수 있었던 건 월세가 오르진 않을 거라는 기대 때문이었다. 새 빌라들 사이에 낀 주택은 더 허름해 보였다. 시간이 지날수록 집은 낡고 지저분해지는데 보증금이나 월세가 계속 오른다는 게 이상했다.

이사를 가고 싶은 것과 이사를 갈 수 있는 것은 다른 문제라 보증금을 올리려면 대출을 받아야 하고 월세를 더 내려면 수입이 늘어나거나 지출을 줄여야 했다. 현실적으로는 대출이 불가능하고 더 벌 수도 없으니까 쓰는 걸 줄여야 했다. 그동안 잠도 줄이고 게으름 피우는 시간도 줄이고 말도 줄이고 꿈과 기대와 감정까지 줄이며 살았는데 여전히 뭔가를 더 줄여야만 했다.

— 몸은 어떤 거야.

— 약 먹고 좀 괜찮아졌어. 이따 출근해야지.

엄마와 아빠에게는 비밀로 하자고 결론 내린 뒤 메시지 창을 닫았다.

전화할 때마다 엄마는 서울이 그렇게 좋으냐고 물었다. 서울이 밥 먹여 주냐? 방세 내기도 힘들 텐데 집에 와서 지내라고 했다. 엄마의 말은 다 맞았다. 방세 내는 게 버겁지만 대부분의 일자리가 서울에 몰려 있기 때문에 서울이 밥을 먹여 주었고, 힘들어도 아직은 서울에서 사는 게 좋아서 좀 더 버텨 보고 싶었다. 걱정하지 마 엄마, 우리가 알아서 할 수 있어. 언제나 그렇게 말한 뒤 전화를 끊었다.

매장에 돌아오니 주방에서 나온 피자바게트가 뜨끈한 열기와 냄새를 풍기고 있었다. 찡과 나는 트레이 앞에 서서 뜨거운 빵을 종이 상자와 비닐봉지에 담았다. 찡이 빵을 쳐다보며 매니저한테 얘기했어, 했다.

"1월까지만 일하겠다고 했더니 다른 매장으로 갈 거냐고 묻더라."

찡은 매니저가 어디 있나 눈으로 살피면서도 빵을 실수 없이 봉투에 담았다.

"옮기는 게 아니라 공부하고 싶어서 그만두는 거라고 했어."

매니저는 케이크를 고르는 손님과 얘기 중이었다. 계산과 케이크 포장을 하면서도 눈을 맞추며 능숙하게 응대했다. 그녀는 이런 데서 일하려면 눈과 손과 입이 각각 제 할 일을 하면서 웃는 얼굴을 유지해야 한다고 강조했다. 빵을 파는 것보다 손님이 묻는 말에 친절하게 대답하고, 계산이나 포장을 할 때도 출입하는 손님들에게 웃으며 인사를 건네는 게 더 중요했다. 이곳의 손님들은 점잖게 물어보고 가만히 기다려 주었다. 빵이 제때 나오지 않거나 인사를 제대로 하지 않는다고 언성을 높이거나 얼굴을 붉히는 일은 없었다. 마음에 들지 않으면 조용히 발길을 끊었다.

"매니저가 뭐래?"

나와 찡은 얼굴을 쳐다보지 않은 채 대화를 이어 갔다.

"내 얼굴을 빤히 쳐다보면서 공부? 무슨 공부? 이러는 거야."

찡은 그 말이 너무 기분 나쁘다고 했다.

나는 비닐에 넣은 피자바게트를 바구니에 옮겼다. 빵이 따뜻해서 비닐 안에 부옇게 김이 서렸다. 치즈와 토핑이 듬뿍 들어간 피자바게트를 좋아하지만 금방 품절되기 때문에 집에 사 간 적은 없다. 하루에 세 번 나오는데도 포장할 때 구경하는 게 전부였다.

매니저는 찡이 미간을 찌푸리면 슬그머니 다가와 말했다. 스마일. 손님들이 그런 얼굴 보면서 빵을 사고 싶겠어. 찡그리는 버릇 때문에 모두들 찡이라는 별명으로 부르긴 하지만 얼굴을 구기는 건 그 애의 유일한 불만 표출이었다. 찡은 궂은일이나 부당한 일도 미간에 힘 한번 준 다음 묵묵히 했다. 허리가 아프다면서 빵이 든 트레이를 번쩍 들어서 옮기고, 쉬는 날에도 매니저가 도움을 요청하면 나왔다. 매니저는 부탁을 들어주는 건 당연하게 여기고 찡의 굵은 주름만 못마땅해했다. 나는 남에게 일을 떠넘기는 사람의 가식적인 웃음보다 찡의 정직한 찌푸림이 더 좋았다. 찡이 바게트 같다는 걸 왜 모를까. 겉으로는 딱딱해 보이지만 마음은 누구보다 약하고 부드럽다는 걸. 바게트에는 바게트의 멋과 맛이 있지. 바게트라고 욕먹을 이유는 없지. 사람들이 찡의 미간에 담긴 인간적인 면을 알아보았으면, 하고 바랐다.

"나는 공부하면 안 돼?"

찡이 또 미간을 구겼다. 공부 얘기를 하니 이따 출근하겠다던 동생 생각이 났다. 동생은 휴학한 뒤 여의도의 변호사 사무실에서 사무 보조로 일하며 저녁에는 공무원 시험 준비를 했다. 그 애는 몇 년째 여기저기 옮겨 다니면서 아르바이트만 하는 나를 한심해했다. 언니, 언제까지 그러고 살 거야? 자기는 언니처럼 아르바이트로 인생을 낭비하지 않고 제대로 된 곳에 자리 잡을 거라고 했다. 주 6일씩 일하면서 정신없이 사는데 낭비, 같은 말을 들으면 억울했다. 어쩌다 아르바이트로 먹고사는 인생이 됐지. 새로운 일을 구하고 그곳의 기본적인 시스템을 익힐 때마다 스스로에게 물었다. 내가 일하던 곳, 몸에 익힌 단순하고 얕은 기술들은 다 어디로 간 거지. 사회생활의 경험이라는 그럴싸하고 두루뭉술한 말로 포장해 봐도 공갈빵처럼 금방 부서지고 배가 꺼졌다. 면접 보는 사람들도 나이와 이력을 확인하고 나면 비슷한 질문을 던졌다. 왜,라거나 언제까지,라는 말이 빠지지 않았다. 계획과 달리 아르바이트를 계속하다 보니 취업에서 멀어졌다. 여기가 아니라는 걸 알면서 달리 갈 곳을 알지 못해 여기로 떠밀려 온 사람의 몸 안에는 낭패감이 두텁게 쌓였다.

매장에 온 손님들은 똑같은 로고가 그려진 커다란 빵 봉지를 들고 나갔다. 겨울의 에트르는 방문하는 손님이 약간 줄었지만 매출은 오히려 늘었다. 나는 일하다 가끔씩 진열대 안의 케이크를 쳐다보았다. 화려한 색의 마카롱케이크와 과일타르트 사이에서 갈

색의 네모난 티라미수는 엄격하고 고독해 보였다. 한 해를 정리하는 의미로 잘 어울리지만 새해 분위기를 내기에는 무거운 것 같기도 했다. 에트르의 케이크를 먹어 본 적이 없어서 다른 곳에서 먹었던 조각 케이크의 맛을 떠올리며 상상해 봤다.

동생이 마지막으로 보낸 메시지는 케이크는 뭐 하러 사, 특별한 날도 아닌데 돈도 없으면서,였다. 집세 인상 얘기만 들었을 때는 케이크를 포기하려고 했는데 그 말에 오기가 생겼다. 우리는 크리스마스이브와 크리스마스에도 일했다. 나는 이틀 다 에트르에서, 동생은 이브에는 회사에서, 당일에는 겨울 코트 사는 데 보태겠다며 백화점 이벤트 매장에서 아르바이트를 했다. 크리스마스이브에 우리는 퇴근하자마자 엄마와 아빠에게 메리 크리스마스라고 쓴 메시지를 보냈고 전화로 안부를 짧게 물은 뒤 대답했다. 자기 전에는 전기장판 위에 앉아 치킨 한 마리를 나눠 먹으며 캔 맥주를 마셨다. 크리스마스 아침에는 같이 버스를 타고 백화점에 갔다. 동생은 마음에 드는 코트를 샀지만 폐점 무렵 이벤트 매장에서 사무실 사람과 마주치는 바람에 기분이 상했다. 상대방은 웃으며 인사를 건넸는데 자기만 당황해서 언니 대신 하루만 해 주는 거라고 둘러댔다며 집에 오는 내내 괴로워했다. 버스 안에서 동생은 코트가 든 쇼핑백 손잡이만 말없이 만지작거렸다. 그날 나는 케이크라도 하나 사 올걸 후회했다. 매장에서는 크리스마스이브에 이어 당일에도 기념 케이크를 팔았다. 폐점 즈음에는 깜짝 세일까지 했는데 포장하고 계산하느라 정신없어서 깜박 잊고 말았다. 마주

앉아 예쁜 케이크에 초를 꽂고 불을 끄고 소원이라도 빌었다면 크리스마스 기분이 나지 않았을까. 그랬다면 며칠 동안 여러 조각으로 나눈 케이크를 먹는 호사도 누렸을 것이다.

평소에는 끼니를 대신할 수 있는 종류의 빵만 샀다. 입가심이나 기분 전환용 혹은 커피의 맛을 더하기 위해 만들어진 디저트용 빵을 사는 일은 거의 없었다. 얼마나 맛있느냐,가 아니라 얼마나 든든하냐,가 빵을 고르는 기준이었다. 에트르에서 일하는 동안 일곱 시부터 시작되는 마감 행사 때 떨이로 파는 빵을 한 봉지씩 사는 것은 일상의 큰 기쁨 중 하나였다. 일곱 시 10분 전에 매니저는 남은 빵들을 섞어 한 봉지씩 묶었다. 나는 하나를 선택하기 전에 투명한 봉투 안에 들어 있는 빵의 종류를 신중하게 살폈다. 엇비슷한 것 중에서 구성이 제일 괜찮은 것을 골라야 했다. 그 봉지 안에 에트르의 대표 메뉴나 평소 먹어 보고 싶던 빵이 들어 있던 적은 없었다. 그래도 에트르의 빵이라는 점은 변하지 않았다. 일주일에 두 번, 대체로 화요일과 금요일에 에트르의 로고가 그려진 비닐 봉투를 들고 버스에 탔다. 운 좋게 빈자리가 있으면 앉아서 조심스럽게 빵 봉투를 열었다. 배고프고 고단한 밤, 자리에 앉아 이어폰을 꽂고 창밖을 보며 빵을 한입 베어 물 때면 이런 삶도 그럭저럭 괜찮다는 생각이 들었다.

집에 와서 동생에게 빵 봉지를 건네면 책을 보고 있던 얼굴에 잠시 웃음이 번졌다. 그 애는 우유와 함께 빵을 아껴 먹었다. 내가 새로운 빵 봉지를 들고 올 때까지 우리는 하루에 한 개씩, 암묵적으로 배당된 제 몫의 빵을 먹었다. 동생은 단걸 좋아하지 않아 담백한 스콘이나 깨찰빵을 골랐고 곰보빵이나 단팥빵은 내 차지가 되었다. 월요일이나 목요일 밤까지 남은 마지막 빵은 푸석하고 찰기가 적었지만 맛있는 상태일 때 다 먹어 버리는 경우는 없었다. 이거라도 마음대로 먹자, 싶어서 일주일에 세 번 빵을 산 적도 있지만 한두 개씩 남아 다시 예전의 패턴으로 돌아갔다.

매니저가 점심을 먹고 오는 걸 보고 찡과 직원 식당으로 갔다. 오늘의 메뉴가 뭘까. 식단표를 미리 보지 않고 그날의 운을 점치듯 식당에 도착해서 입구에 놓인 식판을 확인하는 게 우리의 소소한 즐거움 중 하나였다. 식판에 담아주는 3500원짜리 밥은 세 가지 반찬과 하나의 국, 흰쌀밥으로 이루어졌다. 2주에 한 번씩 회덮밥이나 반계탕이 특별식으로 나왔다. 처음에는 입에 맞는 반찬이 나오면 좋았고 점점 식성과 상관없이 평소에 못 먹는 것, 집에서 해 먹기 어려운 음식이 나오면 반가웠다. 가끔 돈이 아까울 때도 있었지만 대부분 먹을 만했다. 하루 두 끼 먹는 식사 중 유일하게 균형 잡힌 식단이었다. 아줌마에게 많이 달라고 해서 양껏 먹을 수 있다는 점이 제일 좋았다.

"벌써 1월 식권 살 때가 됐네."

찡은 성호를 그은 뒤 밥을 떠먹었다.

"이제는 제대로 취직해 보려고."

"공부하고 싶다며."

"공부하고 싶은데…… 사는 게 마음대로 돼야 말이지."

우리는 오늘의 메뉴 대신 새해의 아르바이트에 대해 얘기했다. 찡이나 나나 졸업 후 계속 놀 수 없어서 아르바이트를 시작한 케이스다. 3개월, 6개월 일하고 2주 정도 쉬는 생활을 하다 보니 서른 살이 돼 버렸다. 휴대폰 매장과 카페, 옷 가게에서 일했지만 명함 한 장 만들지 못했고 이력서에 적을 경력도 변변치 않다. 찡이나 나나 근면 성실했지만 그건 자랑도 자부도 되지 못했다. 기본 중의 기본일 뿐이었다. 주위 사람들도 다 시간을 쪼개고 욕망을 유보하며 살았다. 정신없이 바쁘게 지내 왔는데도 서른 살의 겨울을 생각하면 인생을 대충 산 것 같은 기분이 들어 초라했다.

찡의 직장 고민에 나는 월세 인상 문제를 털어놓았다. 하루에 가장 긴 시간을 보내는 물리적, 심리적 공간이 외부 환경에 쉽게 흔들린다는 게 사람을 얼마나 불안하게 하고 얼굴을 자주 구겨 놓는지 잘 알았다. 자연스럽게 이 문제와 저 문제가 섞였다. 누가 고민의 주체인가는 의미 없었다. 우리는 비밀 같지 않은 비밀을 공유했다.

"언니. 올려 주지 말고 이번 기회에 알아보는 건 어때."

"그럴까."

대화를 나누니 답답함도 좀 풀리고 나아갈 길도 보이는 것 같다고 느낀 순간 찡과 나의 휴대폰에 매장 빨리,라는 메시지가 떴다. 우리는 서둘러 식판을 비웠다. 점심시간은 언제나 짧았다. 느낌이 그런 게 아니라 실제로 매장 상황에 따라 툭하면 뒤로 밀렸고 예고 없이 중간에 잘렸다. 같이 밥을 먹은 3개월 동안 우리의 대화는 자주 끊겼다. 대화가 언제 중단될지 알 수 없는 조마조마함 속에서 점심과 휴식 시간이 지나갔다. 사람들이 기를 쓰고 사무직을 구하는 건 정해진 점심시간이라도 확보하고 싶은 이유 때문일 것이다. 매장 빨리, 메시지가 다시 한번 깜박거렸다.

오후에는 케이크 포장을 맡았다. 진열장 앞에서 초가 몇 개 필요한지, 폭죽을 넣을지 말지 물으며 케이크를 고르는 사람들의 얼굴을 유심히 봤다. 축하할 일이 있거나 특별한 날을 기념하려는 사람들의 얼굴에 떠오르는 기대감을 살폈다. 평범한 날에 케이크를 사는 경우도 있지만 누군가의 삶에 존재할 작은 반짝임에 대해 상상해 보는 편이 더 좋았다.

집에 대한 고민은 새해맞이 케이크로 어떤 걸 고를까,처럼 간단하거나 달콤하지 않았다. 그대로 살겠다는 건 돈을 더 만들어야 한다는 뜻이고 이사를 가겠다는 건 서울 밖으로 밀려나거나 큰 방 하나에 거실 겸 부엌이 딸린, 두 사람이 사는 데 필요한 최소한의 공간을 줄여야 할지도 모른다는 걸 의미했다. 휴식 시간이 줄어들거나 휴식의 공간이 좁아지는 것, 둘 중에 어느 쪽이 더 견디기 쉬울지 선택하기 어려웠다.

폐점한 뒤 백화점 쪽문으로 나왔을 때 밤공기에서는 겨울 냄새가 풍겼다. 정류장 앞의 옷 가게는 오늘도 불이 꺼졌다. '마야'라고 쓰인 간판이 어둠 속에 가라앉아 있었다. 평소에는 늦게까지 오픈 팻말을 매단 채 불을 밝혀 두었는데 며칠째 마네킹도 보이지 않고 행거의 옷도 절반 정도로 줄었다. 지난 석 달 동안 마야의 쇼윈도에 디스플레이된 옷들을 구경하며 버스를 기다렸다. 이어폰을 꽂고 옷 가게 안에 진열된 알록달록한 옷을 보는 동안 잠시 현실을 잊었다. 마네킹이 입은 옷은 일주일 단위로 바뀌었고 계절을 조금 앞서 나갔다. 일할 때 유니폼을 입기 때문에 옷이 필요하다거나 사고 싶은 건 아니었지만 옷차림이 자유로운 직장에 다니게 되면, 연애를 하게 된다면 저 코디대로 입어 봐야지, 상상하곤 했다. 퇴근길의 소소한 즐거움 중 하나였는데 없어진다니 아쉬웠다.

옆 건물의 화장품 가게도 한동안 점포 정리 행사를 하더니 얼마 전에 가게를 비웠다. 가게 유리창에 '임대' 표시가 붙었다. 마야나 화장품 가게 모두 손님이 많아 보였는데 실제로 매출은 얼마 안 된 건지 임대료가 올라 감당하기 어려워진 건지 알 수 없었다. 에트르에서 하루 종일 빵 냄새를 맡으며 몇백 개씩 팔다 보면 불황이 실감 나지 않았다. 인기 메뉴는 금세 품절되었고 마감 시간까지 남는 빵은 얼마 되지 않았다.

버스에서 운 좋게 창가 자리에 앉았지만 음악을 들으며 쉬는 대신 부동산 사이트에 올라온 사진들을 살펴봤다. 돈에 맞추면 방이 작거나 거실이나 부엌이 좁았고, 크기가 괜찮다 싶으면 교통이 불편했다. 집주인이 제공한 몇 개의 사진을 토대로 방의 크기와 채광, 습기, 수압, 하수구의 냄새와 벌레의 유무 같은 것까지 짐작해야 했다. 이런 데 올라온 집들은 아무리 최악을 예상해도 생각지 못한 치명적인 흠을 하나씩 갖고 있다가 이사가 끝난 뒤 슬그머니 모습을 드러냈다. 직접 봐야 한다는 걸 아는데도 늦은 시간에 찾아볼 데가 마땅치 않았다.

집에 도착하니 동생은 책상에 앉아 문제집을 들여다보고 있었다. 방 공기가 다른 날보다 훈훈했다. 나는 씻고 나서 수면 양말을 꺼내 신었다. 처음 샀을 때 폭신하고 부드러웠던 수면 양말은 세탁기에 몇 번 빨자 숨이 죽어 납작하고 뻣뻣해졌다. 그래도 일반 양말보다 도톰해서 보온력이 좋았다. 전기장판의 전원을 켜고 담요를 덮고 기다리자 엉덩이와 다리가 천천히 따뜻해졌다. 난방비를 아끼기 위해서 보일러는 일하고 돌아온 저녁부터 잠들기 전까지만 켜 놓고, 자는 동안에는 몸과 마음과 꿈을 전기장판에만 의지했다. 집에서 보내는 가장 따뜻한 때는 보일러와 전기장판의 열기가 공존하는 두어 시간이었다.

동생이 책을 덮고 바닥에 내려와 앉았다. 에트르의 빵 봉투를 내밀자 가볍게 한숨을 쉬며 받았다. 평소라면 별일 없었느냐고 인사했겠지만 오늘의 별일은 낮에 이미 터졌으므로 더 이상 별일이 없기를 바라는 마음으로 서로의 얼굴을 쳐다보았다. 빵을 먹으며 이 집에서 계속 사는 것과 다른 곳으로 옮겨 가는 것에 대해, 생각해 본 것과 알아본 것에 대해 얘기했다.

30일에는 딸기타르트가 어떨까 생각했다. 모형으로 착각할 만큼 싱싱하게 잘 익은 딸기들이 커스터드크림과 크림치즈 위에 빼곡하게 붙어 있었다. 가격이 비싸지만 상큼하고 부드러운 딸기타르트를 먹으면 기분 전환에 도움이 될 것 같았다.

매니저가 개점 전에 간판과 로고를 닦으라고 해서 찡은 유리문과 창에 세정제를 뿌리고 나는 받침대 위에 서서 통통한 페이스트리 모형과 에트르의 철자를 물걸레로 하나씩 닦았다. 그것들은 원래도 깨끗했지만 물기를 머금으니 조명 아래서 더욱 반짝였다.

화장실에서 같이 물걸레를 빨며 찡이 자기 동네에 괜찮은 집이 있다고 했다. 올 초에 집을 구하러 다닐 때 봤는데 두 사람이 쓰기에 적당해 보여서 기억한다고 했다. 그 집에도 자매가 살았던 것 같아. 찡이 사이트에 올라온 작은 방 두 개와 거실 겸 부엌을 보여주었다. 이 집으로 가면 동생과 방을 따로 쓸 수 있겠구나. 서울에 와서는 줄곧 한방에서 지냈다. 밤에 공부할 일이 있으면 동생은 책상에 앉아 스탠드를 켠 뒤 조용히 책장을 넘겼다. 나는 자다가 코를 골까 봐 똑바로 눕지 않았고 고개를 옆으로 돌린 채 눈을 감았다. 방을 따로 쓰게 되면 잠은 어떻게 할까. 아무것도 결정된 게 없는데 나는 하나뿐인 전기장판에 대해 생각했다. 게시물 밑에는 벌써 여러 개의 댓글이 달려 있었다. 찡이 쪽지 버튼을 눌렀다. 근처에 사는데 오늘 보러 가도 될까요? 저번에 보고 왔던 사람인데 아는 언니가, 하면서 몇 마디 더 붙였다.

점심 메뉴는 회덮밥이었다. 한 달에 두 번만 나오는 특별식이라 둘 다 기다렸다. 찡은 아줌마에게 많이 달라고 부탁했다. 밖에서 이 돈으로 어떻게 회덮밥을 먹어. 회사에 다니면 밥값도 만만치 않게 들 거야. 우리는 꽤 괜찮은 식사를 하는 듯한 착각 속에서 숟가락을 움직였다. 휴대폰에 알림이 떠서 매니저인 줄 알고 인상을 썼는데 댓글 쪽지가 도착했다는 표시였다. 찡이 화면의 내용을 보여 주었다. 오늘은 야근 때문에 어려우니 내일 밤에 같이 집을 보러 오라는 내용이었다. 백화점도 연말 이틀 동안은 아홉 시까지 연장 근무였다.

"우리 집 근처니까 끝나고 같이 가자."

연말연시 분위기가 백화점 안에 넘실댔다. 사람들은 한 해가 저무는 것에 대한 아쉬움은 옷 안쪽에 숨기고 연휴와 새해에 대한 기대감을 꺼내 머플러처럼 둘렀다. 웃는 얼굴로 팔짱을 끼고 전화를 하고 커피를 마시며 백화점의 따뜻한 공기 속을 활보했다. 퇴근하면 찡은 구직 사이트에 접속해서 이력서 넣을 만한 곳을 찾았다. 그 애는 취업을 새해 목표로 잡았다. 이번에는 꼭 제대로 된 회사에 들어갈 거라고 했다. 나는 아직 새해나 목표에 대해 생각해 보지 않았다. 서른한 살이 되는데 월세 10만 원, 보증금 1000만 원 인상에 삶이 휘청거리는 현실을 받아들이기 힘들었다. 나에게 진짜 방이 없는 건 아닌데. 엄마 아빠가 사는 집에는 동생과 내가 쓰던 방이 있다. 비록 하나는 창고 비슷하게 변했고 하나만 방으로 남아 있어서 명절 때면 둘이 함께 지내다 오지만, 우리에게도 아무 걱정하지 않고 머무를 방이 있다. 그러나 그건 위안 이상은 아니었다. 그 역시 온전한 내 것이 아니었고 서울의 내 자리는 더 작고 위태로웠다. 나는 일하다가 몇 번씩 진열대 안의 딸기타르트를, 비현실적으로 아름다운 케이크의 모습을 쳐다보았다.

일을 마치고 밖으로 나왔을 때 하늘이 유난히 까맸다. 버스 정류장 앞 옷 가게는 텅 비어 있었다. 분리된 마네킹과 뜯어낸 선반만 벽 쪽에 쌓여 있었다. 아침까지만 해도 옷이 남아 있었는데 낮 동안 내부를 다 정리했는지 마야라는 간판만 이곳이 옷 가게였다는 걸 알려 주었다. 마야가 완전히 사라지는 게 아니라 어딘가로 옮겨 가는 것이기를 바랐다.

31일에는 케이크에 대한 생각을 잊고 지냈다. 그러다 진열대 앞에서 케이크를 고르던 여자 둘이 에트르는 당근케이크가 최고지, 하는 걸 듣고 새해맞이 케이크를 떠올렸다. 하얀 생크림으로 정갈하게 덮인 당근케이크는 담백함과 달콤한 맛이 잘 어우러질 것 같았다.

1월 1일이 백화점 휴무라 어느 매장에나 사람이 많았다. 사람들은 양손에 쇼핑백을 든 채 아래층에서 위층으로, 이쪽에서 저쪽 매장으로 분주하게 움직였다. 행사 매장들의 계산대 앞에 줄이 길었다. 화장실에 갈 때마다 흐름이 느린 인파 속에 껴서 사람들을 둘러보았다. 다들 무얼 그렇게 열심히 고르고 사는지, 한 해의 마지막 날 가장 필요한 게 뭔지 모르겠지만 나만 사야 할 것을 잊어버리고 있는 것 같았다.

이제 매니저는 찡이 얼굴을 찡그려도 와서 스마일,이라고 말하지 않았다. 시킬 일이 있으면 나를 통해서 얘기했다. 점장과 같이 휴게실에 다녀온 찡의 미간에 굵은 주름이 두 줄 잡혔다. 점장이 언제까지 나올 거냐고 물었다고 했다. 2월 말이라고 할까 고민하다가 매니저에게 말했던 것처럼 1월까지 일하겠다고 대답했다. 점장은 아쉬워하는 기색 없이 알겠다고, 마무리 잘해 달라고 한 뒤 일어났다. 그냥 2월 말이라고 할 걸 그랬나. 한 달 만에 취직할 수 있을까. 어렵겠지. 찡은 혼자 묻고 대답했다. 후덥지근하고 건조한 공기 때문에 자꾸 목이 잠기고 얼굴이 붉어졌다.

오후가 되면서 에트르도 발 디딜 틈 없이 북적거렸다. 계산을 하려는 손님들과 빵을 고르는 손님들의 줄이 반대 방향으로 길게 이어졌다. 찜해 두었던 당근케이크는 진작에 다 팔렸고 딸기타르트도 품절되었다. 남은 건 티라미수와 블루베리요거트케이크뿐이었다. 처음의 결심대로 티라미수를 사려고 하는데 마감 세일이 시작되면서 매니저가 요거트케이크 앞에 '30퍼센트 세일' 스티커를 붙였다. 직원가인 10퍼센트보다 할인율이 더 컸다. 요거트생크림으로 덮인 원통형의 흰 케이크 위에 시럽에 절인 블루베리가 구슬처럼 둥글게 테두리를 장식했다. 단면을 본 적이 없어 빵과 빵 사이에 블루베리잼을 발랐는지 생크림이나 딸기잼을 바른 건지 짐작할 수 없었다. 가격이 저렴해지는 순간 그 케이크는 내 마음을 더 끌어당기기도 했고 매력이 떨어지기도 했다. 망설이는 사이 티라미수도 다 팔렸다. 롤케이크와 파이류를 제외하면 블루베리요거트케이크가 에트르에 남은 유일한 케이크가 되었다.

나는 매니저에게 두 개의 초와 두 개의 폭죽을 넣어 달라고 부탁했다. 두 개? 왜? 2주년 기념이야? 매니저가 심드렁한 표정으로 물었다. 나는 대답 대신 마른기침을 했다. 민트색의 상자에 검은

색으로 인쇄된 에트르의 로고가 산뜻했다.

찡의 동네로 가는 버스는 옷 가게 건너편 정류장에서 타야 했다. 북적거리던 백화점과 달리 한 해의 마지막 날 아홉 시 즈음의 거리는 한산하고 조용했다. 매장에서는 겨드랑이에 땀이 날 정도로 더웠는데 날카롭고 매서운 바람이 거리를 휘젓고 다녔다. 나는 왼손은 점퍼 주머니에 넣고 오른손으로 케이크 상자를 들었다. 장갑을 가져오지 않은 게 후회스러웠다. 손이 시려서 오래 들고 있기가 힘들었다. 케이크 상자를 바꿔 드는 주기가 점점 짧아졌다. 사차선 도로 너머에서 보는 마야는 간판까지 떼어 내서 검은 구멍 같았다.

찡이 우리가 탈 버스 번호를 알려 주었다. 세 자리 수의 버스 두 대와 네 자리 수의 버스 한 대, 세 대 모두 배차 간격이 10분을 넘지 않았다. 방향을 보니 찡과 나는 백화점을 기준으로 동과 서로 나뉘어 살고 있던 셈이었다. 정류장의 버스 도착 알림 전광판에 뜨는 번호를 확인하고 노선도를 살펴봤다. 찡이 말한 정류장의 이름은 꽤 먼 곳에 적혀 있었다. 얼마나 걸릴까, 가늠해 보는데 찡이 팔짱을 꼈다. 언니가 우리 동네 이사 오면 좋겠다. 그러면 버스도 같이 타고 다닐 수 있잖아. 찡은 코를 찡긋거리며 웃었고 나는 동생의 사무실 위치를 머릿속에 그려 봤다.

아침에 동생에게 집을 보고 오겠다고 했더니 마지막 날 밤에? 하며 보러 오라는 사람이나 보러 가는 사람이나 다 이상하다고 했다. 서로 시간을 내기 어려우니까. 얼버무리면서 나도 오늘 꼭 가야 하나 싶었다. 버스 안에서 찡과 나는 창가 자리의 앞뒤에 앉았다. 버스가 급정거를 하거나 덜컹거릴 때마다 허벅지 위에 올려놓은 케이크 상자 손잡이를 꼭 쥐었다. 앞에 앉은 찡은 창에 머리를 기댄 채 잠들었다. 나는 창밖의 낯선 거리를 쳐다보며 서울이 얼마나 넓은가 생각했다.

정류장에서 내려 횡단보도를 건넌 다음, 불이 꺼진 건물들 앞을 지났다. 우리는 가느다란 입김을 뿜어내며 걸어갔다. 찡은 거리를 둘러보며 시장이 가깝고 밤늦게까지 장사를 하는데 물가가 싸다고 했다. 그 애가 전해 주는 이 동네의 좋은 점을 정리하면 가난한 사람들이 살기에 괜찮은 곳, 정도로 요약할 수 있었다. 그런 것과 상관없이 나는 손이 시렸고 가방에 구겨 넣을 수 없는 케이크 상자가 번거롭고 거추장스러웠다.

"얼마나 더 가야 돼?"

"거의 다 왔어."

집은 밤에 보러 가는 게 아닌데. 당연한 사실이 새삼 떠올랐다. 해가 잘 드는지 바람이 잘 통하는지 보려면 낮에 가야 하는데…… 마음이 급격하게 내려앉았다. 어른이 되려면 아직 멀었구나. 여기까지 왔는데 돌아갈 수도 없었다. 이 추운 날 찡은 앞장서서 걷고 있고, 집을 내놓은 여자는 편히 쉬지도 못한 채 기다리고 있을 게 분명했다. 오늘은 구조만 보자고 생각했다. 그리고 마음에 들면 낮에 동생과 같이 와 보자, 그게 모두를 위해 좋은 방법이었다.

대로변을 지나 골목으로 접어들었을 때 나는 눈앞에 펼쳐진 풍경에 좀 놀랐다. 동생과 살고 있는 동네의 풍경을 복사해서 그대로 붙여 넣기 한 것 같았다. 한 번도 와 본 적 없는 낯선 동네의 골목이, 한참 떨어져 있는 곳과 이토록 닮아 있다는 것이 이상했다. 익숙해서 정겨운 것이 아니라 이곳도 그곳 같을지 모른다는 점 때문에 스산했다.

골목에서 한 번 더 꺾었을 때 찡이 이 집이야, 했다. 3층짜리 다세대 주택들이 골목 끝까지 죽 늘어서 있었다. 두 번째 집의 검은 대문 앞에서 찡은 여자에게 메시지를 보냈다. 나는 케이크 상자를 내려놓고 두 손을 점퍼 주머니에 넣은 뒤 몸을 움츠렸다. 찡이 여자와 대화를 주고받는 동안 동생에게 집 보러 왔다고, 주택의 2층인데 겉에서 보기에는 나쁘지 않다고, 케이크 샀으니까 밥 먹지 말고 기다리라고 메시지를 보냈다.

휴대폰을 들여다보던 찡의 미간이 찌그러졌다. 어떡하지. 이 여자 야근하는데 아직 집에 못 왔대. 열 시인데 아직도? 누구를 향한 것인지 알 수 없는 분노가 올라왔다. 숨을 쉴 때마다 입김이 거칠게 쏟아졌다. 마지막 날 야근을 시키는 회사와 해가 바뀌면 집세를 올려 달라는 집주인과 장갑을 챙기지 않은 나의 부주의가 다 못마땅했다.

일단 2층에 올라가 보자. 대문을 열고 계단을 올라가자 화들짝 놀란 것처럼 센서 등이 켜졌다. 현관문은 위아래 이중 잠금이고, 방 두 개 다 방범창 돼 있고, 이쪽에는 화분도 놓을 수 있겠다. 현관문과 창문 앞에 서서 나는 사이트에 올라왔던 사진을 떠올렸고

문 너머의 실체에 대해 상상했다.

난 우리 동네라 가까우니까 괜찮은데 언니가 헛걸음해서 어떡해. 찡은 이게 다 자기 탓인 듯 고개를 숙였다. 아니야. 네가 나 때문에 고생이 많지. 어차피 집은 낮에 봐야 되니까 다음에 또 오지 뭐. 찡과 나는 계단을 내려오면서 미안함과 위로를 주고받았다. 찡의 코끝이 붉었다. 하얀 입김이 계단참 옆으로 계속 흩어졌다. 감기가 오려는지 침을 삼킬 때마다 목 안이 따끔거렸다. 나는 몸을 조금 떨었다. 얼굴과 손처럼 옷 밖으로 드러난 부위가 시렸다. 케이크 상자를 다른 손으로 옮기려다가 손잡이를 놓쳤다. 민트색의 상자는 바닥에 떨어지며 옆으로 누워 버렸다. 찡과 나는 나지막이 탄식했다. 상자를 집어 들면서 나는 그 안의 케이크가 얼마나 뭉개졌는지 생각하지 않으려고 애썼다. 버스를 타고 30분 정도 왔으니 집에 돌아가려면 한 시간도 넘게 걸릴 것이다. 두어 시간 후면 한 해가 가고 한 살을 더 먹는다는 게 믿어지지 않았다. 나는 케이크 상자를 품에 꼭 안았다.

* 제목은 etre(존재)에서 가져왔다.

서고운

2022년 단편 소설「숨은 그림 찾기」로 문학동네신인상을 받으며
작품 활동을 시작했다.
소설집『혹시 MBTI가 어떻게 되세요?』(공저),『림: 옥구슬 민나』(공저) 등을 썼다.

빙하는 우유맛

저 작은 손톱에 색이 참 많기도 하다. 해주는 민지의 알록달록한 손톱을 한참 들여다보았다. 한 뼘만 한 낚시터 모양 수조에 앙증맞은 플라스틱 물고기 몇 마리가 둥둥 떠다녔다. 낚싯대에는 바늘 대신 자석이 대롱거렸다. 자석의 원리를 보여 주기 위한 교구였지만 민지는 물고기를 낚는 것보다 물에 도로 던져 넣는 행위에 정성을 들여 과학 선생님이 애를 먹게 했다. 민지야, 이건 자석이라는 건데, 물고기에 낚싯대를 이렇게 대보면……. 물이 사방팔방 튀기는 와중에도 선생님은 S극과 N극에 대한 설명을 줄줄 뱉어내고서는 민지가 참 착해요, 하고 앞머리가 다 젖어 납작해진 채 돌아갔다. 민지는 과학 선생님이 떠나간 뒤에도 낚시놀이 장난감을 계속 만지작거렸고, 선화는 민지를 돌보기 위해 필요한 매뉴얼을 다시 한번 죽 읊어 주었다. 아까 아침 먹이는 거 봤지, 이따 점심때도 그렇게 먹이면 되고…… 선화의 목소리가 찰방찰방 튕겨

나갔다.

하도 물을 튀겨 수조가 다 말라 가자 민지는 흥미를 잃고 드러누웠다. 층간 소음 방지 매트 위를 데굴데굴 구르더니 손을 입 쪽으로 가져갔다.

"민지, 안 돼!"

선화는 크로스백에 여권을 넣다 말고 소리쳤다.

"애가 손톱을 자꾸 물어뜯어. 그럴 땐 이렇게 한번 말해 주면 돼."

불안할 때마다 자기도 모르게 그러는 거라고, 그래서 손톱이 성한 날이 없어 매니큐어를 칠해 준다고 했다. 민지는 손가락을 물다가 인상을 찌푸리고 도로 뺐다. 매니큐어 맛이 그렇게 좋진 않을 터였다.

"신기하네. 애들도 그렇게 불안을 느낀다는 게."

해주는 굴러다니는 물고기 몇 마리를 그러모으며 민지의 손톱을 바라보았다.

"그냥 습관이지. 언니도 애기 땐 그런 거 있었을걸."

"나는 아랫입술을 계속 빨았대."

"어떻게 고쳤어?"

"엄마가 입술에 멘소래담을 발랐어."

"이모도 참 독했네."

민지의 젖은 옷을 탁탁 털어 내던 선화가 잔뜩 찌푸린 채 해주를 돌아보았다. 해주는 입술을 살짝 깨물어 보았다. 멘소래담의 쌉싸름하고 화한 냄새가 아직 묻어 있는 듯했다. 흠집 없는 통유리 창으로 여름 볕이 쏟아지고 민지의 이마와 플라스틱 물고기들이 햇살을 받아 환해졌다. 선화는 민지를 꼭 끌어안은 뒤 캐리어를 번쩍 들었다.

"언니, 민지 잘 부탁해."

민지는 선화가 떠나는 것에 별 관심이 없는 듯 다시 드러누워 햇살을 받았다. 해주는 선화를 엘리베이터 앞까지 배웅해 주고 돌아와 민지 옆에 엎드렸다. 내일은 한강 수영장에나 가 볼까. 낚시 장난감을 갖고 노는 걸 보아하니 헤엄치는 것도 좋아하겠지. 가난한 이모가 줄 수 있는 선물로 딱인 듯했다.

민지를 봐 줄 여유가 생긴 건 끝을 알 수 없는 휴직 때문이었다. 회사에서는 해주 씨, 요즘 마트가 사람을 잘 안 구하네,라며 한 달만 더 쉬어 보라고 했다. 그날 해주는 할머니의 점심을 차려 드린 뒤 아파트 놀이터에서 한참 동안 그네를 탔다. 거슬거슬하게 녹슨 그넷줄을 붙잡고 있으니 금세 손에 쇠 냄새가 배었다. 비릿한 손바닥을 바지에 슥슥 문지르다가 선화의 전화를 받았다. 상하이에서 열리는 학회에 가게 되었다며 선화는 이틀만 민지를 봐 달라고 했다.

"우리 집에서 지내면서 봐 주면 좋겠는데, 선생님들도 오셔야 되고."

해주는 육아 휴직 중인 사람을 학회에 보내는 연구소가 어디 있느냐고 물었다. 1년 전, 민지가 두 돌이 지나도록 말을 못 떼자 선화는 육아 휴직을 냈다. 그런데 이제 슬슬 복귀할 때도 됐고, 연구소에 난임 전문 연구원이 선화 말고는 딱히 없다고 했다. 선화도 좋은 기회라 꼭 가고 싶은 눈치였다. 선화의 남편은 척추 전문 한방 병원의 대구 분점에서 일하느라 민지를 돌보기 어려웠다. "언니, 내가 넉넉히 챙겨 줄게. 미안해." 해주는 텅 빈 스케줄러를 한 번 열어 보고는 알겠어, 사촌끼리 뭘 챙겨, 하고 전화를 끊었다. 뭘 얼마나 넉넉하게 챙겨 준다는 거야. 해주는 한숨을 한 번 내쉬고 그네에서 일어났다.

아이를 보는 일에는 자신이 없었다. 더군다나 말도 안 통하고, 책을 읽는 것보단 찢는 것을 좋아하고, 어디서든 뛰어내리려고 드는 애라니 더더욱 두려웠다. 얼마 전 마트에서 잘린 것도 애 때문이 아니었던가. 그래도 선화의 제안을 거절할 명목이 없었다. 선화에게 해주는 가장 할 일 없이 한가한 사람이었다. 그게 딱히 부끄러운 것은 아니었지만 그래서 더 기분이 나빴다.

민지의 스케줄은 빽빽했다. 매일 과학이나 미술, 한글 또는 영어 선생님이 방문했고 매끼 먹어야 할 음식과 틈틈이 챙겨야 할 간식, 마셔도 되는 음료와 안 되는 음료 따위가 냉장고에 붙은 보드에 꼼꼼히 적혀 있었다. 태어난 지 42개월 된 사람에게 쏟아야 하는 정성인지 걱정인지가 너무 많았다. 그걸로도 부족해서 선화는 비행기를 타기 직전까지 전화를 걸어 왔다. 언니, 민지 밥 온도 체크했어? 언니, 한글 수업 준비해 놨어? 언니, 애 있을 때 절대 스마트폰 보거나 하면 안 돼. 언니…….

매뉴얼을 아무리 꼼꼼히 숙지해도 선화가 아무리 전화를 해도 민지와의 소통은 어려웠다. 민지는 말을 하지 않았고, 해주의 말을 알아듣는 건지 아닌지도 알 수 없었다. 민지도 해주가 제 의사를 알아먹지 못하니 답답해하며 떼를 썼다. 매뉴얼에는 틈날 때마다 말 걸어 주기, 오감을 활용하여 말해 주기 등등이 적혀 있었지만 해주는 친하지도 않은 아이에게 그런 말을 하는 게 좀 쑥스러웠다. 애 앞에서 낯 가리는 게 이상한 것도 같았지만 민지야, 이모가 이제 밥을 데울 건데, 우아, 분홍색 접시에다가 밥을 이렇게 동그랗게 담아 볼게, 하고 주저리주저리 떠들다 보면 오만 가지 시식 코너 중에 제일 인기 없는 시래기밥 코너 따위를 떠맡은 기분이 들었다. 그래서 오감을 활용하여 말해 주기는 조금 하다 말았다.

해주에게 민지는 조카라기엔 좀 멀고 그냥 남이라기엔 가까운 그런 애였다. 선화가 민지를 낳았다는 연락을 받았을 때 할머니는 계단을 뛰어내려 갔다. 미적미적 따라 나오는 해주의 머리통을 치며 사촌 동생은 애를 낳았는데 너는 꼴이 그게 뭐냐, 하고 나무라기도 했다. 해주는 그제야 머리망을 풀지 않았다는 걸 깨달았다. 머리망을 잃어버린 바람에 탈의실에 굴러다니는 것을 하나 주워서 꽂았는데, 하필 큐빅이 잔뜩 박힌 큼지막한 리본이 달려 있는 망이었다. 아차, 하고 망을 풀자 이미 곱슬곱슬해진 머리 때문에 꼴은 더 우스워졌고, 그렇게 간 병원에서 처음 본 민지는 그냥 빨갛고 축축한 작은 생명체였다. 선화는 그 옆에서 자기 생애 가장 뿌듯하고 숭고하면서도 당연한 일을 마친 사람처럼 성스럽게 누워 있었다. 그게 4년 전이었다. 그리고 민지는 아직까지도 말을 못했다. 그건 선화도, 할머니도 예상하지 못한 일이었다.

해주는 민지가 말을 하는지 어쩌는지 잘 알지 못할 정도로 데면데면 지냈다. 그저 할머니가 걔는 어째 아직 엄마 소리도 안 한다냐, 물으면 오늘은 마감조라 늦게 와요, 하고 엉뚱한 대답을 할 뿐이었다. 사실 마감조가 아닌 날에도 해주는 마감조인 척했다. 할머니와 엄마가 식탁 앞에 멀뚱히 앉아 자신을 기다리고 있을 모습이 어색했다. 기다려 준 가족들에게 분명 무언가 생기 넘치는 말을 건네며 단란한 식사 시간을 꾸려야 할 텐데, 해주의 입에서는 음식을 씹는 소리조차 나지 않았다.

휴직 전 해주는 글로벌 기업이 운영하는 창고형 대형 마트에서 일했다. 서울 외곽에 위치한 지하 1층, 지상 5층 규모의 매장이었다. 2층부터 5층까지는 전부 주차장이었는데 평일이든 주말이든 할 것 없이 매번 꽉꽉 들어찼다. 축구장만 한 건물을 한 바퀴 두르고 주차 대기 줄이 늘어설 때도 잦았다. 해주는 마트 소속은 아니고 마트에 인력을 공급하는 작은 회사의 파견 직원이었다. 특히 새로 오픈하는 곳이나 파업으로 급히 인력이 필요한 곳이라면 전국 어디든 사람을 보내는 회사였다. 대학을 졸업하고 아르바이트 겸 시작했다가 5년 동안 그렇게 이곳저곳을 돌았는데 마지막 마트에서는 3년 가까이 일했다. 전에 없던 동기 부여가 있었기 때문이다.

해주는 이달의 친절 사원이 되고 싶었다. 마트의 전국 지점을 통틀어 매달 한 명이 선정되는데 이달의 친절 사원이 되면 지하 주차장으로 내려가는 에스컬레이터 앞 커다란 게시판에 활짝 웃는 사진이 걸리곤 했다. 게시판에는 고객의 자리를 만드는 우리!라는 문구도 큼직하게 적혔다. 다국적 기업답게 통도 커서 친절 사원에게는 100만 원의 상금과 함께 일주일의 포상 휴가가 주어졌다. 전국 지점의 직원은 못해도 2천 명이 넘으니 그만한 보상을 받을 만도 했다. 해주는 세상 그 누구보다도 친절하고 노련한 사람이 되어 100만 원과 일주일의 포상 휴가를 따내겠다고 결심했다. 그 정도면 퇴직금도 없는 회사를 그만둘 계기가 되고, 대형 마트의 관리직에도 지원해 볼 만한 경력이 될 수 있을 것 같았다.

마트가 원하는 친절 사원의 인재상이 되기 위해선 고객들에게 친절하면서도 마트에 불이익이 생기지 않게 하는 고난도의 기술을 연마해야 했다. 마냥 싹싹해서 고객이 해 달라는 대로 퍼 줄 수는 없는 노릇이었다. 개봉한 지 두 달이 넘은 라디에이터를 들고 와서 환불해 달라고 생떼를 쓰는 사람도, 환불 규정에 알맞은 사유로 정당하게 찾아온 사람도, 적당한 쿠션 화법과 강력한 설득을 통해 돌려보내야 했다.

한번은 거구의 젊은 남자가 구역질을 하며 일주일 전에 산 치킨 한 박스를 환불해 달라고 한 적이 있다. 불량 치킨을 먹는 바람에 탈이 났으니 보상금도 받아야겠다고 했다. 모두가 절절매고 있을 때 해주와 함께 파견된 선배가 결국 남자를 제압하여 돌려보냈다. 해주보다 체구는 작고 나이는 열 살쯤 많은 여자 선배였다. 선배는 그 남자를 조용히 화장실 앞으로 끌고 가 무어라고 말했고, 남자는 헐렁한 슬리퍼 바깥으로 발가락을 꼼지락대며 잘못했다고 다시는 그러지 않겠다고, 그리고 치킨은 맛있었고 아무런 문제가 없었다고 인정한 뒤에 돌아갔다. 그다음 달 선배의 사진이 친절 사원 게시판에 걸렸다. 화장실 앞에서 그녀가 무어라고 말했는지는 해주만 알았다.

"그 사람 상습범이거든. 머리가 좀 이상해. 망상 있어서 약 먹고 토하는 거야. 예전에 나 있던 매장에서도 그러다 딱 걸렸지."

선배는 별거 아니라는 듯 말했다.

"경찰 말고 정신 병원에 신고한다고 다그쳤더니 애처럼 울데."

한글 선생님은 컬이 자연스럽게 들어간 긴 머리를 찰랑거리며 들어왔다. 눈동자가 안 보일 정도로 환하게 눈웃음을 지으며 아, 민지 이모시구나, 인사를 하고서는 소파 옆에서 접이식 테이블을 꺼내 펼쳤다.

"곰돌이가 걸어요. 곰돌이가 길을 걸어요. 곰돌이가 공을 들고 길을 걸어요."

선생님이 기역 자에 빨간 색연필로 색을 칠하며 교재를 읽는 동안 민지는 기역의 홍수에서 길을 잃고 징징거렸다. 요즘은 초등학교 입학도 전에 한글도 에이비시도 떼고 논술 팀까지 꾸려서 간다는 말이 사실인가 보다. 그래도 말 한마디 못 하는 애를 앉혀 놓고 저러는 것은 좀 가혹하지 않은가. 기역이 가득한 그림책 한 권을 읽는 동안 민지는 계속 떼를 썼다. 그럴 때마다 선생님은 능숙하게 민지의 손을 잡아 앉혔다. 그러면 민지는 손톱을 뜯었다. 해주는 아무런 진전이 없는 수업을 지켜보다가 안방으로 들어가 침대에 드러누웠다. 10분쯤 지났을까, 고요해진 거실로 나온 해주는 박박 찢긴 그림책과 그 옆에서 데굴데굴 구르는 민지, 그리고 눈물이 그렁그렁한 선생님을 번갈아 보고 자기도 모르게 고개를 푹 숙였다.

선생님이 돌아가고 얼마 지나지 않아 선화가 영상 통화를 걸어왔다. "언니. 민지 좀 보여 줘." 액정에 뜬 엄마 얼굴을 보자 민지의 얼굴이 환해졌다. "민지, 앉아." 선화의 말에 민지가 궁둥이를 붙이고 앉았다.

"민지, 오늘도 선생님 말 안 들었어요?"

민지는 대답을 하는 대신 손톱을 물었다. 선화가 민지, 안 돼! 하고 소리치자 바로 손을 입에서 뺐다. 곧이어 선화가 곰, 돌, 이! 하고 또박또박 힘을 주어 말했다. 민지는 아무 반응도 하지 않았다.

"곰돌이! 곰돌이! 곰돌이!"

선화는 계속해서 곰돌이를 외쳤다. 민지는 얼굴을 붉힌 채 안절부절못하다가 방에서 곰돌이 인형 하나를 꺼내 왔다. 선화는 그래, 그거, 곰돌이, 하고 반색을 했다. 그리고 다시 곰돌이를 반복해서 외쳤다.

그, 구……. 고……. 민지가 눈물을 뚝뚝 떨구며 옹알거렸다. 곧이어 고도, 고도리, 고도리, 하고 선화의 말을 따라 했다. 한여름 오후의 끈덕진 바람이 들이치는 고급 아파트 꼭대기 층에 곰돌이와 고도리가 울려 퍼졌다. 곰돌이 - 고도리 - 곰돌이 - 고도리 -. 해주는 이달의 친절 사원 게시판에 걸린 선배의 웃는 얼굴을 떠올렸다. 남자를 정신 병원에 보내겠다고 협박한 것을 은밀한 노하우처럼 알려 주며 선배는 이렇게 말했다.

"진짜로 신고할 걸 그랬어. 그런 사람들은 나돌아 다니면 안 되잖아."

민지는 고개를 푹 숙이고서 곰돌이 인형을 꾹꾹 눌렀다. 해주는 괜찮아, 이제 그만해, 하고 핸드폰을 치워 버리고 싶은 충동에 휩싸였지만 자신이 끼어들 틈이 아니라는 것을 잘 알았다. 어느덧 해주는 입술을 깨물고 있었다. 아찔한 통증과 함께 멘소래담의 씁쓸한 맛이 느껴지는 듯했다. 이제 이모 바꿔 줘, 하는 선화의 목소리에 정신을 차리고 보니 아랫입술이 얼얼했다. 해주는 괜히 변명처럼 수업이 너무 어렵긴 하더라, 하고 운을 뗐다. 선화는 애가 말이 좀 늦어서 그렇지 충분히 할 수 있어, 방금 봤지, 수업할 때 언니가 옆에서 좀 푸시를 해 줘야 해,라고 단호하게 답했다. 그리고 둘은 잠깐의 침묵을 지켰다. 해주가 조심스럽게 다시 말을 꺼냈다.

"혹시 민지 병원이나 상담소 같은 덴 가 봤어?"

"가 봤지. 그런 거 아니야. 민지 정상이래."

선화가 해주를 타이르듯 말했다.

"그리고 언니, 지금 이렇게 안 해 두면 민지 나중에……."

해주는 선화의 말을 마저 기다렸지만 선화는 말을 아꼈다.

"아니야, 언니. 고마워."

해주가 마지막으로 담당했던 마트 1층의 A-4 구역은 아이패드와 노트북, 디지털카메라와 디지털 피아노 같은 전자 제품들로 빼곡했다. 주로 부모를 기다리는 아이들의 놀이터가 되는 곳이었다. 친절 사원이 되려면 고객들의 추천이 필수적이었는데 어린이들은 그런 것에 관심이 없으므로 친절 사원이 되기에 도움이 되는 구역은 아니었다. 평소에는 쉽게 허락되지 않을 전자 기기를 한번 붙잡은 아이들은 수십 분을 가만히 붙박여 있었다. 정작 기기를 구매할 만한 손님들은 조금 서성이다가 돌아가는 바람에 아이들을 잘 달래서 보내야 했다. 해주는 지문이 잔뜩 묻은 액정을 극세사 타월로 닦고, 충전 케이블의 잠금장치를 확인하고, 재고를 파악하고, 진열대를 정리하는 틈틈이 주머니에서 사탕을 꺼내 아이들에게 하나씩 쥐여 줬다. "다른 데 가서도 놀아." 말랑말랑한 우유 맛 사탕이 특히 인기가 좋았다. 아이들은 기특하게도 금세 슬금슬금 사라졌다.

아이들은 틈만 나면 기기의 배경 화면을 바꿨다. 혀를 쭉 내밀고 있거나 힘껏 얼굴을 구긴 사진을 찍어 아이패드의 홈 화면으로 설정해 두는 일은 하루에도 몇 번씩 일어났다. 수시로 매장을 돌면서 이런 당혹스러운 배경 화면을 지정된 사진으로 되돌려 놓는 일도 해주의 업무였다. 지정되는 배경 화면은 시즌마다 바뀌었는데 주로 이국의 사진들이었다. 여름 휴가철에는 세이셸의 해변이라든지 크리스마스 시즌에는 눈이 쌓인 작은 독일 마을의 동화 같은 풍경이라든지 하는 식으로 다소 고전적이었다.

그중에서도 해주의 눈길을 사로잡았던 배경 화면은 빙하 사진이었다. 각양각색의 모양으로 솟아오른 빙하의 봉우리는 하늘빛을 받아 묘하게 푸르렀다. 하늘에서 쏟아지던 거대한 폭포가 갑자기 얼어 버린 것 같았다. 해주는 빙하의 사진을 찍어 구글에서 이미지 검색을 했고 그것이 아르헨티나의 웁살라 빙하라는 것을 알게 되었다. 그리고 메모장에 웁살라, 아르헨티나,라고 적어 두었다. 빙하도 얼음인데 왜 저렇게 파랄까? 빙하의 꼭대기에 올라가 보고 싶었다. 사각거리는 얼음을 딛고 올라가면 정상은 왠지 말캉할 것만 같았다. 그때부터 해주는 예쁜 장갑이나 방한모자, 목도리 따위를 사 모으기 시작했다. 친절 사원이 되어 100만 원의 상금을 타고 퇴직할 수 있다면 빙하를 보러 갈 수 있을 것이라 생각했다. 환승을 오래 하더라도 값싼 비행기를 타고, 호텔 같은 데 가지 않고 여럿이 한방에서 자는 그런 숙소를 찾는다면, 괜찮을 것 같았다. 항공권 살 돈을 살뜰히 모아 가며, 친절 사원을 향한 결의를 다지며, 해주는 A-4 구역을 보다 활기차게 누볐다.

이윽고 해주는 아이패드 같은 태블릿 피시를 사는 고객들 중 특히 어린 자녀가 있는 이들에게 영어 교육 앱 쿠폰을 뿌리기 시작했다. 미취학 아동 부모들 사이에서 유명한 앱이었다. 간단한 게임을 하면서 레벨을 올리고, 그러면서 자연스럽게 영어를 익히는 방식이었는데 쿠폰을 쓰면 광고를 없애거나 쉽게 레벨을 올릴 수 있었다. 해주는 틈틈이 게임을 하면서 영어도 익히고 이런저런 미션을 수행해서 쿠폰도 벌었다. 때로는 몇천 원씩을 투자해서 쿠폰을 사기도 했다.

쿠폰을 받은 고객들 중 몇몇은 해주를 친절 사원으로 추천했다. 전자 제품 구역에서는 추천이 드물었기 때문에 해주가 받는 추천은 눈에 띄었다. 매장을 돌던 점장이 해주 씨, 고생해 줘서 고마워요, 좋은 소식 있을 거예요,라고 했던 날 해주는 아르헨티나 항공권의 일정과 가격을 공들여 검색했다. 겨울에 출발하는 120만 원짜리 티켓에 하트를 눌러 두는 것도 잊지 않았다.

선화와 통화를 마쳤을 때 민지는 이미 곯아떨어져 있었다. 기를 쓰고 우느라 땀에 홀랑 젖은 내복을 갈아입힌 뒤 해주는 방문을 살그머니 닫고 거실로 나왔다. 적막한 소파에 한참을 앉아 있다가 맥주 몇 캔을 사 와 몰래 홀짝였다. 창문이 하도 크고 투명해서 발가벗은 느낌이 들었다. 창 너머 짙은 청색의 밤하늘이 아찔하게 펼쳐졌다. 참 고급이다. 고급 아파트 정상에서 마시는 맥주의 맛은 왠지 더 시원했다. 몇 년 전 뉴스에도 나온 아파트였다. 엘리베이터 버튼에 점자가 없어 시정 명령이 내려왔는데 점자 버튼으로 교체하는 대신 그냥 벌금을 물기로, 입주자 투표의 압도적인 찬성으로 결정했다는 보도였다. 점자 없는 밋밋한 30개의 버튼 꼭대기에 민지의 집이 있었다. 사람이 땅을 밟고 살아야 하는데. 해주는 문득 그런 생각을 하고서 너무 늙은이 같은 생각이 아닌가 싶어 피식 웃었다.

그 순간 쿵쿵, 하고 둔탁한 소리가 들렸다. 해주는 맥주 캔을 내려놓고 민지의 방으로 갔다. 잠에서 깬 민지가 유리창을 붙잡고 폴짝폴짝 뛰고 있었다. 자꾸만 뛰어내리려고 하는 것도 민지의 이상 행동 중 하나였다. 선화는 유아기 때 중력에 민감하게 반응하는 아이들이 종종 있다고, 민지도 감각이 예민해서 그러는 거라고, 그래서 침대도 소파도 식탁도 다 저상형으로 바꾸었다고, 한번은 싱크대에 기어올라 갔다가 떨어진 탓에 응급실에도 간 적이 있다고 했다. 해주가 나지막이 민지야, 하고 부르자 민지는 손가락을 들어 창밖으로 다이빙하는 시늉을 해 보였다. 대책 없이 높은 집이라 아래를 내다보면 아찔했다. 민지만 한 아이가 뛰어내린다면 산산조각이 나기도 전에 날아가 버릴 것이다. 해주는 민지를 끌어당겨 꽉 안았다. 민지는 아기 고양이처럼 버둥거렸다. "민지야. 여기서 뛰면 너 죽어." 그렇게 고층의 밤이 느리게 흘러갔고, 민지는 곧 잠잠해졌다.

"다른 말은 안 해도 돼. 그래도 아프면 아프다고는 해 줘야 해."

해주는 민지의 눈을 똑바로 보고 말했다. 넘어지는 시늉을 하며 이렇게 무릎이 아야 할 수도 있고, 눈물을 훔치는 시늉을 하며 이렇게 마음이 아야 할 수도 있다고 알려 주었다. 민지도 해주의 눈을 가만히 들여다보고 있었다.

"아파!라고 말해야 돼. 아니면 이렇게라도."

해주는 민지의 이마를 자기 이마에 가만히 포갰다. "아니면 이렇게." 민지의 두 손으로 자기 뺨을 감쌌다. 한참을 그러고 있자 민지는 꾸벅꾸벅 졸았다. 해주는 민지를 안아 올려 안방 침대에 눕혔다. 민지는 끙 하고 앓는 소리를 한 번 내고서 모로 누웠다. 민지의 뺨 위로 손을 포갰다. 따뜻하고 보슬보슬한 감촉에 금방 잠이 들고 말았다.

해주는 낯을 심하게 가려서 초등학교에 입학했을 때도 애를 먹었다. 선생님이 발표를 시키면 앞으로 나가 선생님에게 귓속말을 했다. 제 생각은요, 늑대가 불쌍한 것 같아요. 이렇게 속삭이면 선생님은 해주 생각에는 늑대가 불쌍하대, 하고 아이들에게 말해 주었다. 그러면 아이들은 고개를 갸우뚱하며 해주를 바라보았다. 해주는 그 시선이 너무나도 화끈거려 공중으로 날아가고만 싶었다. 엄마는 담임 교사와의 상담에서 어떻게 하면 얘를 정상적으로 생활할 수 있게 하겠느냐고 물었다. 담임은 해주가 정상이 아닌 건 아니에요, 그냥 애들 성격이 다 다른 거예요,라고 대답했지만 엄마는 꿋꿋이 물었다. 그래도 이런 애들한텐 보통 어떻게 하냐고요. 얘 이대로 크면 나중에…….

하루는 하교 시간이 한참 지났는데도 집으로 돌아오지 않는 해주를 찾아 할머니가 학교 근처를 샅샅이 뒤졌다. 할머니는 작은 문방구에서 해주를 발견했다. 해주는 키티 모양 지우개를 들고,

문방구 아줌마한테 얼마인지 물어보지를 못해서 문방구 안팎을 뱅뱅 돌고 있었다. 할머니는 500원을 내고 지우개를 사서 입술이 새빨개진 해주를 데리고 돌아왔다.

엄마가 해주의 입술에 멘소래담을 바르기 시작한 건 그즈음부터였다. 물론 멘소래담이 해주의 사회성을 높여 준 것은 아니었고 마트에서 일을 할 때도 해주는 자주 아랫입술을 빨았다. 시도 때도 없이 찾아오는 화끈거림에 말문이 막힐 때도 여전히 많았다. 집이든 일터든 어느 공간에 녹아드는 건 정말 힘든 일이라 해주는 차라리 시간이 멈추기를 바라기도 했다. 내일이 오면 또 다른 공간에서 다른 사람들을 마주해야 한다. 사람들은 각각의 요구를 가지고 있지만 나는 그게 무엇인지도 모르고 어떻게 해결해 줘야 할지도 모른다. 이런 생각들이 밀려올 때면 눈을 감고 잠시 웁살라 빙하를 그리곤 했는데.

눈을 뜨자마자 해주는 한강 야외 수영장을 검색했다. 지하철을 타고 갈 수 있어서 그리 복잡해 보이지는 않았다. 민지의 작은 옷장을 뒤져 수영복을 꺼냈다. 팔에 끼우는 튜브도 찾았다. 차마 선화의 옷장을 뒤지기는 뭣해서 자신의 수영복은 공원에 가서 대여하기로 했다. 장바구니에 대강 수영복과 오렌지, 두유 따위를 챙겨 넣고 민지가 좋아하는 파란색 운동화도 신겨서 엘리베이터를 탔다. 어린아이와 단둘이 하는 외출은 처음이라 목덜미가 빳빳하게 굳은 채 출발했지만, 한강 공원에 다다랐을 땐 쨍쨍한 여름 하늘에 마음이 부풀어 민지의 손을 꼭 쥐었다.

수영장은 평일 점심을 갓 넘겨 한산했다. 어린이용 풀장만 바글거릴 뿐, 성인용 풀장에는 물안경에 수모까지 본격적으로 착장한 아줌마들뿐이었다. 해주는 5천 원을 내고 어린이용 풀장의 선베드를 하나 대여했다. 민지는 말은 못 해도 신이 난 듯했다. 해주는 민지에게 조그마한 구명조끼를 입히고 토시 모양 튜브에 바람을 넣어 양팔에 끼워 주었다. 공원에 들어서며 큰맘 먹고 산 홍학 모양 튜브에도 바람을 넣었다.

"거기 남학생! 뛰어내리지 마세요!"

튜브가 빵빵해질 무렵 호루라기 소리가 삑 울리며 확성기 소리가 들렸다. 다부진 가슴의 안전요원이 높은 의자 위에서 성인용 풀장을 향해 삿대질을 하고 있었다. 안전요원의 손가락을 따라가니 다이빙 자세로 장난을 치는 애 하나가 보였다. 못 들은 척 우쭐대던 아이는 악! 하고 물에 빠지더니 호루라기 소리 두어 번에 금방 밖으로 나왔다. 그 순간 민지가 선베드에서 뛰어내렸다. 해주는 튜브를 내동댕이치고 민지를 낚아챘다.

"민지. 또 점프하고 싶어?"

역시나 대답이 없었다. 해주는 민지를 안고 어린이 풀장으로 갔다. 물은 딱 해주의 허리춤까지 왔다. 그래도 민지 키보다는 높아서 해주는 민지의 구명조끼와 팔 튜브를 다시 한번 꼼꼼히 확인했다. 바람을 빵빵하게 채운 홍학 튜브를 띄워 놓으니 생각보다 거대했다. 벌써 다른 아이들이 부러워하는 눈치가 보여 조금 뿌듯했다. 해주는 민지를 먼저 홍학 튜브에 올려 주고 그 옆에 올라가 드러누웠다. 하늘을 보고 누우니 여름 오후의 자외선이 따끔했다. 해주 옆에 엎드린 민지는 짧은 팔을 뻗어 물장구를 쳤다. 온몸이 기분 좋게 익어 가는 것이 나름 상쾌했다. 민지가 흩뿌리는 물방울이 살갗에 닿았다가 금방 사라졌다. 아이들 떠들고 고함치는 소리가 시끄러운 와중에 민지가 참방거리는 소리는 어떤 외계의 언어처럼 느껴졌다.

“민지야. 기분 좋아?” 태양이 너무 환해서 해주는 눈을 살짝 감았다. 민지는 까르르 웃는 것으로 대답을 대신했다. 그래, 잘 놀면 됐지 뭐. 이틀이 그래도 무사히 지나가고 있어서 다행이라고 생각했다. 눈물 바람이 난 아이를 달래다가 진이 빠지기도 하고, 쉴 새 없이 전화를 걸어 언니 이거 했냐 저거 했냐 물어보는 선화 때문에 정신이 하나도 없었지만, 나름 정이 들어서 헤어질 게 좀 아쉬웠다. 물론 지금이야 아쉽지만 막상 짐을 챙겨 집으로 돌아가고 나면 민지를 자주 보러 올 것 같진 않았다. 하긴 민지가 나보다 바쁜데. 그런 생각을 하니 문득 선화가 아낀 말이 궁금했다. 지금 안 해두면 민지 나중에……. 해주는 괜히 억울해졌다.

해주는 친절 사원이 되지 못하고 잘렸다. 마트에서는 온라인 배송 서비스를 시작하며 매장 방문 고객을 차츰 줄여 나갔다. 처음 보는 물류 직원과 배송 기사들이 바삐 지나다녔다. 중소 운송 회사와 계약을 맺은 뒤에는 본격적으로 매장 규모 줄이기에 착수했다. 위생 문제를 들며 시식 코너를 없애고 나서는 탈의실에 대기하는 직원이 하나둘 늘어 갔다. 그들은 며칠씩 그렇게 대기하다가 어느 날 사라졌다. 물류 쪽으로 빠졌다는 사람도 있었고, 그냥 오늘 보니 그만뒀다더라 하는 사람도 있었다. 파견 직원도 반절이 줄었다. 그들은 또 다른 마트에 가거나 학교에 복학하거나 육아를 하거나, 그냥 쉬었다.

전자 기기를 실제로 만져 보고 체험해 보고 싶은 사람들을 위해 A-4 구역은 매장 규모를 오히려 키웠고, 온라인 배송 서비스 이후 유일하게 매출이 늘어난 구역이 되었다. 덕분에 해주는 탈의실 신세를 면했다. 아이들에게 사탕을 나눠 주고 엄마들에게 영어 교육 앱 쿠폰을 뿌려 주며 고객 추천을 하나하나 모아 갔다.

그러던 어느 날 우유 맛 사탕을 받아먹은 한 아이가 컥컥대며 발작을 했다. 아이의 아빠가 달려오고, 비상약을 아이에게 물리고, 아이는 곧 숨을 몰아쉬며 정신을 차렸지만 사건은 쉽게 마무리되지 않았다. 우유 알레르기가 있는 아이라고 했다. 온라인 커뮤니티에서 얼굴이 팅팅 부은 아이의 사진이 화제가 되고, 수십 개의 댓글이 달리고, 마트에서는 파견 직원이라 교육이 제대로 이루어지지 못한 점 깊이 사과드린다는 입장을 게시하고, 해주는 아이의 부모 앞에 무릎 꿇고 사죄를 한 뒤 200만 원에 합의를 보았다. 해주는 보험을 적용받는 직원이 아니었기 때문에 적금 하나를 깨야 했다. 하트를 눌러 둔 비행기 티켓보다도 더 비싼 합의금이었다. 우유 맛 사탕을 먹고 사람이 죽을 수도 있다는 걸 해주는 그날 처음으로 알았고, 그렇게 일을 잃었다.

해주가 캐비닛에 넣어 둔 짐을 챙기러 마트를 다시 찾았을 때 이달의 친절 사원이 된 선배는 푸드 코트에서 쟁반짜장을 샀다. 해주가 제일 좋아하는 음식이었다.

"나 상금 못 받았어."

선배가 말했다.

"원래 자기네 직원한테 상여금 명목으로 나가는 건데 내가 여기 소속이 아니라 당황한 눈치더라. 그래서 여기 상품권 10만 원짜리 한 장만 받았다."

선배가 웃었다.

"그러니까 잘리는 거 아쉬워 마."

해주는 고개를 끄덕이다가 엉엉 우는 바람에 쟁반짜장의 면발이 다 불고 말았다.

불어 터진 면발 사이사이에 해주의 모든 꿈이 눅눅하게 녹아들었다. 이를테면 친절 사원이 되는 것이라든지, 웁살라 빙하에 가 보는 것이라든지, 보다 곰살궂은 식구가 되는 것. 선배는 쟁반짜장을 퇴식구로 가져가 밀어 넣고 휴지를 잔뜩 뽑아 와 해주에게 건넸다.

빙하의 꼭대기. 얼음인데 말랑하다. 핥아 보니 우유의 맛. 수영복을 입은 해주가 엉덩이를 붙이고 앉는다. 빙하 뒤에는 다른 빙하가, 그 뒤에는 또 다른 빙하가 겹겹이 늘어서 있다. 야! 외치니 빙하가 호! 하고 답한다. 너무 덥다! 외치니 그 뒤의 빙하가 여름이잖아! 하고 답한다. 너는 정말 빙산의 일각인 거니! 해주가 묻자 그 뒤의 또 다른 빙하가 답한다. 아니! 보이는 게 전부야! 해주는 깜짝 놀란다. 그럼 저 아래는 대체? 고민하던 중에 누군가 잡아당긴다. 돌아보니 자그마한 선화가 해주의 등짝을 붙잡고 앉아 있다. 언니. 곰돌이, 해 봐, 곰돌이. 해주는 곰돌이가 무엇인지 떠올리려 애를 쓰지만 쉽지 않다. 물장구치는 소리가 들린다. 선화의 뒤에서 거대한 민지가 솟아오른다. 민지는 입을 열고 소리친다. 민지의 입에서는 물소리가 난다. 참방. 참방. 해주는 민지의 물소리를 듣고 알겠어, 답한 뒤 빙하의 꼭대기에서 미끄럼틀을 타고 내려간다. 그렇게 해주는 깊고 따뜻한 바다로 빠져들어 가고 빙하의 아래에는…….

홍학 튜브가 뒤집히는 바람에 해주는 선잠에서 깼다. 허리춤까지 오는 수심에서 잠시 버둥거린 끝에 정신을 차리고 일어섰다.

"어머, 어머, 쟤 어떡해."

사람들이 일제히 한곳을 바라보고 웅성거리고 있었다.

"보호자분 어디 계세요!"

안전 요원이 다급하게 소리를 치며 수영장을 뛰어다녔다. 안전 요원이 있어야 할 높은 의자에는 작은 아이가 올라가 있었다. "아가! 가만 있어!" 성인용 풀장에 있던 아줌마들도 달려 나와 아이에게 소리를 질렀다. 민지는 금방이라도 다이빙을 할 것처럼 뾰족하게 서서 모두를 내려다보고 있었다.

"민지야."

해주는 눈을 질끈 감고 민지를 불러 보았다. 아무런 대답이 없었다. 해주는 후들거리는 다리로 홍학을 질질 끌고 풀장 밖으로 나왔다. 의자 아래 홍학을 깔아 두고, 다른 사람들의 튜브도 수거해 왔다. 그렇게 튜브 몇 개로 의자를 빙 둘러 탑을 쌓았다. 그제야 안전 요원이 제가 데리고 내려오겠습니다, 하고 사다리를 올라갔다.

민지는 순순히 안전 요원의 등에 업혔다. 해주는 아홉 살 무렵 똘이를 잃어버린 기억을 떠올렸다. 여름휴가를 가는 이모네가 잠시 맡기고 간, 네모 모양 코를 가진 작은 강아지였다. 똘이는 온 지 하루도 안 돼서 현관문이 열린 틈을 타 쏜살같이 튀어 나갔다. 해주는 어두운 여름밤 울며불며 아파트 단지와 공원을 배회했다. 똘이야, 똘이야…… 세상의 모든 나쁜 일이 똘이한테 한꺼번에 일어나고 있을 것만 같았다. 공원 구석구석을 살펴보다가도 혹시나 죽은 똘이를 발견할까 봐 눈을 꾹 감았다. 그렇게 한참을 울다가 집으로 돌아왔을 때 기적처럼 똘이가 있었다. 12층 아줌마가 안고 왔더라. 개가 일단 뛰쳐나왔는데 무서워서 내려가지는 못하고 꼭대기까지 계속 올라갔던 모양이야. 엄마가 해주의 등을 토닥이며 웃었다.

너는 거기까지 왜 올라간 거니. 안전 요원의 등에 업혀 내려오는 민지를 보며 해주는 생각했다. 올라가고 싶은 걸까, 뛰어내리고 싶은 걸까. 안전 요원의 등에서 내린 민지가 총총 걸어왔다. 이 아이가 감각하는 중력이란 어떤 것일까. 민지가 안전하게 내려온 것을 확인한 사람들은 자기 튜브를 도로 가져갔다. 튜브 탑은 순식간에 해체됐다. 민지는 잘못한 것을 알긴 아는지 해주의 다리를 꼭 붙잡고 가만있었다.

그렇게 멀뚱히 선 두 사람에게 다른 두 사람이 다가왔다. 다이빙 자세로 우쭐대다 안전 요원에게 한 소리를 들은 남자애와 그 애의 엄마였다.

"아까 저희 애랑 싸우다가 놀라서 그런 것 같아요."

아이의 엄마가 점잖게 말을 꺼냈다. 해주는 이미 혼미해진 정신을 붙잡고 무슨 일로 그랬는지 아느냐 물었다.

"애가 그 홍학 모양 튜브에 올라가고 싶었던 모양이에요. 같이 놀자고 그러는데 그쪽 애가 반응이 없어서."

"애는 원래 말을 안 해요."

"그런 것 같네요. 가만있다가 갑자기 저희 애를 확 밀쳤거든요. 그래서 풀장 벽에 팔을 세게 부딪혔어요."

해주는 아무 대꾸도 하지 않고 고개를 끄덕였다.

"부딪혔다니까요. 엄청 세게요."

해주는 말없이 민지를 안아 올렸다.

"애들이 크게 넘어지기라도 했으면 어쩔 뻔했어요. 평생 팔 못 쓸 수도 있었잖아요."

아이의 엄마가 당혹스러운 목소리로 계속 말을 이었다. 해주는 민지를 안고 그렇죠, 그렇죠, 하며 고개를 계속 끄덕였다. 가만있는 애를 그냥 밀쳤을 리는 없을 것이다. 하지만 그때의 상황이 어땠는지, 민지가 어떤 말을 듣고 있어야 했는지 말해 줄 수 있는 사람은 없었다.

"죄송해요. 제가 너무 피곤했나 봐요."

끝나지 않을 법한 투정을 듣다 지친 해주가 사과를 하자 그제야 아이의 엄마는 그러니까 다음부터는 좀 주의하세요, 하고 돌아섰다. 그리고 잊지 않고 한마디를 덧붙였다.

"애가 안쓰럽긴 한데, 그럴수록 더 사회성을 길러 주셔야 해요."

아이와 아이의 엄마가 돌아선 뒤로도 해주는 민지를 안은 채 한참을 서 있었다. 두 사람을 둘러싸고 수영장은 다시 시끄러워졌다. 해주는 아무에게도 말하지 못한 몇 년 전의 꿈을 떠올렸다. 바닷가에서 왈츠에 맞춰 춤추는 펭귄 인형을 샀다가 도로 환불하러 가던 꿈. 해주는 맨발로 백사장을 걸었고, 펭귄들은 쿵짝짝 세 박자에 맞춰 뒤뚱거리고 있었다. 유독 눈이 가는 한 마리를 데리고 와서 춤추는 걸 한참 보고 있는데 음악은 조금 촌스러웠고 펭귄의 플라스틱 눈은 금방 칠이 벗겨질 것처럼 허술해 보였다. 민지의 태몽을 꾼 사람이 없다는 얘기를 들었을 때 해주는 이게 민지의 태몽이었음을, 별다른 근거 없이 확신했다. 돌잔치에서 드레스를 입은 민지가 우스꽝스러운 펭귄처럼 생겼기 때문이었을 수도 있다. 그리고 왠지 미안해졌다. 꿈에서 해주는 인형을 환불하지 못했다. 바닷가로 돌아가는 길에 펭귄이 해주를 빤히 바라보다가 눈을 깜빡, 했기 때문이었다.

애들 노는 소리에 귀가 조금씩 아파 왔다. 민지의 어깨가 서럽게 들썩이기 시작했다. 안 그래도 묵직한 아이의 몸이 더 무거워졌다. 민지를 안은 채 어린이 풀장을 벗어나 성인용 수영장으로 걸어갔다. 한 걸음 한 걸음 갈수록 아이들 소리가 멀어지고 민지의 어깨도 잠잠해졌다. "시끄러웠지?" 민지는 대답 대신 해주의 뺨을 감싸고 가만히 눈을 마주쳤다. 민지의 입김이 닿자 눈이 조금 시렸다. 목요일 오후의 성인용 수영장은 고요했다. "또 뛰고 싶어?" 민지가 말없이 해주의 이마에 자기 이마를 포개고 숨을 골랐다. 해주는 물가에 섰다. 민지를 꽉 안았다. 수영장 타일의 요철이 맨발에 그대로 느껴졌다. 그리고 있는 힘껏 점프를 했다. 두 사람의 몸이 붕 떠오르는 순간이 7월의 볕 아래 아주 잠시, 반짝거렸다.

물에 한껏 부딪히며 빠져들자 따뜻한 젤리에 파묻히는 느낌이 들었다. 해주는 물 아래서 눈을 떠 보았다. 민지의 손톱이 푸른빛을 내며 깜빡, 하고 일렁였다. 말랑한 빙하를 닮은 빛이었다.

최은영

2013년 중편 소설 「쇼코의 미소」로 『작가세계』 신인상을 받으며
작품 활동을 시작했다. 소설집 『쇼코의 미소』, 『내게 무해한 사람』,
『아주 희미한 빛으로도』, 장편 소설 『밝은 밤』 등을 썼다.
허균문학작가상, 김준성문학상, 이해조소설문학상, 한국일보문학상,
구상문학상 젊은작가상, 대산문학상, 문학동네 젊은작가상을 수상했다.

고백

미주는 내가 수사가 되기 전에 사귄 마지막 여자친구였다. 우리는 두 달 정도 만나다가 미주의 뜻으로 헤어졌다.

헤어지고 나서도 우리는 한 번씩 만나곤 했다. 연인으로 만난 게 두 달이었고 친구로 십 년이 넘었으니 이제는 우리가 한때 연인이었다는 사실이 농담처럼 느껴지곤 한다. 미주는 내가 수도회에 입회할 때도 와서 축하해 주었다. 예배당 맨 끝에서 노란 소국 다발을 들고 있던 미주의 모습이 떠오른다. 천주교 예식을 처음 봐서 그런지 꽤나 어리둥절해하던 모습이었다. 그때는 나도 미주도 이십 대 중반이었다.

우리는 학과가 같았지만 학부제 때문에 서로를 몰랐었다. 구전문학 수업에서 강신굿을 보러 답사를 떠난 날 나는 미주를 처음 봤다. 헐렁한 회색 후드 티에 청바지를 입고 흰 운동화를 신은 미주는 고택의 섬돌에 앉아서 내리 굿을 지켜봤다. 화장기 없는 얼굴에 짧은 단발머리였는데 얼굴이며 머리카락이며 다 버석버석해 보이던 것이 기억난다.

그날, 굿이 다 끝나고 미주는 무당에게 뭔가를 따지고 있었다. 자정이 넘은 시각이었다. 무당은 나이가 지긋한 박수였는데 무언가 미주의 심기를 건드린 말을 한 것처럼 보였다. 미주는 담당 교수와 동네 주민들, 같은 수업을 듣는 학생들이 다 보는 앞에서 무당에게 뭐라 뭐라 소리를 질렀다. 교수는 무당과 주민들에게 고개 숙여 사과했다. 내가 왜 그랬는지 지금도 모르겠지만 나는 밖으로 뛰어나가는 미주를 따라나섰다.

"저기요." 내가 부르는데도 미주는 돌아보지 않고 걸어갔다. "차 끊겼어요. 어쩌려고 그래요?" 미주는 그제야 고개를 돌리고 말했다. "나도 몰라요." 그 모습이 너무 대책 없어 보여서 나는 입을 벌리고 그녀를 바라봤다. 우리는 버스 터미널 벤치에 앉아서 자다 깨다 하며 첫차가 오기를 기다렸다. 같이 첫차를 타고 서울로 올라가는 길에 나는 나도 모르게 미주의 어깨에 머리를 얹고 침을 흘리며 잤다. 우리는 그때의 이야기를 하면서 아직도 웃곤 한다.

우리는 이제 서른네 살이고 여전히 일 년에 한두 번 정도 만나서 같이 밥을 먹고 차를 마신다. "나 살 많이 쪘지." 미주는 그런 말로 얘기를 시작한다. 아니라고 말하면서도 나는 미주를 만날 때마다 놀라곤 한다. 미주는 볼 때마다 몸이 조금씩 불어나 있었다. 건강하게 살이 찌는 게 아니라 어딘가 아픈 것처럼 부은 모습이었다.

나의 고향에서는 그런 살을 벌살이라 했다. 벌살이 붙은 얼굴에 다정한 눈빛만은 여전했는데, 그 여전함이 마음을 쓰리게 했다.

미주는 서른 살 무렵에 신춘문예에 시가 당선해 등단했고 작년에는 시집도 냈다. 시를 잘 이해할 수는 없었지만 시집을 읽고 수도원 주변을 한참 걸었던 기억이 난다. 나는 미주의 시집에서 내가 처음 봤던 미주, 멍한 얼굴로 굿을 구경하고는 무당에게 소리지르던 미주의 모습을 떠올려 냈다. 미주와는 웃긴 추억인 양 이야기했지만 사실 그때 나는 그런 미주를 멀리서 보며 마음이 아팠었고, 그 이유를 알 수 없어 당혹했었다. 미주의 시를 읽으면서 나는 꼭 그때의 기분을 느꼈다. 미주는 자기 시를 어떻게 읽었느냐고 묻지 않았고, 나도 별다른 말을 하지 않았다. 그리고 얼마 전 나는 종신 서원을 했다.

"종은아."

"응?"

"너희 하느님은 살인자도 용서하시니?"

"진심으로 회개한다면 용서하시지."

"회개, 한자가 뭐니?" 대답하려는데 미주가 다시 말을 이었다. "자살한 사람은 어떠니? 너희 하느님은 자살한 사람도 혼내고 벌을 주고 그러시니." 미주는 가만히 테이블을 바라봤다. 미주가 내게 이런 이야기를 한 건 처음이었고, 나는 좀처럼 입을 열 수 없었다.

"됐어. 내가 괜히 무거운 소릴 했네. 근데 종은아……" 거기까지 말하고 미주는 입을 다문 채로 카페 영수증을 조각조각 찢었다. 모른 척하고 넘어가긴 했지만 미주는 그전에도 몇 번 내게 어떤 말을 하려다 만 적이 있었다.

"미주야." 나는 미주를 가만히 바라봤다.

미주가 지갑에서 무언가를 꺼냈다. 작은 스티커 사진 한 장이었다. 교복을 입은 아이들 셋이 짓궂은 표정으로 웃고 있었다. 미주는 가운데에서 브이 자를 그리고 있는 아이를 손끝으로 짚었다. "이게 나야." 그러고는 양옆의 아이들을 가리켰다. "얘는 주나고, 얘는 진희야. 우린 늘 셋이었거든." 미주는 그렇게 말하고 스티커 사진을 내 앞으로 밀었다. 창밖으로는 가느다란 가을비가 내리고 있었다.

미주와 주나, 진희는 고등학교 1학년 때 같은 반에서 만났다. 셋 다 같은 중학교 출신이었지만 중학교 때는 얼굴만 아는 사이였다. 집이 가깝고 같은 버스를 타고 학교에 가다 보니 그들은 자연스레 가까워졌다. 표면적인 이유는 그랬다.

미주가 고등학교에 입학한 지 얼마 안 되었을 때의 일이었다. 미주는 등굣길에 학생부장에게 머리를 맞아 바닥에 쓰러졌다. '귀걸이를 했다'는 이유였다. 학생부장이 미주의 귓불에 난 점을 귀걸이라고 생각한 것이었다. 미주는 놀라서 일어나지도 못하고 울었다. 그런 미주 앞에서 주나는 학생부장에게 낮은 목소리로 항의

했다.

“어디서 어른한테 건방지게 굴어?” 소리치는 학생부장에게 주나는 미주에게 사과하라고 요구했다. “그거 맞은 게 뭐가 대수라고.” 그렇게 말하는 학생부장을 지나 주나는 미주의 치마에 묻은 먼지를 손으로 탁탁 털어 줬다. “저런 비겁한 새끼 땜에 울지 마. 뭣도 아닌 게 미쳐서 저 지랄이야.” 주나는 미주의 어깨를 팔로 감싸고 토닥였다.

미주에게 주나는 그런 사람이었다.

다시 그 나이만큼의 시간이 흘렀는데도, 미주는 주나가 자신을 편들어 줬던 기억을 쉽사리 잊을 수 없었다.

그때 미주는 어떻게 자신의 의사를 말로 표현해야 하는지 잘 모르는 아이였다. 무언가 억울하고 화가 나는 일이 있어도 눈물을 흘리거나 고작 웅얼댈 뿐, 대개는 아무 말 못 하고 삼켜 버렸다. 자기 생각을 주장할 줄 몰랐기에 무난한 아이로 보였지만 미주 자신은 뱉지 못한 자기 말에 갇힌 느낌을 받았다. 자기 생각을 시원스레 잘 말하는 주나가 미주는 부러웠지만, 한편으로는 불편하기도 했다.

그리고 진희가 있었다.

진희를 생각하면 가느다랗고 긴 팔이 떠오른다고 미주는 말했다. 물속에서 걸어가는 사람처럼 휘적휘적 걷던 모습이며 늘 초등학생으로 오해받았던 어린 얼굴이 보인다고. 진희는 목소리가 작았지만 우스운 이야기를 잘했고 자지러지듯이 웃을 때는 작은 새처럼 보였다.

미주의 눈에 진희는 투명한 물속에 숨어 있는 작은 담수진주 같았다. 자신을 담은 물빛만큼만 반짝이고 완전한 구를 이루지는 못하지만 둥그렇고 부드러운 진주.

진희는 미주의 글을 처음 봐 준 사람이기도 했다. 샤프펜슬로 끼적인 미주의 노트를 가져다가 타이핑해 준 사람이기도 했다. "이것도 읽어 봐." 진희는 자기가 재미있게 읽은 책들을 미주에게 빌려주고, 기다렸다가 책에 대한 감상을 나누기를 좋아했다. 언젠가 같이 양귀자의 소설에 대해 이야기할 때 자기가 좋아하는 문장을 손가락으로 훑어가며 읽던 진희.

진희는 소설 속 주변 인물들에게 관심이 많았다. 중요하지 않은 인물들의 입장에서 사건을 보는 걸 좋아했다. 주제와 핵심 제재를 파악하는 것이 독서의 전부인 줄 알았던 미주는 진희의 이야기를 들으며 소설을 읽을 때와는 다른 종류의 재미를 느꼈다. 미주 자신이 쓴 글을 보여 주었을 때도 진희는 진희의 방식대로 이야기를 읽어 냈다. 자기가 의도치 않았던 부분, 알지 못했던 부분이 진희의 시선을 통해 드러나는 순간이 미주는 신기했다.

주나가 언제나 미주의 편을 들어주는 든든한 존재였다면 진희는 다른 사람들은 알지 못하는 미주의 작은 모서리를 쓰다듬어 주는 친구였다. 직설적이고 조금은 거칠게 행동하는 주나와 조용히 자기 안으로 침잠하기를 좋아하던 진희 사이에 미주가 있었다.

주나는 진희를 좋아했다. 그렇게 말하는 걸 좋아하면서도 진희가 말할 때는 입을 다물고 진희의 이야기를 들어 줬고 진희 앞에서는 조심스럽게 행동했다.

"야, 이 병신아." 주나가 미주에게 장난으로 한 말에 진희는 얼굴을 붉혔다. "병신이란 말 안 썼음 좋겠다. 그런 식으로 남 비하하는 말 안 써도 되는 거잖아." 그렇게 말하는 진희 앞에서 부끄러워하던 주나의 얼굴을 미주는 기억한다. 좋게 말하자면 주나는 미주를 진희보다 더 편하게 대해 줬고, 나쁘게 말하자면 미주보다 진희를 더 소중하게 대했다. 주나는 장난으로라도 진희를 놀리거나 괴롭히지 않았고 진희의 말이라면 토를 달지 않았다.

셋이란 이런 거구나. 미주는 종종 자신이 주나와 진희의 특별한 관계에 딸린 부록인지도 모른다고 생각했다. 둘의 관계에는 미주가 개입할 수 없는 단단한 지점이 있었다. 그 마음을 이야기했을 때 진희는 자기야말로 그런 생각을 했다고 대답했다. "그렇잖아. 너희 둘은 허물이 없다고 해야 하나. 편해 보여. 내가 낄 수 없을 때가 있어."

"아니지. 내가 깍두기지. 너희끼리 책 빌려 읽고 얘기하고 그러잖아. 그럴 때 난 할 말 없었어." 주나까지 이렇게 말했을 때 셋은 싱긋이 웃었다. 셋이라는 숫자 안에서 모두가 소외감을 느낄 수밖에 없었다는 사실이 이야기를 나누면서 조금은 가볍게 느껴져서였다.

"정말이야. 난 너희 둘 다 똑같이 좋아해. 누굴 더 좋아하고 누굴 덜 좋아하고 그런 거 없어." 미주가 말했다.

"그래? 난 너보다 진희가 더 좋은데." 주나는 그렇게 말하고는 심술궂게 웃었다. 주나의 그런 장난은 언제나 미주의 마음을 시리게 했다. 장난이라는 포장을 벗기고 나면 아주 작고 희미한 것이더라도 자신을 향한 주나의 악의를 찾아낼 수 있었으니까. 아직 어린 아이의 잔인함이었을까, 아니면 애정과 악의를 동시에 느끼는 습관 때문이었을까. 그 이유에 대해서 미주는 여전히 이해하지 못한다. 그렇다고 해서 주나의 애정이 거짓이었다거나 허위였다는 말은 아니다. 오히려 뜨겁고 헌신적인 애정이었다고 말해야 옳았다.

집에 놀러 온 미주에게 주려고 더운 여름날 불 앞에 서서 김치볶음밥을 만들고 계란을 부치던 주나. 추운 날 바들바들 떠는 미주에게 "난 추위 안 타니까"라며 자기 목도리를 목에 매어 주던 주나. 감기에 걸린 미주에게 푹 쉬어야 금방 낫는다고 말하고는 숙제를 대신 해 주던 주나. "펜이 예쁘네" 말하면 "이 펜 너 가져" 하고 뭐든 베풀려 하던 주나. 자기 공부가 밀려 있으면서도 미주가 도움을 청하면 미주가 이해할 때까지 시간을 들여 하나하나 설명해 주던 주나. 그런 주나의 애정은 따뜻함 이상의 온도를 지니고 있었다.

주나네 집은 주나와 미주, 진희가 방과 후에 항상 모이는 장소였다. 학교가 끝나고 주나네 집에 가서 같이 잠을 자기도 했고, 시험기간에는 공부한다는 명목으로 모여서 끝도 없이 수다를 떨기도 했다. 방학 때는 아예 주나네 집에서 살다시피 하면서 주나 엄마의 고깃집에서 일을 돕고 밥을 얻어먹기도 했다. 주나네 화장실의 칫솔 거치대 한편에는 주나, 미주, 진희의 칫솔이 나란히 걸려 있었다. 주나의 방에는 미주와 진희의 잠옷과 문제집, 노트가 자연스레 섞여 있었다.

주나는 물리학과나 수학과에 진학하고 싶어 했다. "문제 풀다 보면 내가 없어지는 것 같아. 잡생각도 다 사라지고 몰입이 된다고 해야 하나. 재밌어." 주나는 빨리 고등학교를 졸업해 대학에 가길 원했다. 일어나고 싶을 때 일어나고, 자고 싶을 때 자고, 입고 싶은 옷을 입고 자유롭게 살아 보고 싶다고 말했다.

문과를 택한 미주와 진희는 2학년 때도 같은 반이 되었고, 주나 홀로 이과에 진학했다. 주나는 이과반에서 새로운 친구들을 사귀더니 그 애들과 어울려 노느라 쉬는 시간에 미주와 진희를 찾아오지 않는 때가 많았다.

"걔네야, 우리야?" 묻는 미주 앞에서 주나는 깔깔대며 말했다. "걔넨 그냥 친구지."

"그럼 우린 뭔데."

"나도 몰라. 너흰 그냥이 아니야. 그냥 친군 아니잖아, 우리가." 주나는 괜히 시선을 다른 곳으로 두고 말했다.

"주나 말이 맞아." 진희가 대답했다. "그냥 친구가 필요해서 만나는 게 아니잖아. 우린 서로 정말 좋아하는 사이잖아."

그렇게 말하는 진희를 주나는 꼭 껴안았다. "너도 그렇다니 좋다.” 주나가 답했다. “나도 그래.” 미주는 둘에게 들리지 않을 작은 소리로 말했다.

셋은 학교 벚꽃나무 밑에서 같이 사진을 찍었다. 봄 소풍을 갔다 돌아오는 길에 명동에 들르기도 했다. 중간고사가 끝나고는 동대문에 가서 청바지와 티셔츠를 사기도 했고, 학교 강당 지붕에 나란히 누워 있기도 했다. 교환 일기장도 만들었는데 회전이 빠른 날이면 하루에 세 사람이 전부 일기를 쓰기도 했다. 주말에는 상업 지구에 가서 우동을 사 먹고 돈이 생기면 오락실이나 노래방에 가서 놀고 당시 유행하던 스티커 사진을 찍었다. 형광 노랑, 빨강, 파랑의 가발을 쓰고 그 모습이 우스워 깔깔대면서. 실컷 놀고도 헤어지기 싫어서 결국 주나네 집에 가서 텔레비전을 보고 주나가 해 주는 밥을 먹고 같이 잤다.

단둘이 같은 반이 되면서 미주는 진희에 대해서 더 많이 알아 갈 수 있었다. 미주가 보기에 진희는 굉장히 예민한 사람이었는데 겉으로는 오히려 둔감해 보였다. 자기 감정만큼이나 타인의 감정에도 예민해서 그런 것 같았다. ‘나 예민한 사람이니까 너희가 조심해야 돼’라는 식이 아니라, 네 마음이 편하다면 내가 불편해져도 상관없다는 식으로 자신의 예민함을 숨기려고 했다. 대수롭지 않은 척 상대의 얘길 들으면서도 얼굴이 붉어지고 입술을 물어뜯던 진희의 모습을 미주는 기억한다.

진희가 책상에 엎드려 자고 있을 때, 운동장을 가로질러 걸어갈 때, 볼펜을 이리저리 돌릴 때 미주는 자신이 진희를 안다고 생각했다. 넌 누구에게도 상처를 주지 않으려 하지. 그리고 그럴 수도 없을 거야. 진희와 함께할 때면 미주의 마음에는 그런 식의 안도가 천천히 퍼져 나갔다. 넌 내게 무해한 사람이구나.

그때가 미주의 인생에서 가장 행복한 시절이었다. 미주의 행복은 진희에 대해 아무것도 알지 못했기 때문에 가능했다. 진희가 어떤 고통을 받고 있었는지 알지 못했으므로 미주는 그 착각의 크기만큼 행복할 수 있었다.

진희의 열여덟 번째 생일날, 셋은 버거킹에서 햄버거를 먹고 시립 문화 센터 앞 운동장으로 걸어갔다. 운동장 스탠드에 앉아서 주나와 미주는 진희에게 생일 축하 노래를 불러 줬다. 이상하게도 웃음이 많이 나오는 날이었다. 셋은 어느 때보다도 시끄럽게 떠들어 댔고 좀처럼 자리에서 일어나지 않았다. 해가 짧아져 여섯 시밖에 안 되었는데 이미 사위가 어둑했다.

"할 말이 있어." 진희가 운동장 쪽을 바라보며 말했다. "내가 무슨 말을 해도 너흰 이해해 주리라고 생각했어. 그래서……"

"뭔데?" 주나가 진희의 말을 끊고 물었다. "뭔데. 빨리 말해 봐." 주나가 재촉했다.

"이런 말 하지 못할 거라고 생각했는데…… 그런데도 말하고 싶었어. 너흴 속이고 싶지 않았어." 어둑해진 탓에 자세히 보이지 않았지만 진희의 얼굴이 빨갛게 달아올랐으리라고 미주는 생각했다. 보통 이야기는 아닌 듯싶었고, 어떤 것이든 진희가 말하지 않았으면 좋겠다고 바랐다. 한참을 망설이다 진희가 입을 열었다.

"난 여자를 좋아해."

"그게 뭔 소린데?" 주나가 물었다.

"난 레즈비언이야, 얘들아."

"진희 네가 레즈란 말이야?" 주나가 재차 물었다.

"그래."

"우웩." 주나는 토하는 시늉을 하고 웃었다. "장난치지 마. 내가 믿어 줄 것 같냐?" 주나는 또다시 웃었지만 진희는 조용히 고개를 흔들었다.

"장난 아니야, 주나야. 오래 생각하고 말한 거야. 이게 나야." 진희는 작은 목소리로 말했다. 이게 나야…… 진희는 왼쪽 가슴에 오른 손바닥을 대고 있었다. 가슴에 구멍이 뚫려 안에 있는 것들이 쏟아지지 않게 막아 내야 하는 것처럼.

미주는 그런 진희를 보고 말문이 막혔다. 이런 상황이 닥치면 어떻게 행동해야 하는지 아무도 미주에게 알려 주지 않았으니까. 가슴에 손바닥을 대고 굳은 듯 앉아 있는 진희에게 미주는 어떤 말을 해야 할지 알지 못했다.

"미주 너도 말 좀 해 봐. 그렇게 빤히 보고 있지만 말고 말 좀 해 보라고." 주나가 말했다.

"나는…… 난……"

시간을 되돌려 어느 한순간으로 갈 수 있다면 그때로 가고 싶다고 미주는 간절히 생각했다. 그때로 돌아간다면 이야기해 줘서 고맙다고, 나는 너의 편이라고 말할 거라고, 너를 그렇게 외롭고 아프게 하지 않을 거라고. 하지만 그때의 미주는 더듬거리다 끝내 아무 말도 제대로 하지 못했다.

"정말 역겹다." 주나는 그렇게 말하고 자리를 떴다. 책가방을 메고 운동장을 가로질러 가던 주나의 뒷모습을 미주는 기억한다.

진희는 손등으로 얼굴에 묻은 눈물을 닦고는 미주의 얼굴을 한동안 바라봤다. 열여덟이 아니라 열둘이라고 해도 믿을 수 있을 정도로 어린 얼굴이었다. 그런 진희의 얼굴에는 자기 또래 특유의 생기가 없었다. 한없이 어린 얼굴에 노인의 표정이 덧씌워진 것 같았다.

미주는 할 말을 찾지 못해 교복 치마를 만지작거리기만 했다. 레즈비언이라는 사람들이 있다는 사실은 알고 있었지만 아주 멀리에 있을 거라 여겼었다. 미주는 진희가 분명 진희 자신에 대해 잘못 판단했으리라고 생각했다. 더 솔직히 말해서 진희는 '그런 사람들' 중의 하나가 되어서는 안 됐다.

"주나가 막말 잘하는 거 알지." 미주가 말했다. 진희는 아무 말 없이 운동장 쪽을 바라보고 있었다.

"근데 진희 너 그 말 정말이야?" 미주의 질문에 진희는 진저리치듯이 고개를 저었다.

진희는 미주 쪽으로는 시선을 두지 않고 가방을 챙겨서 버스 정류장으로 걸어갔다. 평소라면 같이 버스를 타고 갔겠지만 어쩐지 그러고 싶지 않아서 미주는 할머니 댁에 들러야 한다고 거짓말을 했다. 여전히 진희는 아무 대답 없이 앞으로 걸어가기만 했다.

"생일 축하해." 미주는 버스 정류장으로 걸어가는 진희에게 소리쳤다. "내일 보자!" 진희는 아무 소리도 듣지 못한 것처럼 뒤돌아보지 않고 앞을 향해 천천히 걸어갔다. 진희의 회색 백팩에는 셋의 스티커 사진을 담은 플라스틱 케이스가 걸려 있었다. 그 작은 케이스는 진희의 발걸음에 맞춰 조금씩 흔들렸다.

미주는 받아야 할 위로를 다 받았다. 담임 교사는 미주를 따로 불러 진희의 소식을 전했고 마음을 추스를 때까지 집에서 쉬라고 제안하기도 했다. 미주는 진희의 발인을 다 지켜볼 수 있었다. 다시 학교로 돌아왔을 때 아이들은 미주의 상처를 염려했다. 미주의 부모도 최선을 다해서 그녀를 위로했다. 다른 사람들의 눈에 미주는 가장 가까운 친구를 잃은 가여운 아이였다. 진희는 유서를 남기지 않았다.

그즈음의 기억은 많은 부분 삭제되어 있다. 드문드문 스냅 사진을 보듯이 어떤 장면들이 보였지만 그조차도 확실하지 않았다. 미주는 자주 토했던 기억, 자기를 바라보는 사람들의 시선이 괴로웠던 기억, 여러 명과 함께 교실에서 호흡하고 있다는 생각만으로도 진땀이 흐르던 기억이 난다고 했다. 사람들은 미주를 통해 자신들이 몰랐던 진희의 사정에 대해 알고 싶어 했다. 미주라면 진희의 죽음에 대해 설명해 줄 수 있으리라 믿는 것 같았다. 처음에는 은

근히, 나중에는 꽤나 노골적으로 그들은 미주에게 진희에 대해 물었다. 다른 장소에서 주나 또한 그런 질문을 받고 있으리라고 미주는 생각했다.

주나는 미주 곁으로 오지 않으려 했다. 장례식장에서도, 화장장으로 가는 버스 안에서도, 화장장에서도, 다른 곳에서도 마찬가지였다. 화장이 진행되는 동안 주나는 건물 벽 앞에서 고개를 숙이고 서 있었다. 그 옆으로 미주가 다가갔지만 주나는 꼼짝도 하지 않았다. "주나야." 주나는 자기 팔 위에 얹는 미주의 손을 뿌리쳤다.

그 이후에도 세상은 예전과 똑같았다. 일곱 시 반까지 학교에 가서 0교시 수업을 듣고, 야자를 마치고 집에 가면 열두 시였다. 시간이 가기를, 시간이 흐르고 흘러 마음이 무뎌지기를 미주는 바랐다. 그때부터였는지도 모른다. 미주가 미래를 기대하지 않게 된 것은. 무엇을 이루고, 어떤 일들을 경험하고, 보다 나은 인간이 되는 일에 대한 관심이 사라지게 된 것은. 자신에게는 앞으로 다가올 시간을 누릴 자격이 없다는 믿음이 마음 깊은 곳에 뿌리를 내리게 된 것은. 그저 시간이 흐르기만을 열여덟 미주는 바라고 바랐다.

충격이 지나가고 나서 슬픔이 밀려왔다. 미주는 자신이 진희에게 버림받았다고 믿었다. 네가 이런 식으로 나에게 상처를 주다니. 이런 차가운 방식으로 네가 나를 버리다니, 나를 떠나다니. 아무 말도 없이, 유서 한 줄도 없이, 쓰고 또 써도 채울 수 없는 공백을 주다니. 나에게 너의 유서를 쓰게 하는 벌을 주다니. 가지 말라고, 한 번 붙잡을 기회조차 주지 않았다니.

그 생각으로부터 도망치기 위해 미주는 입시에 집중했다. 가끔 아파트 단지 놀이터에 가서 울고 돌아와 문제집을 풀고 오답 노트를 만들었다. 공부에 집중한다는 이유로 방문을 닫아걸 수 있었고, 원한다면 누구와도 대화하지 않고 하루를 보내기도 했다. 미주가 이야기하고 싶은 사람은 오로지 주나뿐이었다. 하지만 주나는 온갖 방법으로 미주를 떠나가고 있었다. 미주가 주나의 교실에 찾아가면 주나는 피곤하다, 숙제를 해야 한다, 다른 친구와 할 얘기가 있다는 핑계로 미주와 대화하지 않으려 했다. 집에 갈 때도 주나는 미주와 같은 버스를 타지 않았다.

3학년 개학을 앞둔 겨울, 미주는 울면서 주나네 집에 찾아갔다. 파카를 입고, 운동화를 신고, 얼어붙은 길바닥을 미끄러지듯 걸어서 주나가 사는 빌라로 갔다. 파카 소매로 눈물을 닦고 최대한 아무렇지 않은 척 삼 층으로 걸어 올라갔다. 초인종을 누르고 기다리자 주나 엄마가 문을 열었다.

"주나 집에 없어." 주나 엄마는 피곤해 보였다. 미주는 신발장에 있는 검은 운동화를 봤다. 주나에게 신발이라고는 그 검은 운동화밖에 없었다.

"놓고 온 게 있어서 그래요. 잠깐 주나 방에 가서……"

"그게 뭐니. 내가 가져다줄게."

"아줌마."

"미주야." 그렇게 말하고 주나 엄마는 고개를 저었다. 옴폭 들어간 눈은 붉게 충혈되어 있었다. "너도 이제 고 3이야." 주나 엄마는 따뜻한 손바닥으로 미주의 찬 볼을 쓰다듬었다. "자, 이제 집으로 가. 추운데 이러고 다니지 말고." 그녀의 손에서 마늘 냄새가 났다.

주나가 없다는 말이 거짓말이라는 것을 미주는 너무 잘 알고 있었고, 주나 엄마 또한 미주가 그 사실을 안다는 것을 알았다. 주나는 예전 같은 방식으로 미주를 보려 하지 않았다.

미주는 아이들의 말을 통해서 주나가 육군사관학교에 진학했다는 소식을 들었다. 규율이라면 누구보다 치를 떨던 아이가 군인이 되기로 결심했다는 사실에 미주는 망연해졌다. 그 이유에 대해 묻고 싶었지만 그런 대화를 하기에 주나는 이미 너무 멀어져 있었다.

시간이 상처를 무디게 해 준다는 사람들의 말은 많은 경우 옳았다. 하지만 어떤 일들은 시간이 지날수록, 그 진상을 알아 갈수록 더 깊은 상처를 주기도 했다. 이미 세상에서 사라진 진희에 대해서, 진희가 겪었을 고통에 대해서 미주는 대학에 와서야 피하지 않고 마주할 수 있었다. 겉으론 의연한 척하면서도 여렸던 그 애가 받았을 고통이 얼마나 컸을지 미주는 짐작할 수조차 없었다. 그 애가 얼마나 용기를 내어 커밍아웃을 했을지, 그때 자신과 주나가 했던 행동이 얼마나 끔찍한 짓거리였는지도, 미주는 그 사건으로부터 일 년 반이 지나서야 솔직히 인정할 수 있었다. 진희가 자길 버린 게 아니라 자기가 진희를 버렸다는 사실을 미주는 그제야 참

담한 마음으로 바라보았다. 아무것도 몰라서 그런 짓을 했다는 말은 변명이 될 수 없었다. 후회로 울어 자기 마음을 위로하는 짓은 하고 싶지 않았다. 어쩔 수 없이 쏟아지는 자신의 눈물이 미주는 역겨웠다.

대학 1학년 여름, 6호선 지하철에서 미주와 주나는 우연히 만났다. 단발머리의 주나는 제복을 입고 있었다. 당황한 미주에게 뜻밖에도 주나는 웃으며 다가왔다. 아무것도 거리낄 게 없다는 태도였다. 예전 모습은 찾아볼 수 없었다.

"잘 지냈어?" 주나가 물었다.

"응. 너는?"

"나야 잘 지내지."

"지낼 만해? 학교."

"그럼. 동기들도 다 좋고, 선배들도 괜찮고."

"그래. 좋아 보인다."

"대학 들어간 거 축하도 못 했네. 네가 가고 싶어 했던 데잖아."

"운이 좋았지. 난……"

"그 바지, 우리 동대문에 가서 같이 샀던 거 맞지?"

미주는 고개를 끄덕였다. 진희가 죽은 후 예전 일에 대해서 말한 것은 처음이었다. 주나는 아무렇지 않은 것처럼 '우리'에 대해 말하고 있었다.

"이제 내려야 돼." 미주가 말했다.

"번호 그대로지?"

"응."

미주는 지하철에서 내려 주나 쪽을 보고 섰다. 주나는 그렇게 서 있는 미주를 향해 미소 지으며 손을 흔들었다. 다시는 이렇게 마주 보며 이야기할 수 없다고 생각했는데 그럴 수 있어서 가슴이 떨렸다. 어쩌면 다시 주나와 만날 수 있을지도 모른다는 희망이 조심스레 피어났다. 미주는 용기를 내 주나에게 같이 밥을 먹자고 문자를 보냈고, 주나는 그에 응했다.

미주와 주나의 대학은 지하철로 십오 분 정도 떨어져 있었다. 둘은 월곡역이나 석계역에서 만나 같이 밥을 먹기도 하고 차를 마시기도 했다. 언제나 미주가 제안해 이루어진 만남이었다. 주나는 만나자는 미주의 제안을 거절한 적도 없었지만, 나서서 연락하지도 않았다. 주나는 미주의 말에 고개를 끄덕이기도 하고 가끔은 웃기도 했지만, 미주는 그런 주나를 만나고 돌아오는 길에 늘 마음이 아팠다. 그러면서도 주나의 말과 행동과 표정을 곱씹으며 주나가 자신을 미워하지 않는다는 증거를 찾기 위해 전전긍긍했다.

둘은 진희에 대해서 이야기하지 않았고, 진희를 연상하게 하는 어떤 기억도 입에 올리지 않았다. 그것이 둘만의 보이지 않는 계약이었다. 그 계약을 지킬 때에만 둘은 얼굴을 마주할 수 있었다.

그러나 진희에 대해 말하지 않고 공유할 수 있는 추억은 없었다. '우리'라는 말에는 늘 진희가 포함되어 있었으므로 결국 미주와 주나가 함께했던 시간은 없던 일이 됐다. 주나는 달라진 표정과 말투로 진희가 있던 시간의 자신과 지금의 자신이 다른 사람이라는 걸 증명하려는 것 같았다. 그렇게 애쓰는 주나의 모습을 보며 미주는 입술을 깨물었다. 우리는 솔직해질 수 없구나. 아무것도 터놓고 나눌 수가 없어. 미주는 그 사실을 알면서도 그럴 수밖에 없었기에 주나에게 달라붙었다. 얼굴을 마주 보는 일이 가슴 아프더라도 주나에게 필사적으로 달라붙을 수밖에 없던 시간이 있었다.

그렇게 반년쯤 지났을 때 미주는 우연히 주나를 만났다. 주나의 집과 미주의 집 사이에 있는 놀이터에서였다. 말이 놀이터였지 구석진 곳에 있는 데다 놀이 기구도 별로 없었고 그마저도 대부분 다 망가져서 그네 네 개 중에 멀쩡한 게 하나밖에 없었다. 시소 아래 타이어도 땅에 거의 파묻혀 버렸고, 나무말 두 개도 바닥에 처박혀 있었다. 그곳, 썩은 나무 벤치 위에 주나가 앉아 있었다. 1월이었는데도 바람막이 잠바에 추리닝 바지를 입고 있었다. 주나는 미주와 눈이 마주치자 "김미주!"라고 소리치며 손을 흔들었다. 방금 전에 샤워를 했는지 머리카락에 물기가 남아 있었다. 열여덟 살 때의 주나 같다고 미주는 생각했다.

주나에게서 희미한 술 냄새가 났다. 미주가 주나 옆에 앉자, 주나는 미주의 양팔을 두 손으로 꽉 잡았다. 잔뜩 일그러진 얼굴에 웃음이 어려 있었다. "김미주 너는……" 악력이 세서 팔이 아파 왔다. 주나는 생각보다 더 많이 취한 것 같았다. 미주는 몸을 비틀어서 주나의 손을 떼어 내려 했다. “이거 놓고 말해.” 주나는 손의 힘을 풀고 미주의 얼굴을 바라봤다. 훈련을 다녀왔는지 얼굴이 그을어 있었고 콧등은 빨갛게 벗겨져 있었다. 예쁜 가면을 썼던 얼굴이 예전으로 돌아간 것처럼 보였다. 그래, 이게 너지. 미주는 생각했다. 그리운 얼굴이었지만 막상 다시 그 얼굴을 마주하자 두려워졌다.

“네가 군인이 되다니.” 자기도 모르는 사이에 나온 말이었다.

“나 육사 가는 데 넌 관심도 없었지.”

“네가 날 피했었잖아.” 겨우 꾹꾹 욱여넣었던 서운함이 억울함으로 터져 나왔다. 자신의 심장이 뛰는 소리가 크게 들렸다.

“보기 싫었으니까. 네 얼굴.” 주나가 미주를 쏘아보며 말했다. 울음이 치받쳤지만 지고 싶지 않아서 미주는 주나가 상처받을 만한 말을 머릿속에서 고르기 시작했다.

“네가 진희에게 어떻게 말했는지 나만 알았으니까 그랬겠지.” 실제로 그렇게만 생각한 건 아니었다.

“내가 뭐라고 했는데? 뭐라고 했는데?”

“네가 더 잘 알겠지.” 미주는 자신이 주나에게 그렇게 말할 수 있으리라고는 한 번도 생각해 본 적이 없었다. 자기 얼굴을 보기 싫었다는 주나의 그 말에 무너진 마음의 조각조각들이 날카롭게 일어섰다.

“어. 알아. 너 나 탓했지. 나 땜에 걔 죽은 거라고. 응? 그럼 차라리 시원하게 얘길 하지 그렇게 쳐다보니? 네 눈…… 네 눈빛에 내

기분이 얼마나 개 같았는지 알아?"

"그 모든 게 다 네 탓이라고 생각하지 않았어. 우리 탓이었겠지, 우리 탓. 그래서 너랑 터놓고 말하고 싶었던 거야."

"뭐, 같이 붙잡고 통곡이라도 하고 싶었니? 우리? 걘 너 때문에 죽은 거야. 나쁜 년아."

"말 함부로 하지 마. 내가, 내가 무슨 쓰레기라도 되는 것처럼, 말하지 마, 넌, 날……"

"네가 그때 걜 어떤 표정으로 봤는지 알아? 걔가 사람도 아닌 것처럼, 그렇게 경멸하듯 봤어, 넌."

"몰랐으니까, 몰랐으니까 그랬어."

"인정하면 뭐가 달라져? 걔가 살아 돌아와? 너한텐 이 모든 게 쉽겠지. 진희야 미안해, 흑흑. 그러면서 널 용서하겠지. 그게 쉬울 테니까, 너는. 넌 그런 애니까." 그렇게 말하는 주나의 눈이 순수한 분노로 빛나고 있었다. "넌 예전부터 의뭉스러웠어. 아니, 위선적이었지. 남들이 널 어떻게 생각하는지만 신경 쓰고. 네가 너 말고 다른 사람한테 관심이나 있었어?"

"그러는 너는?"

"나? 적어도 난 네가 아니라서 기뻐. 너 같은 인간이 아니라는 게 기뻐."

"이렇게 잔인하게 굴면 네 마음 편해져?"

"우습다. 가장 잔인한 사람은 너 아니었니."

"넌…… 널 몰라. 네 상처만 알고 내가 너 때문에 얼마나 아팠는지 짐작도 못 해. 넌 예전부터 그랬어. 넌 사람들을 다치게 해. 망가지게 해."

그 말을 듣고 주나는 숨을 들이마셨다. 무슨 말을 하려고 했지만 숨을 짧게 들이마시느라 말을 하지 못했다. 주나는 움켜쥔 양손을 벤치 위에 놓고 흐느끼고 있었다. 몸을 떨며 짧게 헐떡이는 마른 울음이었다.

"넌, 미주, 넌, 진훨, 네가……" 주나가 이어지지 않는 문장을 뱉어 내려고 애쓸 때 미주는 자리에서 일어났다. 벤치 위에 쭈그리고 앉은 주나가 그 어느 때보다도 작아 보였다.

"다신 보지 말자." 그렇게 말하는 미주의 몸이 덜덜 떨렸다. 다문 입에서 신음이 새어 나왔다. 미주는 놀이터와 골목을 빠져나와 큰길가로 걸어갔다. 어둠 속에서 차고지로 가는 버스가 속력을 내어 달리고 있었다. 미주는 앞으로 계속 걸어갔다. 눈물이 멈추지 않아 차고지 앞에 서서 울었다.

그날, 진희에게 지었던 표정을 미주 자신은 알지 못했다. 그렇다고 해서 그때 어떤 마음으로 그 애를 바라봤었는지 잊은 건 아니었다. 주나의 말이 맞았다. 미주는 눈빛으로 주나가 진희에게 했던 말보다 더 가혹한 말을 했다. 그 사실을 미주는 더 이상 부정할 수 없었다. 마지막 버스가 들어올 때까지 미주는 그곳에 서 있었다.

"종은아." 미주가 내 이름을 부른다. "너라면 들어 줄 거라고 생각했어."

미주가 내게 왜 이 이야기를 했는지 나는 묻지 않았다. 용기를 내어 이야기하기까지 미주가 마주했던 시간이 얼마나 차갑고 단단한 것이었을지 나는 짐작할 수 없었다.

다만 언젠가 우리가 연인이었을 때 내 어깨에 떨어졌던 미주의 눈물이 기억났다. 손을 잡고, 내 어깨에 얼굴을 기대어 자고 있는 줄만 알았던 미주의 몸이 조금씩 흔들렸던 것이 떠올랐다. 그때 나는 아무것도 묻지 않았었다. 미주의 몸에 갇혀 있던 이야기를, 그곳에 그렇게 갇혀 미주를 떨게 하고 울게 했던 이야기를 나는 이제야 듣게 되었는지도 모른다.

그날 미주는 무당에게 그런 말을 했었다. "당신이 걜 알아요? 나도 모를 애를 당신이 어떻게 안다고 말해요? 당신은 아무것도 몰라, 아무것도." 앞의 얘기는 듣지 못했지만 미주는 그렇게 말하고 고택을 뛰쳐나갔다. 그 난장판 속에서도 미주를 바라보던 무당의 표정은 슬퍼 보였었다. 아마 미주는 자신을 안타까이 보는 무당의 그 눈빛을 이겨 내지 못했을 것이다. 우리는 때때로 타인의 얼굴 앞에서 거스를 수 없는 슬픔을 느끼니까. 너의 이야기에 내가 슬픔을 느낀다는 사실이 너에게 또 다른 수치가 될 수 있다는 것을 잊은 채로.

미주의 말과 미주를 바라보는 무당의 표정이 내 마음을 움직였다. 스물하나의 나는 그 끌림의 이유를 알지 못했고, 미주는 내가 자신을 동정하고 있다고 했다. 나의 연민이 끔찍해서 더 이상은 연인으로 만날 수 없다고 말했다. 납득할 수 없는 이유였지만 어떤 납득에는 십 년 이상의 시간이 걸리기도 한다. 자신을 동정하는 사람에게 미주가 무슨 말을 할 수 있었을까.

피조물에게서 위안을 찾지 마십시오. 수사가 되었을 때 나의 담당 수사는 그렇게 말했다. 감실龕室 앞으로 나아가세요. 하느님께 이야기하세요. 그의 말에 나는 일정 부분 동의했으며 신에게 나의 존재를 의탁하고자 했다. 신의 현존에는 분명 그가 말한 위안이 존재했다. 그런데도.

그런 밤이 있었다. 사람에게 기대고 싶은 밤. 나를 오해하고 조롱하고 비난하고 이용할지도 모를, 그리하여 나를 낙담하게 하고 상처 입힐 수 있는 사람이라는 피조물에게 나의 마음을 열어 보여주고 싶은 밤이 있었다. 사람에게 이야기해서만 구할 수 있는 마음이 존재하는지도 모른다고 나의 신에게 조용히 털어놓았던 밤이 있었다.

우리는 남은 차를 마저 마시고 가방을 든다. 구원이니 벌이니 천국이니 지옥이니, 하물며 사랑이니 하는 이야기는 더는 입에 올리지 않은 채로. 우리는 문을 열고 밖으로 나간다. 각자의 우산을 쓰고 작별 인사를 나누고 뒤돌아 걸어간다. 그렇게 걸어간다.

김숨

1997년 단편 소설 「느림에 대하여」가 『대전일보』 신춘문예에,
1998년 「중세의 시간」이 문학동네신인상에 각각 당선하며
작품 활동을 시작했다. 소설집 『나는 나무를 만질 수 있을까』, 『간과 쓸개』,
『국수』, 중편 소설 『듣기 시간』, 장편 소설 『떠도는 땅』, 『제비심장』,
『잃어버린 사람』 등을 썼다. 허균문학작가상, 대산문학상, 현대문학상,
이상문학상, 동리문학상 등을 수상했다.

고요한 밤,
거룩한 밤

아까부터 방 안에 들어찬 적막을 송곳처럼 찔러 오는 소리는 수도꼭지에서 물방울이 떨어지는 소리였다. 그는 저녁 설거지를 끝내고 부엌 수도꼭지를 조금 틀어 뒀다. 오늘 아침 펄펄 끓는 물을 두 주전자나 퍼붓고서야 언 수도를 녹이지 않았나. 지난밤 기온이 영하 14도까지 내려갔다고 하니, 얼어서 터지지 않은 걸 다행으로 여겨야 했다.

그는 어금니가 맞부딪치도록 떨리는 턱까지 이불을 끌어당겨 덮었다. 발가락에서부터 감돌기 시작한 한기가 정수리까지 퍼지면서, 그는 몸이 냉동실 깊숙이 처박힌 조기처럼 얼어붙는 걸 느꼈다. 형광등을 끄기 전에 그는 방문에 걸어 둔 온도계를 살폈다. 수은주는 영하 13도까지 떨어져 있었다. 연일 밤 기온이 영하 10도 밑으로 급강하했다. 두툼한 솜이불을 두 장이나 겹쳐 덮어서인지 그는 땅속에 파묻힌 듯 갑갑하고 숨통이 막혔다. 흙이 잔뜩 엉겨

붙은 뗏장들이 덕지덕지 메마르고 얼어붙은 몸을 뒤덮고 있는 것 같았다.

그럭저럭 버텨 내던 보일러가 덜컥 고장 나 버린 것은 닷새 전이었다. 수명이 진즉에 다한 보일러였다. 꾸역꾸역 제 기능을 하느라 돌아가는 동안 골목 밖까지 들리도록 굉음을 질러 대지 않았는가. 보름 전쯤 다녀간 가스 검침원은 그에게 배관에서 가스가 샌다고 경고했다. 위험천만한 일임을 알면서도 그는 보일러를 돌려온 것이다. 새것으로 바꾸는 수밖에 도무지 해결 방도가 없었지만, 보일러 가격이 그에게는 엄두가 나지 않는 돈이었다.

골목으로 난 창문이 덜커덩 흔들리며 창에 방풍비닐이 파르르 떨렸다. 파르스름한 빛이 창백히 감돌아 성엣장 같다.

잠들었다가는…… 절로 감기는 눈꺼풀을 억지로 치뜨면서 그는 잠들지 않으려 용을 썼다. 부디 깨나지 않기를 소원하면서 잠든 밤이 숱하면서도, 그는 내일 아침 눈뜨지 못할까 봐 두려웠다. 영영 잠든다는 건 뭘까, 무말랭이처럼 메마르고 쪼그라든 눈두덩에 경련이 일도록 그는 어둠의 깊은 곳을 노려봤다. 묵 덩어리 같은 어둠 속에 기묘하고 불안하게 희번덕거리는 것이 있었다. 그것은 개의 눈이었다. 언제부터인지 모르겠으나 그를 빤히 쳐다보고 있는 개의 두 눈, 목자目子.

그렇지, 네 녀석이 있었지……

저리 가라, 저리 가!

말귀를 알아들은 것인지 그로부터 저만치 떨어져 잔뜩 웅크리고 있던 개가 슬그머니 몸뚱이를 일으켰다. 개의 윤곽이 그의 눈에 들어왔다. 고무판에 송곳으로 그 형상을 새겨 넣은 듯 네 다리며, 쫑긋 세운 두 귀며, 턱 아래로 덥수룩하게 늘어진 털이며, 등 위로 쳐들려 가만가만 흔들리고 있는 꼬리까지.

"저리 가라니까!"

개가 원을 그리듯 한 바퀴 돌더니, 두어 발짝쯤 더 그로부터 떨어졌다. 엉거주춤 쪼그려 앉아 앞발로 귀를 긁어 대다 얼음장인 방바닥에 껌처럼 들러붙듯 엎드렸다.

추워…… 그의 벙긋 벌어진 입에서 쌀뜨물처럼 부연 입김이 피어올랐다. 하염없이 피어올라 엉기고 풀어지고 흩어지고 엷어지는 입김 속을 그의 누렇게 굳은 얼굴이 떠다녔다.

등골 마디마디까지 파고드는 한기는 몸서리쳐질 정도였다. 그는 눈동자를 굴려 방 안을 휘둘러보면서 온기를 품고 있을 만한 것을 찾았다. 발치 저만치 아래 보온 버튼에 빨간 불이 들어온 보온 밥솥이 그의 눈에 들어왔다. 밥이 서너 숟갈이나 남았을까. 그는 보온 밥솥 코드를 부러 빼지 않았다. 보온 밥솥이 품은 열기에 방 안 냉기가 조금이라도 가실까 싶어서였다. 그래 봤자 새 발의 피겠지만. 올겨울 들어 가장 추운 밤이 될 거라고 했다. 지난 닷새 내내 극성스러운 추위에 치 떨리도록 질려서인지 온기를 품은 것이면 그것이 무엇이든, 설령 쉿물이 끓고 있는 도가니라 해도, 이불 속으로 들여 꼭 끌어안고 싶은 심정이었다. 저 개라도…… 저 개를 끌어안느니 차라리 보온 밥솥을……

얼어 죽는 한이 있더라도……

그는 그러면서도 개에게서 좀처럼 눈길을 거두지 못했다. 털로 뒤덮인 개의 몸뚱이는 그래도 따뜻할 것이었다.

그것이 벌써 육 년 전이었다. 시장에 김칫거리를 사러 갔던 아내가 개를 한 마리 달고 집으로 돌아왔다. 발바리 종자가 섞였는지, 몸집에 비해 꼬리가 길고 다리가 몽땅한 개였다.

"왜, 요 아래 사거리에 동물 병원이 있잖아요. 밖에다 개를 한 마리를 묶어 놨더라고요. 웬 개를 밖에까지 내놨나 했더니 버려진 개라고 하지 뭐예요. 내가 개를 구경하고 서 있으니까 간호사 아가씨가 말을 걸어오데요. 새 주인을 찾고 있는데 선뜻 키우겠다고 나서는 사람이 없어서 골치라고요. 끝내 새 주인이 나타나지 않으면 그 뭐냐…… 억지로…… 죽이는……"

"안락사 말이야?"

"그래요, 안락사요, 안락사…… 암튼 안락사를 시켜야 한다면서 대뜸 데려다 키워 보겠느냐구 묻지 뭐예요. 전 주인이 누군지는 몰라도 훈련을 썩 잘 시켜서 말귀도 잘 알아듣고, 똥오줌도 잘 가린다면서……"

"그래서, 덥석 개를 데려왔단 말이야?"

"멀쩡히 살아 있는 걸 죽인다고 하니……"

"답답한 사람이군. 그게 당신하고 뭔 상관이라구."

"상관이 왜……"

아내는 무슨 말인가를 하려다 흐지부지 넘겨 버렸다.

"뭔 상관이 있다는 거야?"

그는 일흔이 코앞인 아내한테 삿대질까지 해 가면서 핏대를 올렸다.

"정 줄 데가 생기면 좋지 뭘 그래요."

"세상천지 정 줄 데가 없어서 개새끼한테 정을 주겠다구? 당장 갖다줘. 남들이 얼마나 흉을 볼까. 폐지나 주워 근근 먹고사는 늙은이들이 개를 다 키운다고 말이야."

"키우겠다고 데려온 개를 어떻게 도로 갖다줘요."

아내는 개를 번쩍 끌어안더니 부엌으로 나갔다. 물소리가 나는가 싶더니 싹 목욕시켜서는 방으로 데리고 들어왔다.

"저 개새끼를 방에서 키우겠다는 거야?"

"그럼 어디서 키워요. 쪽방에 사는 처지에. 곧 날도 추워질 테고."

날 왜 저리 바라보는 걸까, 저 개새끼가……

쥐 죽은 듯 고요하던 골목에서 발소리가 들려왔다. 밤새 그러고 꿈쩍 않을 것 같던 개가 갑자기 몸을 일으켰다. 다닥다닥 발소리를 내면서 그의 머리맡을 가로질러 창 쪽으로 득달같이 뛰어갔다. 그의 두 눈동자가 개를 좇아 방문에서 창문 쪽으로 향했다. 개는 그새 창문을 향해 턱을 한껏 쳐들고 있었다. 입을 찢듯이 벌리고 입김을 어지럽게 뿜어 댔다. 창문에 매달릴 듯 두 앞발을 훌쩍 치들었다. 창문 아래를 정신없이 왔다 갔다 하더니 앞발로 벽을 긁어 대기 시작했다.

짖어라, 짖어!

그는 방 안이 울리도록 소리 질렀다.

짖어!

그러나 목구멍에서 피가 나도록 악을 써 대도 개는 컹, 소리를 내지 못할 것이었다. 주둥이 풀린 풍선처럼 싱겁고 허탈하게 바람 빠지는 소리나 내뱉을까. 개가 짖지 못한다는 걸 그가 눈치챈 것은, 아내가 개를 데려온 지 닷새쯤 지나서였다. 한 골목에 사는 최 노인이 불쑥 방 안으로 들어서는데도 개가 짖을 생각을 않는 것이었다. 털이 사방으로 날리도록 날뛰면서 짖는 시늉만을 겨우 할 뿐이었다.

"뭔 개가 도대체 짖을 줄 모르는군."

"그러게요. 전 주인이 누군지…… 글쎄 실컷 짖으라고 태어난 개를, 짖지 못하게 수술을 시켜 놨다지 뭐예요. 죽을 때까지 거두어 키우지도 않을 거면서 말이에요."

"짖지도 못하는 게 무슨 개라구!"

개가 짖지 못한다는 걸 뻔히 알면서도 시침을 떼고 있던 아내가 괘씸해 그는 정색을 했다.

"개로 태어났으니 개지요."

개로 태어났으니 당연히 개겠지, 개가 아니면 뭐란 말인가. 죽은 아내의 말이 너무 뻔해 뒤미처 반발심이 치밀어 올랐다.

개가 안달복달하는 사이에 발소리는 유유히 창문 앞을 지나쳐 갔다. 골목 안쪽에서 문이 덜커덩 열리는 소리가 들려왔다. 순간 그는 자신의 집 부엌문이 열리는 줄로 착각했다.

그는 당장이라도 누군가 방문을 부수듯 열고 들어설 것 같다. 방문 밖은 곧장 부엌이었다. 그리고 부엌문을 열면 곧바로 골목이었다. 합판으로 짠, 허술하기 짝이 없는 부엌문은 그러니까 현관문이자 대문인 셈이었다. 운행을 멈춘 보일러는 부엌 쪽창을 반쯤 가리고 벽에 매달려 있었다.

창문 아래를 선뜻 떠나지 못하던 개가 꼬리를 늘어뜨리고 어슬렁어슬렁 방문 쪽으로 움직여 갔다. 엉뚱하게 방문을 긁어 대다 그를 향해 홀쩍 돌아섰다. 방문에서 조금 떨어져 자리를 잡고 앉더니 또다시 그를 빤히 바라봤다.

저런 개새끼를 그렇게나 끔찍이 거두다니…… 그는 죽은 아내를 한심해하며 혀를 찼다. 그는 개를 방 안에 들이는 건 마지못해 받아들였지만, 이불에 들이는 것은 도대체 받아들일 수 없었다. 아내가 개와 한 이불 속에 들어가 누워 있는 꼴을 볼 때마다 그는 못 볼 것을 본 듯 질색했다. 그가 혐오의 눈빛을 보낼 때마다 아내는 조용히 그로부터 등을 돌리고 누웠다.

재작년 겨울이었다. 그가 면박을 주자 아내가 일부러 더 개를 꼭 끌어안으면서 잠꼬대처럼 중얼거렸다.

"살아 있지 뭐예요……"

"살아 있다니?" 그가 물었다.

"심장이 뛰는 게 고스란히 느껴져요."

"……?"

"개의 심장이 말이에요."

"쓸데없는 소리를 다 하는군."

"이 세상에서 나하고 가장 가까운 생명이에요."

"원, 별……"

"폭삭 늙은 나를 마다하지 않고 손이며 발을 핥아 주는 개가 기특하고 고마워요."

따뜻해요, 따뜻해…… 잠꼬대처럼 흘리던 아내의 중얼거림이 그는 방 안 어디선가 들려오는 듯했다. 따뜻해…… 흥, 가장 가까운 생명이라고? 그럼 나는 목석에 지나지 않았단 말이야? 쉰 넘어서부터 내외하듯 따로 이불을 덮고 잠들었지만, 사십오 년을 넘게 한 몸처럼 붙어 산 나는 그럼 뭐란 말인가.

이렇게까지 추울 수가…… 오십 년 만에 찾아온 한파라고 했던가. 밤이 깊어질수록 기온은 무섭게 떨어질 것이었다. 어느 해보다 겨울은 서둘러 찾아왔고 혹독하다. 게다가 사나흘 간격으로 폭설에 가까운 눈이 내리고 있었다. 개가 슬그머니 몸을 일으키는 것이 그의 눈에 들어왔다.

저놈의 개새끼 가까이 오기만 해 봐라!

개는 가까이 다가오기는커녕 어둠 속에 네 다리를 쇠기둥처럼 박고 서 있었다.

그는 낮에 구청을 찾아갔던 일을 떠올렸다. 어떻게든 기초 생활 보호 대상자 신청을 하기 위해서였다. 온종일 폐지를 주워 고물상에 가져가 봐야 오륙천 원밖에는 그의 손에 쥐여지지 않았다. 더구나 만성 고혈압으로 혈압이 치솟아 온 세상이 빙글빙글 도는 날에는 그 일조차 할 수 없었다.

"글쎄, 어르신은 법적 부양 의무자인 자식이 버젓이 있어서 대상자가 될 수 없다니까요."

아들과 나이가 엇비슷해 보이는 구청 직원은 완강했다.

"쌀 한 되 사다 주지 못하는 자식이라 하지 않았소."

"법이 그런 걸 어쩝니까."

"법이면 다야!"

"왜 저한테 화를 내고 그러세요? 어르신 같은 분들이 어디 한두 분인 줄 아세요? 하루에 열두 분도 더 찾아와 저만 달달 볶아 대니 아주 골치가 아파 죽겠어요. 법이 그래서 못 해 드리는 제 심정은 오죽하겠습니까."

저 개새끼가 근데…… 어느 결엔가 개가 그의 가까이, 그가 이불 밖으로 손을 내뻗으면 발목을 얼마든 움켜잡을 수 있을 만큼 가까이 다가와 있었다.

저리 가라!

그는 이불 속에서 손을 내저었다. 저리…… 개는 그러나 물러서려고 하지 않았다.

가까이 오지 말라고 하지 않았냐!

그의 손이 이불 밖으로 내밀어졌다. 기습하듯 개의 발목을 움켜쥐려 했지만 손가락들이 굳어 말을 듣지 않았다. 기역 자로 굽은 팔꿈치마저 펴지지 않아 손은 개의 발목에 가닿지도 못했다. 손가락들은 허무히 허공만 긁어 댔다. 허공에 바늘처럼 돋아 있던 냉기가 손가락들을 찔러 왔다. 저 개뿐이라니…… 고립무원인 방 안에 자신과 저 개뿐임을 그는 인정하고 싶지 않았다.

오늘 밤 내가 용케 얼어 죽지 않으면…… 날이 밝는 대로…… 내다 버리리라…… 어차피…… 버려진 개였으니…… 그나저나 오늘 밤 정말이지…… 얼어 죽겠군……

저 개새끼가 날 왜 저리도 빤히 쳐다보고 지랄인가, 지랄이…… 그는 자신도 덩달아 개를 빤히 쳐다보고 있다는 걸 미처 깨닫지 못했다. 방 안에 불빛이라고는 보온 밥솥에 들어온 빨간 불뿐이었지만, 개의 두 귀와 꼬리의 움직임이 고스란히 그의 눈에 읽혔다.

저 눈깔 좀 보라지. 잡아먹을 듯이 날 쏘아보는 저 눈깔 좀…… 그래, 저 눈이었어. 그 사내의 오른쪽 눈이 꼭……

구청에 다녀오는 길에 그는 뜻밖에 금이빨을 사고파는 장사치를 만났다. 중늙은이 사내로, 순대국집 주차장 구석에 보자기를 펼쳐 놓고 장사를 벌이고 있었다. '금이빨·은수저 고가(高價) 매입'이라고 쓴 판때기까지 세워 놓고. 시든 근대 잎사귀만 같은 보자기에는 금이빨과 은수저가 전시품처럼 널려 있었다. 거무스름하게 변색된 은수저들은 그렇다 쳐도 금이빨들은 닳고 찌그러진 구리 조각들만 같았다.

그가 보자기 앞을 그냥 지나치지 못한 것은 한자로까지 써 놓은 '고가'라는 글자 때문이었다. 그날 아침 그는 금값이 천정부지로 오르고 있다는 뉴스를 들었다. 그는 보자기 앞으로 가서 엉거주춤히 앉아 가부좌를 틀고 꾸벅꾸벅 졸고 있는 사내를 향해 다짜고짜 물었다.

"값을 얼마나 쳐주려나?"

사내가 미간에 주름이 꽉 잡히도록 인상을 쓰고 그를 쳐다봤다.

"금이빨을 팔아 볼까 싶어서……"

"아 봐요."

"아……?"

그는 말끝을 흐리고 도리어 입을 꾹 다물어 버렸다.

"입 좀 벌려 보라구요."

그가 순순히 입을 벌리지 않자 사내는 윽박을 질렀다. 그런데 어지럽게 흔들리는 사내의 왼쪽 눈동자와 달리, 오른쪽 눈동자는 전혀 움직임이 없었다.

"얼마나 쳐주는가 알아야 입을 벌리든 말든 할 거 아니우? 무턱대고 입을 벌리라고 하면 어쩌나?"

"우선 내 눈으로 봐야겠으니 고 입이나 벌려요!"

사내는 미동도 않는 자신의 오른쪽 눈을 후벼 파듯 손가락으로 가리켜 보였다.

"보긴 뭘…… 금이빨이 거기서 거길 테지."

그는 생판 처음인 사내 앞에서 입을 벌리려니 어쩐지 치욕스러웠다.

"안 팔 거면 장사 훼방 놓지 말고 가세요."

"누가 안 판다 했나?"

그는 사내가 과연 자신의 입 속에 박힌 금이빨을 얼마나 쳐줄지 궁금했다. 그래서 칠순을 훌쩍 넘긴 자신을 막 대하는 사내가 괘씸하면서도 마지못해 입을 벌렸다.

"금이빨 두 개!"

"그래 얼마나 쳐줄 수 있나?"

"한 개에 삼만 원씩 쳐주지요."

그만하면 값을 더없이 높게 쳐주었다는 투였다.

"삼만 원? 금값이 얼만 줄 뻔히 알고 있는데 삼만 원……?"

"삼만 원에 팔 거면 팔고, 안 팔 거면 영감님 가던 길이나 가세요."

사내는 삼만 원 이상은 절대 줄 수 없다는 듯 손을 내저었다.

"혹시 팔고 싶어지면 찾아와요. 기다리고 있을 테니."

구시렁거리면서 몸을 일으키던 그는 사내를 향해 눈을 동그랗게 떴다.

"헌데 말이우, 그쪽 눈이 어째 그 모양이우?"

"요 눈이요?"

"글쎄, 그 눈 말이우."

"아, 개 눈이거든요."

"개 눈……?"

"재작년에 개 눈을 해 넣었거든요."

개 눈은 무슨…… 고작해야 유리나 합성수지로 만든 의안이겠지. 의안을 흔히들 개 눈이라고 하니…… 사람 눈에 심는 게 가능하면 남아나는 개의 눈이 있으려구? 하지만 꼭 저 눈이었어. 저 개의 눈처럼 검은자위가 영 까맣지를 못하고 탱자처럼 노란빛이 도는 게…… 영락없이.

기다리고 있겠다고 했지. 그는 사내가 아무래도 장사를 파하지 않고 자신을 기다리고 있을 것만 같은 기분이 들었다.

금이빨 한 개에 삼만 원이라…… 쌀 십 킬로그램은 살 수 있는 돈이었다. 그 정도면 그럭저럭 겨울은 날 수 있을 것이다. 도시가스비가 급하긴 한데. 두 달이나 밀렸으니…… 금이빨 두 개를 다 팔아 봐야…… 하긴 보일러가 고장 난 판에 그까짓 도시가스비는 내서 뭐 하겠는가. 그는 한 골목에 사는 박 노인이 연탄난로를 놓을 때 따라서 놓지 않은 걸 후회했다. 전기장판이라도 한 장 사 둘 걸 그랬나.

또다시 잠이 몰아쳤다. 그는 감겨 오는 두 눈을 부릅뜨고 개를 노려봤다.

저, 저 눈깔 좀 봐. 똑같잖아……

그는 개가 아니라 사내가 자신을 저리 쳐다보는 것 같은 착각이 들었다. 은수저와 금이빨 들이 방바닥 여기저기 어지럽게 널려 있는 것만 같았다. 이불 밖으로 손을 뻗어 더듬으면 은수저나 금이빨이 걸려 올 것 같았다.

개가 앞다리를 한껏 뻗으면서 기지개를 켜더니 그를 향해 웅크려 앉았다. 머리를 방바닥으로 늘어뜨리다 말고 빳빳이 쳐들었다.

혀가 어는가…… 위가 호두처럼 쪼그라든 것 같은 허기까지 밀려들면서 그는 뚝배기에 부글부글 끓여 나오는 육개장이 미치도록 먹고 싶어졌다. 두 달 전 한 골목에 살던 늙은이가 세상을 떠났다. 살아생전 아내와 동서지간처럼 의지하면서 지낸 그녀는 그야말로 반평생을 독거한 늙은이였다. 두 평 방 안에서 홀로 죽어 간 그녀의 죽음을 거둔 이들은 동사무소 직원들이었다. 그들은 피붙이 하나 찾아오지 않는 그녀의 육신을 화장해 주고, 전세금을 빼 국고에 반납했다. 재활용 센터 사람들을 불러 그녀가 살아생전 쓰던 살림들을 수거해 갔다. 그나마 장례랍시고 치러 준 이들은 그녀를 간혹 찾아오던 성당 여자들이었다. 그들은 육개장을 한솥 끓여 그녀와 가까이 지내던 골목 안 늙은이들에게 한 대접씩 나누어 줬다. 그는 고인의 영정 사진 아래서 육개장에 밥을 한 공기 말아 입천장이 홀라당 데든 말든 허겁지겁 퍼먹었다. 장판지 밑에서 죽은 이의 통장이 나왔는데 삼백만 원이 넘게 들어 있었다는 수군거림을 귀담아들으면서. 통장을 얼마나 오래 묵혀 뒀는지 곰팡이가 허옇게 피어 있었다지. 죽은 이가 아까워 쓰지도 못하고 남기고 간 삼백만 원 또한 국고에 반납했을 테지…… 그깟 삼백만 원이 뭐라고……

값을 매긴다면 개의 눈은 얼마나 나갈까. 금이빨을 몇 개나 팔아야 그걸 구할 수 있을까. 그 언젠가 아내가 했던 말이 불쑥 떠올랐다.

"그저 흑백이라지 뭐예요."

"흑백?"

아내는 그때 방 안에 빨간 고무 다라이를 들여놓고 김장을 하고 있었다. 두 늙은이가 겨우내 먹을 배추 대여섯 포기밖에는 담그지 않았지만 그래도 김장은 김장이었다.

"흑과 백이요……"

아내는 붉은 고춧가루와 쌀로 쑨 희멀건 풀을 고무 다라이에 쏟아붓고 뒤적뒤적 버무렸다. 보얗게 살색이 돌던 새우젓과 짙푸르던 갓, 검은 듯 보라색이 돌던 까나리액젓, 우윳빛의 짓찧어 놓은 마늘, 버선처럼 희던 무…… 우중충히 흑백이던 두 늙은이의 방 안이 김장 재료들 덕분으로 형형색색을 띠어 가고 있었다.

"글쎄 그게 뭔 말이냐구?"

"별의별 색깔로 어지러운 세상이 개의 눈에는 그저 흑과 백으로밖에는 안 보인다지 뭐예요."

"그래?"

아내는 무를 채 썰다 말고 조금 떼어 개에게 던져 주었다.

"그야말로 합당하군."

"합당해요?"

"합당하지, 그럼……"

"그게 뭐가 합당해요?"

"개 따위가 사람하고 같아서야 되겠어?" 그는 괜히 목청을 높였다.

아내는 더는 말을 섞기 싫은지 서둘러 무를 채 썰고, 재료들을 한꺼번에 고무 다라이 속에 쏟아부었다. 엉덩이를 들썩이면서 재료들을 뒤섞었다. 그는 개의 눈이 흑백인 것을 통쾌해하고 당연해하면서, 고무 다라이 속에서 가지가지 색깔이 골고루 뒤섞이는 것을 흡족히 바라보았다.

그럼 합당하지. 그런 걸 두고 합당하다, 마땅하다 하는 거야…… 그는 죽은 아내가 듣고 있기라도 한 듯 중얼거렸다.

흑과 백이라……

그럴 리 만무하지만 사내의 오른쪽 눈이 정말 개의 눈이면, 내 입 속 금이빨이 흑백 덩어리로 보였겠군…… 그렇게 중얼거리던 그는 자신의 입 속에 금이빨이 두 개가 아니라 한 개뿐이라는 사실을 불현듯 깨달았다. 설마하니 금이빨이 두 개일 리가…… 그는 혀를 억지로 놀려 금이빨을 찾았다. 그러자니 까맣게 잊고 있던,

아내를 따라 금이빨을 해 넣으러 가던 날이 엊그제 일처럼 생생하게 떠올랐다. 그것이 벌써 이십 년도 더 전 일로, 중국집 2층에 있던 치과였다.

“어금니가 전부 썩도록 금이빨 한 개 해 넣지 못하니 인생 헛살았지 뭐야.”

밥상 앞에만 앉으면 버릇처럼 지껄여 대는 불평에 질렸던 걸까. 어느 날 아내가 불쑥 돈뭉치를 내놨다.

“당장 금이빨 해 넣으러 갑시다.”

어디서 난 돈인지 물을 겨를조차 없이 아내는 그를 채근했다.

“당신 몸이 썩어 문드러져 흙이 돼도 땅속에서 번쩍번쩍 빛날 금이빨을 해 넣으러 가자구요.”

“내가 죽으면 금이빨은 당신이 챙겨 가지라구. 당신보다 내가 틀림없이 먼저 죽을 테니 말이야.”

마지못한 척 아내를 따라나서면서 그렇게 너스레를 떨지 않았던가.

썩고 마모된, 밥알 한 알 속 시원히 으깨 놓지 못하는 어금니들 중 어느 게 사내의 눈에 금이빨로 보였을까? 그는 뒤늦게야 사내에게 금이빨을 팔지 않은 것이 후회되었다. 뿌리까지 썩어 언제고 빠질 어금니를 삼만 원에 팔아넘길 수 있는 절호의 기회를 놓쳐 버린 게 아닌가.

금이빨을 팔러 갈까? 그는 개를 쳐다보며 다정히 말을 걸었다.

재작년 겨울 어느 밤인가도 보일러가 고장 난 적이 있었다. 오늘 밤보다는 추위가 덜했지만 그래도 엄동설한이었다. 그때만 해도 아내가 버젓이 살아 있었지만 그는 홀로 외롭고 쓸쓸히 이불 속에 누워 있었다. 아내는 그와 저만치 떨어져 개를 꼭 끌어안고 이불 속에 누워 있었다. "동태가 되겠군." 굴뚝처럼 입김을 내뿜으면서 투덜거렸었지. 늙은 남편이야 얼어 죽든 말든 개새끼와 한 이불을 덮고 누워 있는 꼬락서니가 그날따라 하도 눈꼴시어서 투덜거리자 아내가 말했다.

"당신도 이리로 들어오든지요."

"개새끼와 한 이불을 덮고 자느니 차라리 얼어 죽는 게 낫지."

"그럼 얼어 죽든지요."

"오호라, 여편네가 개새끼한테 환장해서는 남편이 얼어 죽기를 바라는군."

"개의 밤이라고 있다지 뭐예요."

그로부터 돌아누우면서 아내가 차분히 중얼거렸다.

"뭔 밤?"

"개의 밤이요……" 돌아누워서인가 그는 아내의 말소리가 멀리서 들려오는 듯 낯설고 가물가물하기만 했다. "사냥을 나간 에스키모들이 얼음 벌판에서 개를 끌어안고 잠드는 밤을 개의 밤이라고 한대요."

"별 희한한 밤도 다 있군."

"얼어 죽지 않으려고요."

"얼어 죽지 않으려고 개를 끌어안고 잔단 말이야? 에스키모들이나 그러라고 해. 나는 차라리 얼어 죽고 말 테니."

"천지사방 어둠과 얼음뿐이라고 생각해 봐요. 온기를 구할 게 개 말고는 아무것도 없다고요. 고요한 밤, 거룩한 밤 말이에요."

아내는 개를 더 꼭 끌어안았다.

"여기가 북극도 아니고 아무리 온기를 구할 게 개새끼밖에 없을라구……"

그런데 온기를 구할 게 저 개뿐이라니…… 아무리 그런들……

"가까이 오기만 해 봐라, 네놈 목덜미에 썩은 어금니를 박아 넣을 테니!"

그의 말을 알아들었는지 개가 슬쩍 몸을 일으켰다. 어슬렁어슬렁 물러나더니 엉덩이를 방바닥에 붙이고 앉았다. 앞발로 귀를 긁어 댔다. 엉덩이를 방문 쪽으로 향하고 웅크려 앉았다. 느릿느릿 흔들어 대던 꼬리를 늘어뜨렸다.

얼어 죽지 않으려……

의식이 가물가물해지면서, 저녁내 틀어 둔 라디오에서 흘러나왔던 기상 캐스터의 목소리가 아내의 목소리와 뒤섞여 들려왔다. 삼한사온이 무색하도록 살인적인 추위가 연일 계속되고 있습니다…… 오늘 밤은 어젯밤보다…… 나와 가장 가까운…… 기온이 더 떨어지겠습니다…… 오십 년 만에 최저 기온을…… 나를 마다하지 않는 생명이에요…… 동파에 각별히 주의하셔야겠습니다…… 따뜻해요 따뜻해…… 천지사방…… 얼어 죽든지요……
얼어 죽든지…… 고요한 밤…… 거룩한 밤…… 흑백이라……

몹쓸 여편네 같으니라고…… 천길 아래로 굴러떨어지던 그의 의식이 붙잡고 매달린 것은 죽은 아내를 향한 원망이었다. 깎아지른 절벽에 돋아난 잡풀만 같은 원망. 그의 의식은 죽자 살자 매달리고 있었다.

쪽방은 동서남북 아무리 둘러봐도 불빛 한 점 보이지 않는 허허벌판이었다. 그는 어찌나 추운지 장롱 속 옷가지를 죄다 꺼내 방 한가운데 무덤처럼 쌓아 놓고 불을 지르고 싶은 충동이 다 일었다. 장롱 속에는 그렇지 않아도 태워 없애지 않은 아내의 옷들이 고스란히 들어 있었다. 아내의 체취가 진즉에 발한 옷가지들이 활활 타오르는 동안에는 그래도 따뜻하겠지……

그 온기만 있어도……

그는 죽은 아내의 육신에 떠돌던 온기가 다 그리웠다. 마치 물 위에서 기름이 겉돌듯, 생명이 다한 아내의 육신에서 겉돌면서 서서히 잦아들던 그 온기…… 자신을 소스라치게 했던 그 온기만…… 그 온기만 있어도 그는 오늘 밤을 무사히 얼어 죽지 않고 버텨 낼 수 있을 것 같았다.

흑백이라……

그런데 저 짐승이 여우인가, 늑대인가. 날 잡아먹을 듯 쳐다보고 있는 저 짐승이…… 개였지…… 개……

억지로 눌러놓은 스프링이 튀어 오르듯 개가 발딱 일어섰다. 방문을 미친 듯이 긁어 댔다. 누가 찾아왔나…… 개가 발로 방문을 긁어 대는 건 누군가 찾아왔을 때 하는 행동이었다. 골목에서 발소리가 들려오는 듯도 했다. 술 취한 듯 조마조마한 발소리. 설마 용태가…… 그럴 리가…… 그러잖아도 그는 저녁에 아들 용태에게 전화를 넣었다. 어렵게 통화가 된 아들에게 보일러 얘기를 겨우 꺼냈다. 혹시나 싶어서였다. 세상천지 자식이라고는 그놈뿐이니…… 용태를 낳고 아내의 자궁에는 아이가 더 들어서지 않았다. 당신이나 내 팔자에 '외로울 고孤' 자가 들어 자식이 달랑 하나뿐인가 보지요. 자식을 하나쯤 더 두지 못한 처지가 한스러울 때마다 아내는 그렇게 혼잣말로 스스로를 위로했다.

"날이 더 추워진다고 하니……"

"그만한 돈을 당장 어디서 구하란 말이에요?"

아들은 그 말뿐이었다.

그는 아들이 자신을 찾아와 주었으면 싶으면서도 막상 찾아올까 두려웠다. 아들은 오 년 전 이혼을 했다. 부모라고 어쩌다 찾아올 때마다 술주정이나 부려 댔다. 괘씸해하는 그와 달리 아내는 묵묵히 아들을 어르고 달랬다. 한번은 참다못한 그가 아들에게 부자지간의 인연을 끊자면서 욕설을 퍼부어 댄 적이 있었다.

"세상 사람들이 다 내 아들을 욕해도 당신은 욕할 자격 없어요."

"그게 뭔 말이야?"

"아버지란 위인한테서 보고 배운 게 술주정뿐이니……"

"내가 평생 그랬나?"

"평생 그런 게 아니면요?"

"한때……"

"그래요, 한때. 그 한때가 당신을 요 모양 요 꼴로 만들어 놨지요."

아들 용태가 중학생이 되던 해 그는 다니던 회사를 때려치우고 가구 공장을 인수했다. 장롱을 만드는 공장이었다. 고향 선배가 하던 공장이라 앞뒤 안 가리고 달려들었다. 부모님이 농사짓고 있던 논을 팔고, 동생들에게 연대 보증까지 서게 해 은행에서 돈을 융통했다. 아내가 붓고 있던 곗돈까지 끌어다 공장을 인수하는 데 쏟아부었다. 인생 뭐 있나. 모 아니면 도…… 그는 모를 꿈꾸었다. 그냥 월급쟁이의 아내로 살고 싶어 하던, 큰 욕심 없는 아내의 반대와 우려는 귀에 들어오지 않았다. '사장님' 소리를 듣는 게 꿈만 같았다. 선배는 그에게 공장을 떠넘기자마자 미국으로 이민을 가 버렸다. 이 년 만에 공장은 문을 닫고, 아무 책임도 없던 동생들은 빚쟁이가 됐다. 충격으로 아버지가 돌아가시자 동생들은 철천지원수나 되는 듯 그와 의절했다. 생활비를 벌기 위해서가 아니라 빚을 갚기 위해 아내는 식당에 일을 다녔다. 술밖에는 그가 의지할 것이 없었다. 처자식을 위해 가장 왕성하게 일해야 할 사십 대를 그는 술에 찌들어 살았다.

발소리가 잦아들었는데도 개는 포기하지 않고 집요하게 방문을 긁어 댔다. 이 방에서 나가고 싶어서 그러냐. 내보내 주랴…… 거부할 수 없는 지경까지 잠이 몰려들었다. 그대로 잠들면 기막히게 아름답고 황홀한 꿈을 꿀 것만 같았다.

오늘 밤…… 아무래도…… 거룩한……

입을 벌리고 싸늘히 굳어 가는 그를 깨운 것은 개였다. 개가 기습하듯 달려들어 그의 귀를 물어뜯은 것이었다. 그는 목구멍 밑에서 터져 나오는 비명을 내지르면서 번쩍 눈을 떴다. 귓불이 떨어져 나가는 듯한 통증과 함께 끈적끈적한 것이 턱을 타고 흘러내리는 게 느껴졌다.

피구나, 피……!

개의 이빨에 뜯긴 귓불에서 피가 흐르고 있음을……

차라리 내 목을 물어뜯지 그랬냐!

그는 안간힘을 다해 소리 질렀다. 개는 그새 멀찌감치, 그가 아무리 손을 내뻗어도 닿을 수 없는 곳으로 물러나 있었다.

그나저나 따뜻하군…… 따뜻해…… 목을 적시면서 흘러내리는 피는 눈물겹도록 따뜻했다. 얼음장인 몸속에 그렇게나 따뜻한 피가 흐르고 있다는 사실이 이율배반처럼 생각될 정도였다.

개가 다시금 그에게 달려들 듯 두 앞발을 허공으로 번쩍 들어 올렸다. 껑충껑충 뛰어올랐다. 그를 가운데 두고 방 안을 휘저어 놓으면서 뛰어다녔다. 그의 머리맡 신문지를 갈기갈기 물어뜯었다.

그의 발치께로 가더니 이불자락을 이빨로 물고 늘어졌다. 그 바람에 그의 한쪽 발이 이불 밖으로 드러났다. 저 개가 미쳤나…… 피 냄새를 맡고 미쳐 버렸나…… 고요한 밤…… 거룩한 밤…… 저 개가……

얼어 죽어 가는 날 지키는 게 저 개라니…… 하긴 죽어 가는 아내를 지킨 것도 저 개였다. 아내가 거두어 주지 않았으면 벌써 안락사당했을지 모르는 저…… 짖지도 못하는 개……

이리 가까이……

백골이 진토되도록 지킬 작심이었던 걸까. 개는 죽은 아내를 지키려 했다. 그조차도 죽은 아내 가까이 다가오지 못하게 했다. 송곳니를 드러내 놓고 사납게 으르렁거렸다. 개와 사투 아닌 사투를 벌이느라 그는 반나절도 더 지나서야 아들에게 아내의 죽음을 알렸다. 생인손 같은 자식이었지만 아내의 죽음을 알릴 데가 그래도 아들밖에는 없었다. 아들이 왔을 때, 그는 방 문지방 위에 철퍼덕 주저앉아 낙엽처럼 마른 울음을 끄억끄억 토해 내고 있었다.

"개는 어쩌실 거예요."

씩씩 가쁜 숨을 몰아쉬면서, 한 손에 여전 히 붉은 호스를 든 채로 아들은 그에게 물어 왔다.

"까맣게 몰랐다……"

"개는 어쩌실 거냐구요?"

"어쩌긴…… 내다 버리든가 해야지."

아내의 장례를 마치고 그가 집에 돌아왔을 때, 개는 아내가 죽어 누워 있던 이불 위에 웅크리고 앉아 있었다. 죽은 아내가 여전히 그곳에 누워 있기라도 한 듯.

그렇게나 까맣게 모를 수가…… 그는 아내가 죽어 가는 것을 전혀 몰랐다. 한 이불은 아니어도, 한 천장 아래 누워 잠들지 않았던가. 하긴 워낙에 조용한 죽음이었다. 비명 한마디, 몸부림 한차례 없는…… 살아생전 아내가 그렇게나 바라고 바라던. 그리고 역시나, 까맣게 모를 테지. 아들은커녕 세상 사람 누구 하나…… 폐지나 주우러 다니는 늙은이일 뿐인 내가 얼어 죽어 가는 것을…… 오늘 밤…… 죽어 가는 날 지키는 게…… 저 개라니……

오늘 밤 얼어 죽지 않으면 날이 밝는 대로 저 개를 내다 버리리라. 노랗고 따사로운 햇살이 눈부시게 내리비치는 길을, 개를 끌고 걸어가는 광경이 그의 머릿속에 그려졌다. 개를 버리러 가는 황홀하기 이를 데 없는 광경이……

피까지 어는 것 같아……

근데 내가 그 장사치 사내를 만난 곳이 순댓국집 주차장이 맞던가. 놀이터가 아니었나…… 김이 모락모락 피어오르는 백설기를 길까지 내놓고 팔던 낙원떡집 근처였던 것도…… 아니지…… 아니야…… 마을버스 정거장 아래쪽 홍두깨칼국수 뒷골목이던 것도…… 거기서는 종이 상자를 주우려다 된통 창피를 당하지 않았는가. 전봇대 밑에 종이 상자가 버려져 있기에 덥석 주우려는데 등 뒤에서 욕설이 쏟아졌다. 안짱다리에 등이 낫처럼 휘어진 늙은이가 아장아장 걸어오더니 그의 손에 들린 종이 상자를 홱 빼앗아가 버렸다. 자신이 찜해 놓은 종이 상자를 훔쳐 가려 한다면서 천하에 없는 도둑놈 취급을 했다. 종이 상자 하나를 두고…… 폐지를 주우러 다니면서 황당했던 적이 어디 한두 번이었나. 기껏 주워 온 신문지 뭉치에 쥐가 둘둘 말려 있었던 적도…… 강력 본드가 도포된 덫에 네 발과 꼬리가 달라붙어서는…… 쥐는 살아 있었다. 살아…… 마침표 같은 똥까지 점點 점 점 점…… 내가 웃고 있는 건가…… 울고 있는 건가…… 그 쥐를 내가…… 어떻게 했더라…… 내가……

개에게 물어뜯겨 피가 흐르던 귀는 금세 납처럼 얼어붙었다. 턱과 목을 타고 흐르던 피는 딱지 져 들러붙었다. 아내의 구부정하고 기죽은 뒷모습이 보온 밥솥 근처에서 어렴풋이 어른거렸다.

거기서 뭘 하고 있어?

불을 피우고 있어요.

언제 온 거야?

언제 오긴요, 아까부터 와 있었는걸요.

아까부터 불을 피우고 있었던 거야?

불이 어째 피어오르지 않네요.

어떻게든 피워 봐.

그래요, 어떻게든 불을 피울 테니 당신은 마음 푹 놓고 주무시구려.

얼어 죽기 전에…… 그가 애원하듯 중얼거리는데 아내의 모습이 사라지고 없었다. 보온 밥솥에 들어온 빨간 불빛만이 허탈하게 그의 눈에 들어왔다.

이봐, 불을 피우다 말고 어딜 간 거야?

그러나 이미 모습을 감춰 버린 아내는 대꾸를 해 오지 않았다. 그럼 그렇지, 곡두를 본 게지. 하지만 그는 죽은 아내가 정말로 다녀간 것 같은 생각이 들었다. 어떻게든 불을 피워 놓겠다고 해 놓고서는…… 그가 공염불처럼 웅얼거리는데, 개가 그의 머리맡에서 발로 장판지를 긁어 댔다.

그렇지, 저 개가 있었지…… 개가……

그의 손가락 마디만큼 벌어진 입에서 피어오르던 입김이 차츰 옅어졌다. 보랏빛과 푸른빛, 노란빛, 자줏빛 그리고 또 다른 그 어떤 빛이 한꺼번에 그의 이마에서 감돌았다. 빛깔들은 뒤섞여 기묘한 빛을 발했다. 검보랏빛인 듯, 검푸른빛인 듯, 검노란빛인 듯, 검자줏빛인 듯, 혹은 그 어떤 빛인 듯한 신비로우면서도 섬뜩한 그 빛은 그의 얼굴 전체로 번져 나갔다. 어느 결엔가 바짝 다가온 개가, 그런 그의 얼굴 위로 모가지를 늘어뜨리고 있었다. 그는 개를 쫓아 버리지도 덥석 끌어안지도 않았다. 개가 킁킁 내뿜는 콧김에 그의 머리카락 몇 올이 하늘하늘 흔들렸다.

금이빨을 팔러 가자…… 그는 개를 끌고 사내를 찾아가고 있었다. 전선줄처럼 가늘고 검은 골목들을 지나고, 젖은 낙엽이 날리는 횡단보도를 건너, 셔터가 굳게 내려진 가게들을 지나…… 사내는 은수저와 금이빨이 널린 보자기 앞에서 가부좌를 틀고 앉아 그를 기다리고 있었다. 영업이 끝났는데도 순댓국집은 간판을 노랗게 밝히고 있었다.

"금이빨을 팔러 왔소."

"아 해요."

금이빨 한 개에 삼만 원이라……

허어억— 헉—

그것은 그의 벌어진 입에서 새 나오는 소리였다. 들뜬 창틀로 바람이 들이쳐 창에 쳐 놓은 비닐이 파들파들 파르르르 떨렸다. 개가 납작 엎드리더니 머리로 이불을 들추고 그 속으로 파묻히듯 기어들었다.

어김없이 날이 밝고, 골목에도 햇빛이 내리비쳤다. 알루미늄 쪽문이 열리더니 최 노인이 연탄재를 들고 나왔다. 그는 연탄재를 빙판이 된 골목 바닥에 대고 깨뜨렸다. 폐타이어로 눌러놓은 슬레이트 지붕 밑에서는 박 노인이 잉어만큼 커다란 의족을 끼우고 있었다.

햇빛은 그의 방 창으로도 들이쳤다. 어둠과 냉기가 밤새 매몰차게 지배하던 방 안이 서서히 밝아 왔다. 개의 누렇고 가느다란 털이 그의 얼굴 위에서 떠다녔다. 천장을 향해 한껏 벌어진 그의 입은 좀처럼 다물릴 줄 몰랐다. 보온 밥솥에는 여전히 빨간 불이 들어와 있었다.

김지연

2018년 단편 소설 「작정기」로 문학동네신인상을 받으며
작품 활동을 시작했다. 소설집 『마음에 없는 소리』,
장편 소설 『빨간 모자』 등을 썼다.

공원에서

기영의 집에 가는 길이었다. 밤 아홉 시가 조금 안 된 시간이었다. 서로 일이 바빠 보름 만에 만나는 것이었으므로 이번 주말은 기영의 집에서 함께 보내기로 약속을 해 두었었다. 퇴근 후 나는 언제나처럼 필라테스 학원에 가 한 시간 정도 운동을 했다. 조금 지쳤고 동시에 조금 기운이 났다. 사물함에서 옷을 꺼내기 전에 휴대폰부터 확인했다. 일을 마치고 집에 오는 길에 아이스크림을 샀다는 기영의 메시지가 와 있었다. 기다리지 못하고 아이스크림을 한 숟갈 펐으니까 서두르라고. 물론 아이스크림은 아직 냉동고에 있을 것이고 기영의 말은 그저 나를 빨리 보고 싶다는 표현을 에둘러 한 것이라는 걸 나는 잘 알았다. 함께한 시간이 길어지면 당연히 서로에 대해 아는 게 많아져서 상대가 헛소리를 해도 다 알아먹을 수 있으니까. 메시지를 보자 나도 기영을 보고 싶은 마음이 샘솟았으므로 아이스크림이 식기 전에 가겠소, 하고 기영만 웃어 줄 재미없는 농담을 적어 답장을 보냈다. 기영은 자기가 샤워를 하고 나왔을 때 내가 집에 와 있었으면 좋겠다고 했고 그 말에 나는 마음이 더 급해져 버스에서 내려 공원을 가로지르기로 마음먹었다.

그건 한 번도 없던 일이었다. 해가 지면 늘 대로변으로만 다녔다. 공원은 야트막한 산 아래에 길게 조성되어 있었는데 가로등이 많지 않아 밤이 되면 어둑어둑했다. 더군다나 요 몇 달은 개가 나타난다고 했다. 누가 키우다 버린 것인지 야생화되었다는 그 개는 때로 사람을 공격한다고 했다. 공원 초입에 그 내용을 알리는 현수막이 걸려 있었다. '들개 출몰. 포획할 계획이오니 목격한 사람은 즉시 아래의 번호로 연락 바랍니다.' 물론 개가 아니더라도 어두운 밤의 공원을 굳이 지나가고 싶지는 않았다.

그날은 굳이 지나갔다. 막상 공원은 내 상상과는 사뭇 달랐다. 대로변에 비하면 어두운 것은 맞았지만 걱정했던 것만큼은 아니었다. 사람들도 많았다. 일과를 마친 사람들이 삼삼오오 모여 여가를 보내는 밤의 공원이야말로 어느 때보다 활기를 띠는 듯 보였다. 인라인스케이트를 타는 아이들, 벤치에 앉아 이야기를 나누는 연인들, 배드민턴을 치는 가족들. 대부분이 마스크를 쓰고 있었다. 감염병으로 인해 멀리 떠나지 못한 채 발이 묶인 사람들에게 공원은 잠시나마 숨통을 트이게 해 주는 곳인지도 몰랐다. 사람들이 이렇게 소란스럽게 움직이며 뛰어다니는 데로는 아무리 들개라고 해도 겁도 없이 뛰어들 것 같지 않았다. 그날 나는 평소보다

십 분 일찍 기영의 집에 도착해 기영과 함께 아이스크림을 먹었다.

그 뒤로 기영의 집에 갈 때는 대로변 대신 공원을 가로지르는 쪽을 선택했다. 공원에 가는 날이 많아질수록 점점 더 공원이 좋아졌다. 도시에 왜 공원이 필요한지도 알 수 있었다. 건물들로 빈틈없이 빽빽한 곳에는 반드시 녹지가 필요했다. 내 얘기를 들은 기영이 공원에 가끔 사람이 없을 때도 있다며 그 길은 위험하니 대로변으로 다니라고 했지만 나는 어어, 고개만 끄덕이고는 공원으로 갔다. 그러면 공원에 십 분 정도 앉아 있을 수 있었다. 그건 이상한 기분이었다. 기영이 보고 싶어 죽겠으면서도 혼자서 공원에 앉아 있는 시간이 필요했다.

그러는 사이 공원은 이제 이 도시에서 내가 가장 좋아하는 장소가 되었다. 내 방이 있는 부모의 집보다도 기영의 집보다도 나는 공원이 좋았다. 좋아하는 장소가 생긴다는 것은 마치 인생에 경력이 쌓이는 듯한 기분이어서 한편으로는 뿌듯하기도 했다. 나는 공원이 좋았다. 느티나무 아래 벤치에 앉아 계절을 느끼는 것, 다들 활기차 있는 것, 배드민턴을 치다가 실수를 해도 웬만해서는 웃어 넘기는 것, 다정하게 이야기를 나누며 걸어가는 노부부들을 보는 것. 가끔 아무것도 하지 않고 혼자 어슬렁거리는 수상쩍어 보이는 사람도 있었지만 그건 나도 마찬가지였다. 그리고 개들. 공원에는 많은 개들이 돌아다녔다. 들개가 아닌 강아지들이. 벤치에 앉아 있으면 산책을 나온 강아지들을 마음껏 볼 수 있었다. 가끔은 내 쪽으로 달려와 신발 앞코를 킁킁거리는 강아지도 있었다. 그럴 때면 목줄을 쥔 사람은 난처해하며 내게 사과했지만 나는 개가 더 가까이 다가와서 냄새를 맡아 주었으면 했다. 걱정과 달리 들개는 나타나지 않았다. 아주 오래된 소문이었을 것이다. 현수막은 공시된 날짜가 한참 지난 채로 바람에 펄럭였다.

그날 밤도 언제나처럼 버스에서 내려 공원을 향해 가고 있었다.

"아들, 이거 좀 도와줘요."

나를 부르나 싶어 돌아보니 한 여자가 폐지가 잔뜩 실린 리어카 앞에 곤란해하며 서 있었다. 오르막길을 쉬이 올라가지 못해 어려움을 겪는 듯했다.

"저 언덕길만 넘어가게 좀 밀어 줘요."

나는 아무 말 없이 다가가서 리어카를 밀어 주었다. 거의 다 올라왔을 때 리어카 위에 아슬아슬하게 놓여 있던 상자 하나가 떨어졌다.

"상자가 떨어졌어요."

내가 말하자 여자는 고개를 들어 내 얼굴을 찬찬히 보았다.

"딸이었네. 어두워서……"

여자는 내 목소리를 듣고 바로 호칭을 아들에서 딸로 바꾸었다.

"고마우니까 이거 줄게. 여기서 먹고 가."

여자가 상자를 주워 들어 다시 올려놓고는 리어카에 매달려 있는 부직포 가방에서 요구르트를 꺼내 건넸다.

"네? 여기서 먹으라고요?"

"쓰레기 나오니까, 버리고 가라고."

그런 뜻이었나. 얼떨결에 요구르트를 받긴 했지만 그래도 먹는 건 망설여졌다.

"그리고 일찍일찍 다녀요. 말만 한 처녀가."

나는 차라리 남자로 오해받는 편이 나았겠다고 생각하며 그대로 공원으로 갔다.

사람들이 나를 남자로 착각하는 일은 종종 있었다. 나는 백칠십오 센티미터의 키에 머리가 짧고 화장도 하지 않는 데다 몸매가 드러나지 않는 옷을 주로 입었다. 길을 가는데 총각이나 아저씨, 하고 나를 부르며 길을 묻는다든가, 찜질방에서 파란색 옷을 주며 남자 탈의실로 안내를 한다든가 하는 일들이 있었다. 언젠가 인도로 여행을 갔을 때 함께 간 친구는 예외 없이 'madam'으로 불렸지만 나는 때때로 'sir'로 불렸다. 한참이나 내게 호객 행위를 하던 릭샤꾼이 포기하고 돌아서며 근데 너 남자야, 여자야? 하고 대놓고 묻던 일도 있었다. 그래서 익숙했다. 남자로 오해당하면 기분 나쁘지 않으냐고 누가 물어본 적이 있었다. 오해당하는 건 괜찮았다. 때로는 안전하다는 느낌마저 들었다. 성가신 건 내가 여자라는 사실이 밝혀졌을 때였다. 어떤 사람은 죽을죄를 지었다는 듯 사과를 했는데 그것도 좀 웃긴 일이지만 그건 그런대로 점잖은 편이랄 수 있었다. 어떤 사람은 동그란 눈을 하고 찬찬히 내 얼굴을 뜯어본 뒤 가슴을 뚫어져라 봤고, 어떤 사람은 왜 그러고 다니느냐고 물어봤으며, 어떤 사람은 조언을 했다. 머리를 기르라거나 화장을 하라거나 좀 더 여성스러운 옷을 입어 보라거나 말할 때 솔 톤을 내는 것이 좋다는 식이었다. 나를 위로한답시고 말을 늘어놓는 사람들도 있었다. 왜들 그런 오해를 하지? 이렇게 여성스러운 사람인데. 그 말들은 정말 듣기 싫었다. 그런 말을 들은 날은 사전에서 '여성스럽다'라는 단어의 뜻을 찾아보기도 했는데, 아무리 뒤져봐도 근원적인 뜻은 알 수가 없었고 대신 이게 무슨 뜻인지 우리 모두 잘 알고 있잖아요? 같은 인상만 받을 수 있었다.

내가 좋아하는 한갓진 벤치를 찾아 앉아 요구르트를 어쩔까 생각하는데 기영에게서 전화가 왔다. 나는 조금 전 있었던 일을 말했다. 기영은 요구르트를 절대 먹지 말라고, 당장 버리라고 말하더니 자기는 차가 막혀 조금 늦을 것 같다고 했다.

"얼마나 늦는데?"

"삼십 분 정도?"

나는 괜찮다고 말하고 싶었는데 빈집에서 혼자 기다릴 생각을 하니 그 말이 선뜻 안 나왔다. 미안해, 어쩌고 하는 목소리가 들려왔지만 그냥 알았어, 하고 전화를 끊었다. 전화를 끊고서야 내 옆에 누군가 앉아 있다는 것을 알았다.

공원에 자주 가면서 나는 모르는 사람이 앉아 있는 벤치에는 웬만해선 앉지 않는 것이 암묵적 법칙 같은 게 아닐까 여기고 있었으므로 그 순간 바로 경고음이 울렸다.

"친구가 늦는대요?"

남자는 내 통화를 잘 들었다는 듯 나에게 말을 걸었다. 나는 아무 대답도 하지 않았다.

"그건 뭐예요?"

남자가 요구르트를 손짓으로 가리키며 물었다.

"안 먹을 거면 나 줘요. 삼만 원에 살게."

"네?"

어이가 없는 말에 반사적으로 고개를 들어 그의 얼굴을 보게 됐다.

"안 돼? 그럼 오만 원."

손깍지를 끼고 앉아서 느물거리는 미소를 띤 채 나를 훑는 남자와 눈이 마주쳤을 때 나는 멋쩍게 웃었다. 왜 웃었는지는 모르겠는데 웃었다.

"오만 원은 좋아요? 그럼 오만 원 오케이?"

남자가 요구르트를 가져가겠다는 듯이 손을 내 쪽으로 뻗어 왔을 때 나는 벌떡 일어났다. 그냥 몸이 저절로 움직였다. 남자가 따라올지도 몰라 빠르게 걷는 내내 머릿속에서 씨발, 씨발, 욕이 사라지지 않았다. 뒤에서 흐흐거리며 소리치는 남자의 목소리가 들렸다.

"어디 가. 안 잡아먹어."

나는 남자의 목소리가 들리지 않을 때까지 열심히 달아났다.

한동안은 큰길로만 다녔다. 몸이 자연히 거부하고 있었다. 다시 공원에 가기까지는 한 달이 걸렸다. 기영이 영원히 피할 수는 없는 일 아니냐며 함께 가 주겠다고 해서 용기를 냈다. 우리는 공원을 돌아다니며 식물들의 이름을 알아맞히고 지나가는 개들과 인사했다. 어디선가 날아온 셔틀콕을 주워 주고 자판기에서 음료를 뽑아 마셨다. 그것만으로도 아주 많은 일을 한 기분이었지만 사실 왔다 갔다 하기만 했을 뿐 거의 아무것도 하지 않은 셈이었다. 우리 앞으로 집에만 있지 말고 가끔 이렇게 운동도 하자. 이게 운동이 되나? 이 정도 운동은 집에서도 할 수 있지 않나? 그런 대화를 주고받으면서 걸었다. 공원은 누구에게나 개방된 곳이었고 거기에서 하는 건 다 공짜였다. 나는 다시 공원을 좋아하기 시작했다.

그리고 며칠이 지나서였다. 그날 나는 필라테스 학원에 갔다가 휴대폰을 잃어버렸다. 확실히 사물함에 잘 넣어 뒀는데 꺼내려고 보니 없었다. 나는 데스크의 직원과 한참 실랑이를 했다.

"분명 들어올 때까지 있었다고요. 마지막으로 카톡 확인하고 사물함에 넣었다고요. 누가 훔쳐 간 거라니까. 시시티브이 같은 거 없어요?"

내가 흥분한 채 말하자 직원은 못 들을 말을 들었다는 듯 인상을 썼다.

"거기 탈의실이에요."

경찰에 신고를 했지만 경찰도 미적지근한 반응을 보이며 찾기 힘들 거라고 했다.

휴대폰을 잃어버리기 전 마지막으로 카톡을 보낸 사람은 기영이었고 미리 보기로 본 내용에 화가 났었기 때문에 더 짜증이 났다. 기영은 내가 운동 중이라는 걸 알았겠지만 한참이 지나도록 확인을 하지 않는 내가 답답해 전화를 걸었을지도 몰랐다. 나도 기영에게 할 말이 많았다.

평소보다 늦은 시각에 공원을 가로지르며 기영의 메시지를 떠올려 보았다.

— 오늘 몇 시쯤 와? 다음 주엔 나 서울 가야 해. 장인어른 생신.

그날 나는 오래 공원에 머물렀다. 빨리 기영을 만나 봤자 싸우기만 할 것이었다. 벤치에 앉아 지나는 사람들을 바라보며 나는 도대체 뭐가 문제일까 따져 보았다. 왜 이 말도 안 되는 관계에 빠져들었을까. 마땅한 답은 떠오르지 않았다.

공원을 빠져나가기 전에 화장실에 들르려는데 한 남자가 소리쳤다.

"이봐요. 거기는 여자 화장실이에요."

그 남자는 취해 있었다. 목소리에 취기가 묻어났고 걸음은 비틀거렸다. 나는 짜증이 났다.

"저 여자예요."

그것으로 오해가 풀릴 거라고 생각했다. 내가 들어서려는 것을 보고도 세면대 앞에서 태연히 손을 씻는 다른 여자도 있었다. 내가 남자였다면 그런 일은 있을 수 없을 것이다.

"뭔 여자가 남자같이 하고 다녀."

남자는 말도 안 되는 소리 말라는 듯 내 쪽으로 다가왔다. 나는 쌓였던 짜증이 이상한 식으로 폭발하는 걸 느꼈다.

"씨발, 그냥 꺼지세요!"

남자를 향해 크게 소리치고 안으로 쑥 들어왔다. 볼일을 보고 변기의 물을 내릴 때까지도 짜증이 사라지지 않아 레버를 세게 콱콱 눌렀다. 손을 씻고 나가려는데 여자는 아직 세면대 앞에 있었다.

"저기요."

나를 부르는 소리에 돌아보자 여자가 말을 이었다.

"밖에 일행 있어요?"

"네? 없는데요."

"아까 들어올 때 그쪽이랑 시비 붙은 남자요. 화장실 문 앞에서 계속 얼쩡거리고 있어요. 저 근처에 남편이 있어서 이쪽으로 와 달라고 했으니까 오면 같이 나가요."

흘깃 밖을 보니 여자의 말대로 술에 취한 남자가 나를 기다리고 있었다. 제 몸도 제대로 못 가누는 채였다. 그래서 여자의 제안을 뿌리쳤다. 감사하지만 별일 없을 거라고 말하고 먼저 나와 버렸다. 남자는 비틀거리면서도 공원 초입까지 나를 따라왔다. 뭐야, 씨발 새끼가 어쩌자는 거야. 왜 시비야. 더 가까이 오기만 해 봐. 가만 안 둬. 좆만 한 새끼, 너같이 입만 산 새끼의 팔모가지 정도는 부러뜨릴 수 있어. 그렇게 중얼거렸다.

하지만 나는 실제로 그렇게 하지는 않았을 것이다. 무슨 말을 그렇게 싸가지 없게 하냐고 다짜고짜 달려들어 머리통을 갈기지는 않았을 것이다. 겁먹고 달아나는 사람을 쫓아가 뒷머리를 낚아채 쓰러뜨려서는 운동홧발로 마구 짓이기지는 않았을 것이다. 인간으로서 인간적이고 싶으니까. 남자는 너도 이렇게 하고 싶었잖아, 힘만 있었으면 이렇게 했을 거잖아, 말하듯이 사정없이 나를 차고 밟았다. 마치 우리가 합의하에 링 위에서 서로를 때리며 싸우다가 내가 진 것처럼 자신의 승리에 도취된 것 같았다. 남자가 계집년이 어디서 까부냐고 침을 뱉고 떠난 다음에야 나는 공원의 사람들이 하던 일을 멈추고 좇아와 모든 걸 지켜보았다는 것을 알았다.

며칠이 지나도 그 남자는 찾을 수 없었다. 남자의 얼굴을 제대로 본 사람도, 남자가 누구인지 아는 사람도 없었다. 시시티브이는 작동하지 않는 상태였고 누군가 휴대폰으로 찍은 동영상도 어두워 남자의 얼굴이 나오지 않았다고 했다. 내가 바닥에 쓰러져 맞고 있는 모습을 동영상으로 찍어서 가지고 있는 사람이 있다니 그것도 너무 무서웠다.

공원에는 새 현수막이 붙었다.

"그 밤에 어딜 가는 길이었어? 필라테스 학원이랑도 반대쪽이잖아."

엄마가 그렇게 물었을 때 나는 답을 하고 싶지 않았다. 그냥 공란으로 비워 두고 싶었다. 하지만 엄마는 집요했다. 마치 그게 가장 중요한 일인 것처럼 자꾸 물어봐서 그냥 바람을 쐬고 싶어서 공원에 갔던 거라고 말했다. 경찰도 내게 그걸 물었다. 어디 가는 길이었습니까. 나는 산책을 나갔던 거라고 했다. 주말부부로 지내고 있는 남자의 집에, 그러니까 내가 불륜을 저지르고 있는 남자의 집에 가는 길이었다고는 말할 수 없었다. 내가 어딜 가는 길이었는지는 전혀 중요하지 않은 것 같으면서도 굉장히 중요한 듯했다. 기영도 그렇게 말했다.

"우리 관계가 알려지면 아무도 네 편을 안 들어줄 거야. 너만 더 욕먹을 거야. 맞을 만한 짓을 했다고, 맞아도 싸다고 수군거릴 거야. 비도덕적인 인간의 말은 들을 가치도 믿을 이유도 없다고 하겠지."

기영은 멀찍이 떨어져서 우리의 관계를 지켜보고 있는 것 같았다. 자신은 무관하다는 듯이. 나는 어쩌다가 이 사람을 그렇게나 좋아하게 된 걸까. 그리고 기영은 왜 아내를 두고 나와 만나는 것일까. 일순 납득이 가지 않았다. 하지만 나는 기영을 좋아했다. 모든 것을 감당할 수 있을 만큼 좋아했다. 어떻게 그런 게 가능했을까. 그런 건 이상한 방식으로 가능해서 그것들을 모두 설명할 수는 없다. 하지만 다른 사람들은 기영과 나의 관계를 쉽게 설명할 수 있을지도 모른다.

발정 난 거지 뭐. 사람 아닌 거지.

그 뒤로 나는 공원에 가지 않았고 그 일을 잊어버리려고 애썼다. 다시 떠올린 것은 기영이 내 상처에 연고를 발라 주다가 불쑥 "그러니까 그리로 다니지 말라고 했잖아" 하고 말했기 때문이었다. 그저 나를 염려해 한 말이라는 것을 잘 알았지만 그런 것까지 헤아리기에 나는 너무 지쳐 있었다. 내가 그 남자에게 씨발이라고 했다는 것, 꺼지라고 했다는 것은 얘기하지 않았는데 그 사실을 알게 되면 기영은 내가 모든 일을 자초한 것이라고 말할지도 몰랐다.

지독한 악취가 나를 싸고도는 것 같았다. 악취는 그날 남자가 뱉은 침이 내 얼굴에 떨어졌을 때, 그때 이미 시작된 것이었다. 아주 끔찍한 냄새였다. 아무리 씻어도 사라지지 않고 내내 나를 따라다녔다. 그것은 절대 내 것이 아님에도 내 것처럼 내 몸에 들러붙어 있었기 때문에 길을 걸을 때면 사람들이 나를 흘깃거리며 저 사람한테서 악취가 나, 하고 수군대는 것만 같았다. 나는 변명하고 싶었다. 이건 원래 내 것이 아니라고, 전적으로 운 나쁘게 묻은 것이라고, 재수가 없어 떨쳐지지 않는 것뿐이라고 말하고 싶었다. 하지만 나중에는 아무렇게나 생각하도록 그냥 내버려 두었다. 그렇게 체념하기까지 힘들었는데 체념하고 나니까 힘든 줄도 모르게 되었다. 그게 정말 나빴던 것 같다. 그게 나를 견디게 해 준다고 생각했지만 그건 다른 식으로 나를 망치는 것이었다. 뒤늦게 나는 화를 냈다. 그날 남자가 사라져 버리고 누구한테 내야 좋을지 모른다고 생각했던 화를 기영한테 다 쏟아부었다.

"나한테 잘못이 있는 것처럼 말하지 좀 마! 그 사람은 정말 나를 개 패듯 팼다고!"

나중에 마음이 좀 진정된 다음에는 내가 그런 표현을 썼다는 게 믿기지 않았다. 하지만 은연중에 튀어나올 만큼 그 말은 내 의식에 아주 깊게 박혀 있었다. 도대체가 개처럼 맞는다는 관용구는 왜 존재하는 것인가. 나는 모든 웹 국어사전을 검색한 후 '복날에 개 맞듯'이라는 관용구가 등재되어 있는 사전 측에 일일이 메일을 보내 삭제할 것을 요청했다. 사전에는 '개가 개를 낳지'라는 말도 있었다. 그건 귀여움과 사랑스러움은 유전된다는 뜻이어야 했는데, 못난 아버지 밑에서 못난 자식이 난다는 뜻이었다. 나는 개에 관련된 단어들을 더 검색해 보다가 지쳐 버렸다.

사전에서 여자라는 단어를 찾아보면 이런 속담들이 딸려 있었다. 여자가 셋이면 나무 접시가 들논다. 여자는 사흘을 안 때리면 여우가 된다. 여자는 익은 음식 같다. 여자는 제 고을 장날을 몰라야 팔자가 좋다. 여자는 높이 놀고 낮이 논다…… 남자라는 단어를 찾아보면 이런 속담들이 딸려 있었다. 남자가 상처하는 것은 과거할 신수라야 한다. 남자로서는 아내가 죽어서 다시 장가드는 것도 하나의 복이라는 뜻이었다. 그래서 사전에 새장가라는 단어는 있지만 여자가 새로 결혼하는 것을 일컫는 단어는 없었다. 사전에는 재취라는 말도 있고 삼취라는 말도 있었다. 개취도 있고 계취도 있고 후취도 있었다. 이 단어들은 모두 아내를 여읜 남자가 두 번 세 번 장가를 드는 것을 뜻하는데 남편을 여읜 여자가 새로 결혼하는 것을 일컫는 단어는 찾을 수가 없었다. 그런 단어는 필요 없었을 것이다. 여자가 새로 결혼하는 건 하나의 단어로 표현해야 할 만큼 일반적이지 않았을 테니까. 그리고 남자와 관련해 등재된 다른 속담들은 남자라면 죽어도 전장에 가서 죽어라, 남자는 셋이 모이면 없는 게 없다, 같은 것이었다. 여자는 셋이 모이면 시끄러운 반면 남자는 셋이 모이면 뭐든 할 수 있었다. 속담은 개수에서도 차이가 났는데 여자와 관련된 속담이 더 많았다. 어쩌면 당연한지도 몰랐다. 속담도 일종의 일반화니까. 남자들은 자신의 이름으로 살아왔고 여자들은 여자 일반으로 살기를 강요당했다.

그런 식으로 사전에는 인간의 온갖 차별의 역사가 고스란히 담겨 있었다. 애초에 사전이라는 것이 인간 행위의 다수 항으로 만든 것이니까 당연했다. 인간적이라는 말은 그런 것이다. 그런 말들은, 그런 역사들은 계속 추가되고 있었다. 인간이 인간을 낳지.

내가 이 이야기들을 모두 기영에게 하자 기영은 "제발 정신 차려" 하고 말했다. 나를 말리려는, 어쩌면 훈계하려는 그의 말을 듣고 있자니 그를 나의 애인이라 부르는 것이 더는 성립할 수 없는 일 같았다.

"여자가 새로 결혼한다는 단어가 왜 없어? 재가도 있고. 찾아봐, 더 있을걸? 너 지금 너무 한 생각에만 빠져 있어. 그냥 결과를 정해 놓고 그 결과로 갈 수 있는 길만 생각하는 꼴이라고. 다른 건 아무것도 보려고 하지를 않잖아."

"악! 아악! 악!"

나는 기영의 말을 가만히 듣고 있다가 아무 뜻 없는 비명을 질렀다. 계속 질렀다. 기영의 말을 멈추고 내가 느끼는 감정을 제대로 설명하고 싶었다. 그런데 말이 사라지는 것을 느꼈다. 말로는 설명할 수가 없었다. 그나마 비명이 내가 느끼는 감정과 가장 흡사했다.

그 비명은 오래된 기억을 불러일으켰다. 비명으로 말하려고 했던 스무 살 때였다. 헌책값을 잘 쳐준다는 책방에 가려고 무거운 짐을 겨우 들고 버스에 탔다. 다행히 자리가 하나 나서 앉았지만 책이 잔뜩 든 가방을 둘 데가 없어 무릎 위에 올려 두었다. 다리가 마비되는 기분이었다. 그러다 잠깐 졸았다. 마비된 허벅지가, 그리고 또 아랫배가 이상하게 꿈틀거리는 것 같은 기분에 잠에서 깨서 내 배를 내려다보았을 때 거기에는 손이 하나 있었다. 이게 뭐지. 꿈인가. 내가 멍하니 내려다보는 내내 손은 책이 든 가방을 가림막 삼아 내 배를 주무르고 있었다. 나는 손을 따라 옆자리로 시선을 돌렸다. 나와 눈이 마주친 남자가 잠깐 멈칫하더니 태연히 손을 거두어 갔다. 이게 뭐지. 이게 뭐야? 씨발 놈이. 인간처럼 생겨 가지고 미친 새끼가. 하지만 나는 아무 말도 하지 못했다. 그리고 다시 시선을 돌렸을 때 내 앞에 서 있는 인간의 눈길이 무심히 남자의 손에 가 있는 것을 보았다. 그 인간은 나와 눈이 마주치자 황급히 고개를 돌렸다. 혹시 다 보고 있었나. 보면서 아무 제지도 하지 않았나. 나란히 앉아 있어서 남자와 내가 아는 사이일 거라고 여겼나. 그게 아니라면 혹시 나도 느끼고 있을 거라고 생각했나. 미친 새끼들이 포르노에 뇌가 절여져서 제대로 된 사리 분별을 못하나? 하지만 나 역시 아무런 반응을 하지 못했다. 서서히 온몸이, 뇌까지도 마비되는 것 같았다. 나도 내 앞에 선 인간과 똑같은 방관자라는 생각을 떨쳐 버릴 수가 없었다. 나는 남자를 해할 방법을 떠올렸다. 그러나 이게 정상적인 사고방식인가? 타인을 해하고 싶어 하는 마음이 정상적인 걸까. 나는 왜 이런 순간에도 자기 검열을 하고 있나. 생각을 멈추고 기사에게 외쳐야 한다. 경찰을 불러 주십시오! 이 남자가 저를 성추행했습니다!

잠시만요. 내릴게요.

내가 혼란해하는 사이 남자가 자리에서 일어섰다. 남자는 내가 자리를 피할 새도 없이 앞좌석과 내 무릎 사이의 비좁은 틈을 통과하며 팔꿈치로 내 머리를 쳤다.

미안합니다.

남자는 내 얼굴을 돌아보며 웃는 낯으로 사과했다. 그다음의 일은 잘 기억나지 않는다. 아니, 기억난다. 나는 끙끙대며 들고 탔던 가방을 번쩍 들어 남자의 머리를 내리쳤다. 무기로 삼을 만한 것이 있어서 다행이라고 생각했다. 남자가 목이 꺾여서 죽어 버렸으면 좋겠다고 생각했다. 하지만 남자는 목이 꺾이지도 죽어 버리지도 않고 나를 돌아봤다. 남자보다 다른 승객들이 더 깜짝 놀라며 말했다. 아니 학생, 왜 그래요? 왜 그랬지. 남자가 나를 향해 웃었기 때문에. 아니 실수로 내 머리를 쳤기 때문에. 아니 남자가 내가 잠든 틈을 타 내 배를 주물렀기 때문에. 물론 그것 때문이다. 남자가 나를 폭행했기 때문에. 나는 그제야 비명을 질렀다. 나는 늘 늦다. 내게 무슨 일이 일어난 것인지 파악할 시간이 필요하고 그것이 무슨 의미인지를 생각하는 시간도 필요하고 어떠한 반응을 보여야 할지 결정하는 시간도 필요하다. 그 모든 과정은 아주 더디게 진행되고 그만큼 반응 속도도 늦다. 나는 때맞춰 지르지 못한 늦은 비명을 질렀다. 비명만큼 압축적으로 많은 의미를 담고 있는 언어가 있을 수 있을까. 비명은 나의 언어였다. 그 순간 내게 가장 논리적이고 합당한 말이었다. 나는 사력을 다해 말하고 있었다.

사람들이 나를 돌아보았고 무언가를 직감한 듯 남자가 열린 하차 문으로 달아나지 못하도록 그의 어깨를 꽉 붙잡았다. 사람들도 나에게 무슨 일이 일어났는지 다 알았다. 순식간에 추론해 냈다. 너무 흔하고 상투적인 일이었으니까. 계속 반복되는 일이었으니까.

하지만 그때 남자는 자신의 범죄를 부인하며 오히려 나를 폭행죄로 신고하겠다 소리쳤다. 남학생 아니었어? 하고 수군거리는 소리도 있었다. 나는 그 일을 그냥 기억에서 지워 버려야 했다. 그렇게 소거해 버린 일들이 많았다. 그런 것들은 어디에도 기록되지 않는데, 그때의 기분을 뭐라고 해야 좋을지 알 수가 없는데, 범죄를 저지르고도 되레 억울해하는 그 남자 같은 남자를 일컬을 말이 없는데, 사전에는 많은 말들이 꾸역꾸역 쌓여 있었다. 그것들이 모두 역겨웠다.

기영의 말이 맞았다. 재가라는 단어가 있었다. 기영의 말대로 내 생각이 너무 치우쳐 있는 건지도 몰랐다. 내가 해석하는 데 방해가 된다는 이유로 분명하게 존재하는 말들을 보지 않으려고 했는지도 몰랐다. 내가 원하는 쪽으로만 해석하려고 했는지도 몰랐다. 기영은 내게 똑바로 보라고 말했다. 네 고통은 알겠지만 그래도 억지를 부리면 안 된다고 말이다. 그 말을 듣고 나는 정신을 놓지 않으려고 애써야 했다. 내 고통을 대신 말해 줄 사람은 아무도 없다. 나는 원래도 논리 정연한 사람은 아니었는데, 늘 뭔가를 빼먹고 까먹고 헷갈리기 일쑤였는데 이제는 사소한 실수 하나도 해서는 안 되었다. 그 실수는 내가 실제로 겪은 일의 신빙성을 훼손

해서 그걸 가짜로 만들어 버릴지도 몰랐다.

나는 기영이 판정관이나 심문관처럼 굴지 말고 그냥 내 이야기를 들어 줬으면 했다. 내 말에 귀를 기울여 줬으면 했다. 팔짱을 끼고 어디 책잡을 데가 없나 따져 보기 전에 일단 경청부터 해 줬으면 했다. 실수 하나에 나를 의심하지 말고 우선은 믿어 줬으면 했다. 하지만 나조차도 내 멍청함에 화가 났다. 너무 화가 나서, 모든 걸 만회하고 싶어서 더 필사적인 사람이 되었다.

"이거 봐. 그래, 재가도 있어. 같은 뜻으로 전가도 있대. 근데 책임 전가 할 때 전가랑 여자가 새로 결혼하는 전가랑 같은 한자 쓰는 거 알아? 떠넘겨 버린다는 뜻 같잖아. 쓸데없는 걸 치워 버린다는 거. 재취랑 전가는 쓰는 한자부터가 너무 다르잖아."

"진짜 억지 부리지 마. 아니, 그렇기도 하겠지. 요즘도 이런 세상인데 옛날엔 더했겠지. 근데 그게 지금 무슨 상관인데."

아무 상관이 없나. 아무 상관이 없었다. 아니 상관이 있었다. 기영은 짜증을 냈다. 덩달아 나도 모든 게 짜증스러워졌다.

"그런 말밖에 못 해? 좀 들어 주면 안 되냐고."

모든 게 화가 났다. 나를 사랑한다면서, 맨날 그 말을 속삭이면서, 언제나 안달 나 있으면서, 결정적인 순간에는 나에 대해 알려고 하지 않았다.

"내일 와이프 내려온대."

"뭐?"

"내일은 오지 말라고."

"그 얘길 왜 지금 해?"

"그럼 언제 해?"

그건 나를 사랑하지 않는다는 말처럼 들렸다. 아니면 일시적일 뿐이라는 말처럼 들렸다. 사랑? 사랑은 하지, 근데 와이프랑 떨어져 있을 때만이야. 그런 말과 다르지 않았다. 우리는 일시적인 관계이고 이 사랑도 한정적이다. 일시적이고 한정적인 것이 사랑일 수 있나. 일시적이고 한정적이라고 판정 난 순간 사랑이라는 건 지속될 수가 없지 않나. 사실 그건 사랑도 아니었다. 나는 모든 언어들이 끔찍해졌다. 기영과 나는 애초에 서로 다른 말을 하고 있었는지도 몰랐다.

공원을 다시 찾아간 것은 악취를 피해서였다. 사람들이 북적거리는 어디에서나 악취가 나서, 기영에게서도 악취가 나서, 나는 어딘가 다른 곳으로 가고 싶었다. 그날은 평일이었고 대낮이어서 용기를 낼 수 있었다. 나는 사람들이 많이 모여 있는 공터 앞 벤치에 자리를 잡고 앉았다.

사람들은 이 공공의 장소에서 어떤 일이 있었는지도 모르고 태평하게 셔틀콕을 주고받고 있는 것 같았다. 목격자를 찾습니다,라고 쓰여 있는 현수막이 아직 버젓이 붙어 있었지만 아무도 신경 쓰지 않았다. 그런 불운한 일은 자신들에게 일어날 리가 없다는 것처럼.

웃으며 아이와 공을 주고받는 남자가 그날 밤 나를 폭행하고 사라진 남자인 것도 같았다. 아이가 쪼르르 달려가 안길 때의 웃는 얼굴을 보자 저 사람은 아닌 것 같다 싶었는데, 돌아서며 나와 눈이 마주쳤을 때 눈썹이 슬쩍 움직이는 것이 어쩌면 저 사람인지도 모른다 싶었다. 모든 남자들이 그날 밤의 남자였다가 아니었다가 했다.

공원이라는 단어에도 내가 오해한 부분이 있었는데 공원의 공자가 '빌 공'이라고 여겼던 것이다. 공원은 공터가 있어서 사람들이 각자 하고 싶은 걸 하는 공간이라고 말이다. 하지만 공원은 공공의 장소라는 뜻에서 공원이었다. 누구에게나 공평한 곳. 그러나 내게 공원은 더 이상 공공의 장소가 아니었다. 공공이라는 말에 내가 포함될 수가 없었다. 나는 공원에서 더는 안전하다고 믿을 수가 없었다. 공원이 공공의 장소라면 그런 감정이 일지 않을 것이다. 사전에서 나와 관련된 단어를 발견할 때마다 이상한 기분이 드는 것도 그래서였다. 그건 나를 포함하는 단어여야 하는데도 나를 배제해 버린다.

"언니 울어요?"

내게 다가와 말을 건 것은 열 살쯤 되어 보이는 아이였다. 그 말을 듣고서야 나는 내가 운다는 걸 알아차렸다. 눈물을 닦으면서 아, 이래서 애들이 싫다니까, 생각했다. 못 본 척 가 주면 좋을 텐데. 이왕 들킨 거 사실을 말하기로 했다.

"그래."

"왜요? 안 좋은 일 있었어요?"

"그래."

"뭔데요?"

그 질문을 받았을 때 나는 다 말해 버리고 싶었다. 하지만 그런 이야기를 아이한테 해도 되는지 알 수 없었다. 바로 이 공원에서 모르는 사람에게 폭행을 당했다는 사실을 말해도 되나. 아주 두들겨 맞았다고 말해도 되나. 그야말로…… 인간적인 폭행이었다. 그 때문에 자다가 벌떡벌떡 깬다고 말해도 되나. 티브이를 보며 태평하게 웃다가도 문득 몸서리가 쳐진다고 말해도 되나. 애인을 더는 사랑할 수 없게 되었다고 말해도 되나. 사실은 그 애인이 유부남이라는 건 또 어떨까. 아이는 한창 좋은 것만 보고 듣고 먹고 해야 할 나이가 아닌가. 세상은 굉장히 끔찍한 곳이라는 것을 알려 줘도 되나.

"비밀이에요?"

그건 비밀이 아니었다. 공공연한 사실이었다. 하지만 모두들 모르는 척하고 있었으므로 나도 눈감아 버렸다.

"그래. 그러니까 가 줄래?"

그 말에 아이는 자리를 뜨기는커녕 내 옆에 앉았다. 땅에 닿지 않는 다리가 공중에서 달랑거렸다.

"우는 사람을 혼자 두고는 못 가요."

"엄마가 모르는 사람이랑 함부로 얘기하지 말라고 안 해? 그리고 우는 사람은 원래 혼자 있게 내버려 두는 거야."

그 말에 아이는 곰곰이 생각해 보는 것 같더니 결론을 내린 듯 말했다.

"아닌데요. 그리고 우리 엄마 저기 있어요."

아이가 가리키는 곳을 보자 내 또래의 여자 두 명이 마주 서서 이야기를 하고 있었다. 그러면서도 두 사람은 중간중간 내 쪽을 돌아보았다. 결국 나는 아이를 쫓아내는 데 실패했다. 별수 없이 우리는 나란히 앉아서 사람들이 노는 모습을 쳐다봤다. 그러다가 아이는 그중 개 한 마리와 뛰어놀고 있는 남자아이에 대해 설명하기 시작했다. 들어 보니 그 남자아이는 아이의 오빠였다. 남자아이가 개와 함께 이쪽으로 달려와서 개의 목줄을 아이에게 쥐여 주고 다시 어디론가 달려갔다. 아이는 개를 자신의 무릎에 앉히고 쓰다듬다가 내게 말했다.

"토리랑 인사할래요?"

개를 쓰다듬는 손은 아주 작았고 손길은 섬세하지 못했다. 개는 그 손길이 익숙한 듯 아이의 손에 몸을 맡겼다.

"이름이 토리야?"

"네, 털이 밤색이고 여기 이렇게 뒤통수가 밤톨 같아서요. 토리야, 이 언니는 오늘 말할 수 없는 안 좋은 일이 있어서 울고 있는 언니야. 언니는 이름이 뭐예요?"

"나는 수진이라고 해."

내가 악수하듯 손을 내밀자 토리가 킁킁거리며 냄새를 맡았다. 촉촉한 코가 내 손에 닿았을 때 나도 모르게 웃음이 나왔다. 토리도 혀를 내 빼고 헤헤 웃었다. 정말 웃는 걸까, 내 편의대로 개의 표정을 해석해 버린 건 아닐까 싶기도 했지만 너무나 웃는 표정이라서 웃는 것이라 믿을 수밖에 없었다.

"토리가 괜찮대요, 만져도."

나는 아이가 시키는 대로 토리를 만졌다. 아무 말도 않고 오래오래 토리의 밤톨 같은 뒤통수를, 뜨뜻미지근한 등을 쓰다듬었다. 내가 그러는 내내 토리는 아이의 무릎에 얌전히 앉아 계속 혀를 내빼고 헤헤거렸다. 우리 셋은 그렇게 벤치에 앉아 있었다. 내가 좋아했던 공원의 좋아했던 벤치였다. 한가한 사람들이 한가하게 걷고 뛰고 달리면서 시간을 보내고 있었다. 문득 나는 내가 사는 걸 무척이나 좋아한다는 것을 깨달았다. 그건 처음에는 너무 뜬금없고 이상한 감정처럼 느껴졌는데 점점 선명해졌다. 뜻대로 된 적은 별로 없지만 나는 사는 게 좋았다. 내가 겪은 모든 모욕들을 무슨 수를 써서라도 극복해 내고 싶을 만큼 좋아한다. 그렇게 해서라도 사는 건 좋다. 살아서 개 같은 것들을 쓰다듬는 것은 특히나 더 좋다.

개를 쓰다듬으면서 나는 죽이고 싶은 사람들에 대해서 생각했다. 개를 쓰다듬으면서, 개의 활력과 온기를 느끼면서, 어떻게 하면 그 인간들에게 복수할 수 있을까를 생각했다. 어떻게 하면 짓이겨 버릴 수 있을까. 목을 졸라 버릴 수 있을까. 찍소리도 못 하게 아주 박살을 내 버리고 싶다. 숨통을 끊어 놓고 싶다. 그냥 쳐 죽이고 싶다. 그런 것들을 생각하고 있다고 아이에게는 말하지 않고 다만 계속 개를 쓰다듬었다. 개 같은 것을 쓰다듬는 것은 좋다. 개 같은 것들, 개 같은 것들, 개 같은 것들. 나는 그 말을 계속 되뇌었다. 되뇔수록 그 말은 내 속에서 박살 나고 뭉개져서 원래 통용되는 의미로부터 벗어나 완전히 다른 의미로 조합되었다. 나는 개를 쓰다듬었다. 개의 이름은 토리이고 토리는 아주 사랑스럽다. 그것이 아주 개답다고, 개 같다고 생각했다.

나는 더 오래오래 이렇게 앉아 있으면 좋겠다고 생각했다.

"기분이 좀 나아졌어요?"

"그래."

당연히 그럴 줄 알았다는 듯, 아이는 내 기분을 낫게 해 준 토리가 무척이나 사랑스러운지 자신의 품에 와락 끌어안고 조심스럽게 비비적댔다. 그때 멀리 서 있던 여자 중 한 명이 아이를 부르며 손짓했다.

"이제 가 봐야 돼요."

"그래, 가."

"또 봐요."

"그래, 토리도 안녕."

"수진 언니 안녕. 저는 서영이예요."

"서영이도 안녕."

아무 약속도 안 했는데 다음에 또 볼 수가 있을까. 이 공원에, 이 공공의 장소에 오면 또 볼 수 있을지도 모른다. 그 일은 마땅히 가능해야 하는데 언제나 가능하지는 않았다. 산 쪽에서 들개가 우는 소리가 들리자 공원에 있는 개들도 따라서 울기 시작했다. 그 들개는 아주 사납다고 알려져 있었다. 그 역시 아주 개 같았다.

조남주

2011년 장편 소설『귀를 기울이면』으로 문학동네소설상을 받으며
작품 활동을 시작했다. 소설집『그녀 이름은』,『우리가 쓴 것』,『서영동 이야기』,
장편 소설『고마네치를 위하여』,『82년생 김지영』,『사하맨션』,『귤의 맛』
등을 썼다. 황산벌청년문학상, 오늘의작가상을 수상했다.

백은학원 연합회

회장 경화

연산 과외를 할 때부터 경화의 목표는 백은빌딩에 입성하는 거였다. 백은빌딩은 서영동 학원 집성지이자 서영동 사교육 그 자체이기 때문이다. 15층 건물에 백 곳이 넘는 중대형 학원 및 개인 교습소, 독서실과 스터디 카페가 가득 입주해 있고 1층에는 수강생들이 간단하게 끼니를 해결할 수 있는 각종 분식집과 베이커리 그리고 자녀를 학원에 들여보낸 보호자를 위한 카페들이 있다.

백은빌딩은 맞은편 현대아파트 입주 시기에 완공되었다. 처음부터 학원이 주로 들어왔다. 중학교도 멀지 않고 현대 단지 내에 초등학교가 새로 개교하기도 해 수요가 충분했다. 한번 학원 건물로 자리를 잡자 다른 업종의 상가가 빠지면 학원이 들어와 채우고 또 채우며 학원 비중이 점점 높아졌다. 6층은 어쩌다 병원 층이 되었는데 소아 청소년과, 정형외과, 성장 전문 한의원, 어린이 치과에 마지막으로 소아 정신과까지 개원하자 구성이 완벽해졌다.

경화의 바른영어수학학원은 4층에 있다. 경화는 백은빌딩 근처를 오갈 때 경화네 학원에 다니거나 다녔던 아이들이 선생님, 선생님, 하고 말을 걸어오는 게 좋다. 이제 완전히 자리를 잡았다,는 실감이 왔다. 얼마 전에는 '백은학원연합회'의 회장도 맡았다. 이름뿐인 모임인 데다 경화가 서영동에 오래 살았다는 이유로 떠넘겨지다시피 했지만 귀찮지 않았다.

정기적으로 원장들과 차를 마시고 밥을 먹고 학원장 연수나 통학 버스 안전 교육, 책임 보험 정보들을 주고받았다. 차량 서명부와 수강료 납입 증명서, 개인 정보 관련 동의서 등의 서식을 공유하기도 했다. 마음 같지 않은 강사들과 말썽꾸러기 아이들과 까다로운 보호자들 목록을 업데이트하는 시간이기도 했다.

"이 동네 분위기 참 특이해. 되게 자부심 있으면서 또 뭐랄까 소속감이 없달까?"

"맞아요. 서영동 학교는 싫다고 이사 나가서 학원은 계속 백은빌딩으로 오잖아요."

"죄다 교통 따라 직장 따라 들어온 외지인들이라서 그런 거 아닐까요?"

"그냥 우리 건물 학원들이 좋은 거죠, 뭐."

서영동 학교들은 입시 성적이 좋지 않다. 서영동 아이들은 그런 서영동 학교를 떠나고 싶어 하면서도 백은빌딩 학원은 떠나지 못했고, 서영동 인근의 아이들은 백은빌딩으로 학원을 다니면서도 굳이 서영동을 우습게 생각하고 싶어 했다. 들어오고 싶은 욕망과

나가고 싶은 욕망이 섞여 부글부글 끓는 곳. 학원장이자 학부모이면서 서영동 주민인 경화는 종종 그 입장들이 자기 안에서 충돌하는 것을 느꼈다.

학원 많은 서영동에서 브랜드도 없는 동네 보습 학원이 살아남은 것은 원장인 경화가 수학 기초를 잘 잡아 준다고 입소문이 난 덕분이었다. 그리고 공부 잘하는 아들, 찬이의 광고 효과도 만만치 않았다.

학원이 이사하면 찬이도 따라다녔고, 학원의 강습 과목이 바뀌면 찬이도 공부하는 과목이 바뀌었고, 선생님들이 수시로 나가고 들어오는 동안 찬이도 계속 새 선생님들에게 적응해야 했다. 순진하고 순하던 찬이는 머리칼을 뽑는 버릇이 생기도록 반항 한번 안 했다. 엄마의 학원에 다니고, 엄마의 동료에게 테스트를 받고, 모든 일정과 약속이 엄마에게 노출된 채로 지냈다. 경화는 당연하다고 생각했고 찬이는 어쩔 수 없다고 생각했다.

6학년 겨울 방학이었다. 찬이가 학원 수업에 30분이나 늦었다. 경화도 수업이 많은 날이어서 퇴근 때가 되어서야 찬이가 지각했다는 사실을 알았다. 집에 가 물으니 찬이는 요일을 헷갈려서 늦게 나왔다고 대수롭지 않게 대답했다. 찬이 외할머니도 그제야 알았는지, 찬이 오늘 지각했어? 하고 물었다.

찬이가 샤워하는 동안 경화는 찬이의 가방과 옷들을 챙기다가 습관적으로 폰을 열어 보았다. 친구에게 톡이 와 있었다. 아까 학원 늦은 거 괜찮냐, 나는 셔틀 놓쳐서 결국 걸렸다, 근데 놀이터 너무 추웠다, 하는 내용이었다. 집에서 늦게 나간 게 아니었나. 대체 놀이터에서 뭘 한 거지. 찬이가 나오면 물어보려다가 왜인지 조급해져 경화는 찬이 친구에게 톡을 보냈다.

'아까 재밌었지?'

이 정도면 무난하게 답장을 이끌어 낼 말이라고 생각했는데 친구는 분명 읽어 놓고 한참 답이 없었다. 찬이가 아니라는 게 티 났나. 긴장하고 있는데 톡이 연달아 왔다.

'ㅇㅇ'

'나도'

'카트'

'사야지'

왜 애들은 한 문장을 이렇게 쪼개서 보내는 거야? 경화는 친구의 메시지를 다시 여러 번 읽었다. 나도 카트 사야지. 카트? 아, 카트! 카트라이더! 놀이터에 모여서 게임하느라 학원에 늦은 거였다. 경화는 찬이의 게임 시간이나 스마트폰 사용을 제한하지 않는 편이다. 그런데 찬이는 왜 거짓말을 했을까. 머리를 털며 화장실에서 나오는 찬이에게 경화가 물었다.

"너 왜 엄마 속였어?"

"네?"

"엄마가 게임 못 하게 하지 않잖아. 편하게 집에서 하면 되지 왜 굳이 놀이터에 모여서 게임을 하고 그래, 노는 애들같이? 그것도 학원까지 늦으면서."

찬이는 얼굴이 시뻘게지더니 방으로 달려가 휴대폰을 확인했다. 엄마가 자신의 폰을 본 것도 모자라 친구에게 톡을 보내기까지 했다는 것을 알고는 태어나 가장 크게 화를 냈다. 울면서 고래고래 소리를 지르는 바람에 경화는 찬이의 말을 하나도 알아들을 수 없었다. 이제 엄마의 학원에 다니지 않겠다는 말도, 폰을 비밀번호로 잠가 놓겠다는 말도, 무엇보다 앞으로 엄마와 대화하지 않겠다는 말도 다음 날 친정 엄마에게 듣고야 알았다.

찬이는 정말 경화의 학원에 나오지 않았고, 폰을 잠갔고, 경화와 말하지 않았다. 눈도 마주치지 않았다. 제 외할머니를 통해서만 의사소통을 했다. 싸우고 달래고 부탁하고 울어도 봤지만 소용없었다. 결국 경화는 찬이를 마음에서 내려놓았다. 찬이와 관련한 모든 걱정과 판단과 계획과 목표는 일단 잊기로 했다. 해 달라는 건 해 주고 사 달라는 건 사 주고 먼저 알려 주지 않는 건 모르는 척했다. 대신 친정 엄마가 찬이의 학원과 시험을 챙기고, 친구들을 살피고, 과제와 가방을 확인했다. 능숙했다. 대치동 돼지엄마 노하우가 어디 가겠나.

경화는 학창 시절을 떠올리면 엄마의 경차 조수석에 앉아 알루미늄 포일을 조금씩 벗겨 가며 김밥을 먹던 기억뿐이다. 어떤 질문도 의문도 없는 청소년기를 보냈다. 엄마가 세운 목표를 위해 엄마가 짜 놓은 계획표에 따라 엄마가 선택한 선생님에게 수업을 들었다. 엄마의 판단이 얼마나 탁월한지는 경화의 성적이 증명했다. 경화 엄마가 구성하는 과외 그룹이나 학원 클래스에 자녀를 들여보내기 위한 주변 엄마들의 경쟁이 치열했다.

정작 경화는 입시를 망쳤다. 기대했던 대학에 가지 못했지만 엄마는 화내거나 속상해하지 않았다. 최선을 다했고 그걸로 됐다고, 무엇보다 지금의 결과도 훌륭하다고 말해 주었다. 가장 예민하던 시기를 경쟁과 시험에 내몰려 놓고도 경화가 엄마와 계속 잘 지내는 것은 그때 그 칭찬과 격려 덕분인지도 모르겠다. 한참 후에야 이 일을 엄마와 이야기할 기회가 있었는데 엄마는 여전히 무덤덤했다.

"열심히 했잖아. 어린애가 이만큼 했으면 됐다, 뭘 해도 하겠다, 싶었어."

"솔직히 엄마가 나한테 엄청 극성이었잖아. 실망하지 않았어?"

"그냥. 열심히 했어, 엄마도."

엄마의 대답은 두고두고 경화를 지탱하는 힘이 되었다. 경화가 해 보지도 않았던 학원 일을 시작할 용기를 낸 것도, 결혼 생활을 정리할 마음을 먹은 것도 돌아보면 그 말 덕분이었다. 경화는 스스로를 믿었고, 부지런한 엄마에게 찬이와 살림을 맡겼다.

친정 엄마가 아예 같이 살기 시작하면서 찬이의 생활과 성적은 자리를 잡아 갔다. 엄마의 성실과 노하우는 그대로고 거기에 나이와 연륜에서 오는 여유가 더해졌다. 경화는 이제 자신의 역할은 세 식구 걱정 없이 먹고살 수 있게 경제적인 부분을 책임지는 것이라 생각하며 학원 일에 더 매달렸다. 남편의 이런 태도가 역겨워 이혼했는데. 찬이와 엄마가 잠든 늦은 밤, 천천히 도어 록 비밀번호를 누르고 집에 들어올 때면 경화는 허탈하고 쓸쓸했다.

출근길 엘리베이터 앞에서 같은 층의 사과나무논술 원장과 마주쳤다. 원장 모임에 끈질기게 참석하지 않던 그가 경화에게 달려들 듯 다가오며 보셨어요? 했다.

"뭘요?"

"옆에, 공사 개요 붙은 거요."

"상가 건물 자리요?"

"거기 치매 시설이 들어온대요. 이게 말이 돼요?"

"치매 노인들 그 치매요?"

경화는 순간 훅, 거북한 감정이 올라왔다.

백은빌딩 옆 건물은 오래된 2층짜리 상가였다. 우중충하고 금이 간 외벽에 허름한 출입구, 계단과 창틀, 화장실 타일, 복도 조명까지 구석구석 낡고 더럽지 않은 곳이 없었다. 건물 자체가 음침한 느낌이라 그런지 각종 식당과 카페, 가구점, 양복점, 전자 제품 대리점까지 업종이 중구난방이라 그런지 방문객이 많지는 않았다. 하지만 단골손님을 상대로 오래 장사해 온 상점들이 있었다.

경화는 1층의 우동집을 좋아했다. 출근길에 혼자 들러 끼니를 해결하곤 했다. 지난겨울 어느 날, 항상 먹던 우동과 돈가스 세트를 시켰는데 사장님이 주문하지도 않은 과일사라다 한 접시를 테이블에 올려놓았다.

"우리 단골손님 마지막으로 서비스 드려야지."

"마지막이요?"

"모르셨구나? 건물 팔렸잖아요. 나는 그냥 좀 일찍 나가려고."

지금 건물은 철거하고 아예 새로 올릴 모양이라고 했다. 대지가 넓은 편이니 층을 높게 빼면 수익이 더 나오지 않겠느냐고, 주거용 오피스텔 같은 게 들어오지 않을까 싶다고 말하며 그냥 내 생각이에요,라고 덧붙였다. 경화의 생각도 크게 다르지 않았다. 건물주는 대체 뭐 하는 사람이기에 상가를 방치하다시피 할까 궁금했었다. 결국은 팔았구나.

몇 개월에 걸쳐 상점이 하나씩 빠지다 가장 넓은 면적을 차지하던 1층 전자 제품 대리점이 마지막으로 나갔다. 유리에 X 자로 흰 테이프가 붙었다. 곧 펜스가 둘러지고 공사 차량이 오가고 세상이 무너지는 굉음과 함께 건물이 주저앉았다. 백은빌딩 고층에서는 창 너머로 철거 작업이 다 보였다는데 4층인 경화네 학원에서는 보이지 않았다.

경화는 퇴근길에 공사장 쪽으로 한 바퀴를 크게 돌아서 걸었다. 녹색과 붉은색이 섞인 천막 틈새로 아직 다 치우지 못한 건물의 잔해가 눈에 들어왔다. 회색 콘크리트 덩어리, 휘어져 엉킨 철근, 날카롭게 쪼개진 나무판자, 어디서 나왔는지 무엇이었는지 알 수 없는 어떤 시간과 공간의 조각들. 경화는 자신이 되새기는 추억들이 조금 기만적으로 느껴졌다.

어쨌든 경화는 낡은 상가가 사라지고 신축 빌딩이 들어오는 게 나쁘지 않았다. 흉물스러운 상가 하나가 백은빌딩은 물론 서영동 전체의 수준을 끌어내린다고 생각했었다. 곧 그 자리에 서영동에서 가장 깨끗하고 세련된 건물이 들어설 것이다. 그 마음 하나로 소음과 먼지를 참아 냈다. 하지만 인내의 대가는 더 큰 분노와 고통이었다.

경화는 곧장 백은빌딩을 빠져나가 공사장으로 달렸다. 사과나무 원장의 말대로 '한사랑 요양원&데이케어 센터' 공사 현장이라는 안내판이 세워져 있었다. 이 자리에 정말 요양원이 들어선다고? 경화는 안내판에 붙은 건축과장의 번호로 전화를 했다. 연결되지 않았다. 다시, 또다시, 또다시 전화를 거는데 누군가 어깨를 툭툭 쳤다.

"지금 구청에 전화하시는 거예요?"

"누구세요?"

"저 현대아파트 입주자 대표요."

현대아파트 주민들도 아침에야 이 공사 개요 팻말을 확인했고 지금 입주자 회의가 긴급 소집되었다고 한다. 경화가 백은빌딩의 학원장이라고 자신을 소개하자 얼굴이 매끈하고 혈색이 너무 좋아 나이가 잘 가늠되지 않는 입주자 대표가 대뜸 악수를 청했다.

"안승복이라고 합니다. 우리도 우리지만 백은빌딩도 참 큰일이네요. 같이 잘 해결해 봅시다."

대표의 염려와 응원을 들으니 사태가 실감 나 경화는 몸에 힘이 쭉 빠졌다.

어쩌면 이렇게 감쪽같이 도둑 공사를 할 수가 있느냐고 원장들이 분개했다. 치매 노인들이 근처를 배회하다 학생들에게 위험한 상황이라도 생기면 어쩌느냐고, 아무래도 차량 출입이 많아질 텐데 인근 도로가 혼잡해지는 건 불 보듯 뻔하다고, 구급차가 수시로 사이렌을 울려 대면 수업에 방해가 될 거라고, 쓰레기며 악취는 또 어떻게 감당하느냐고 분통을 터뜨렸다. 경화는 악취 얘기까지는 너무 갔지만 나머지는 아주 틀린 말도 아니라고 생각했다.

경화는 현대아파트 입주자 대표와 함께 구청을 방문했다. 해당 대지는 준주거 지역으로 요양원이나 어린이집 같은 노유자 시설 건축이 가능하고 현재로서는 법령을 위반한 부분이 전혀 없다고 했다. 같은 건물에 기존 입주민이 있다면 마찰이 없다는 보증이 필요하지만 이 경우는 신축이고 전체 건물을 노인 시설로 사용할 거라서 해당 사항이 없었다.

"전체 건물을요? 지상만 5층이던데 5층을 전부요?"

"네."

"주민들이 반대하면요? 저희는 용납 못 하겠는데요?"

"일단 건축주분하고 대화를 해 보시면 좋겠어요. 관련 일을 오래 하셨더라고요. 평생 염원이셨대요."

그러고는 잠깐 망설이다가 덧붙였다.

"요즘 제일 필요한 게 노인 시설이에요. 고령화 시대잖아요."

현대아파트 입주자 대표는 고령화거나 말거나 주민 동의도 없이 이렇게 허가를 팡팡 내주는 법이 어디 있느냐고 사무실 한가운데서 소란을 피웠다. 아무튼 우리는 요양원 같은 거 허락 못 하니까 그렇게 알라고 자꾸만 큰소리를 내서 경화가 끌어내다시피 데리고 나왔다. 대표는 어떻게든 공사가 진행되는 것을 막아야 한다며 경화에게 물었다.

"원장님 차 뭐예요?"

"차? 자동차요?"

"네."

"아반떼요."

"참 나, 원장이 아반떼가 뭡니까? 못해도 렉서스는 타셔야지. 비싼 차가 필요한데. 이왕이면 외제 차로."

"비싼 외제 차로 뭐 하시게요?"

"공사장 입구에 갖다 놔야죠. 포클레인 못 들어가게."

경화도 백은빌딩 옆에 요양원이 들어오는 것은 싫다. 적당한 위치가 아니라고 생각한다. 건축주 입장에서 생각해도 그렇다. 신념도 좋지만 집값도 땅값도 만만치 않은 서울 한복판에서 요양원과 데이케어 센터를 운영하는 게 수지 타산이 맞는 일인가. 그렇다고 공사장 길목을 가로막는다거나 쓰레기를 투척한다거나 인부들과 몸싸움을 할 생각은 없다. 뉴스에서 많이 봤다. 노인이나 어린이, 장애인 시설을 기피하는 이기적인 주민들. 경화는 그런 사람이 되고 싶지는 않았다. 두통이 몰려왔다.

현대아파트 입주자 회의와 백은학원연합회는 합동 대책 위원회를 구성했고 가장 먼저 공사장으로 들어가는 길목부터 막았다. 경화는 이 동네에 이렇게 좋은 차를 타는 사람들이 많았구나, 진짜 외제 차로 길을 막는구나 새삼 놀랐다. 이제 건축주와 면담을 하고, 설계와 건축 과정에 정말 문제가 없는지 감리 사무소에 검토를 의뢰하고, 구청에 중재도 요청해야 한다. 분노와 불안의 회의가 마무리될 즈음 사과나무 원장이 대뜸 자기 아들이 공중파 기자라고 했다.

"말이 안 통한다? 그럼 바로 뉴스 때릴 거니까 걱정들 마세요."

그러자 다들 주변의 언론인, 법조인, 공무원을 들먹였다. 그럴 게 아니라 지금 터뜨립시다! 인터뷰는 제가 할게요! 경화는 당황했다. 공중파 뉴스에 지금 이 상황이 보도된다면, 길목을 가로막은 저 외제 차들이 나온다면, 우리 아파트 앞에는 절대 안 된다는 인터뷰가 나온다면…… 여론이 과연 주민 편일까.

경화는 판단 불가의 상태가 되었다. 흥분한 목소리들을 가만히 들으며 스스로에게 물었다. 그래서 지금 내게 중요한 것은 뭐지? 내가 바라는 것은 뭐지? 일단 학원이 무사해야 한다. 잘되어야 한다. 바른영어수학학원에 경화네 세 식구의 생계가 달렸다. 경화는 먹고사는 일을 가장 우선에 두기로 했다. 버티자. 어떻게 여기까지 왔는데.

퇴근길, 경화는 집 앞 편의점에서 네 캔에 만 원 맥주를 샀다. 비닐봉지를 받지 않으려고 커다란 캔 네 개를 가방에 꾸역꾸역 담았다. 울퉁불퉁하고 차가운 가방을 끌어안으니 심장이 얼어붙는 것 같았다.

도어 록 소리를 듣고 찬이가 방에서 나왔다. 경화는 남의 집에 잘못 들어온 사람처럼 현관에 엉거주춤 서서 거실로 들어오지 못하고 있었다.

"왜 이렇게 늦게 와요? 술 마셨어요?"

저게 이제 자식이 아니라 상전이구나. 평소에는 방문 꽁꽁 걸어 잠그고 사람이 와도 인사 한번 안 하더니. 경화는 느리게 신발을 벗고 한 발 한 발 거실로 들어서며 대답했다.

"아니야. 회의가 있어서."

찬이는 경화의 불룩한 가방을 미심쩍은 눈으로 들여다보다가 불쑥 엄마, 했다. 경화의 심장이 빠르게 뛰었다. 엄마라는 말을 너무 오랜만에 들었다. 세상에 하나뿐인 아들, 찬이 엄마가 아닌 다른 모든 것을 다 포기하게 했던 아들, 숨이 막힐 정도로 종일 엄마, 엄마, 엄마만 찾던 아들. 한때 찬이와 경화는 서로의 자부심이었다. 경화는 우연히 옛 애인을 마주친 것처럼 어색하고 떨리는 마음으로 되물었다

"으응, 왜?"

"할머니 좀 이상한 거 알아요?"

"할머니가?"

“할머니한테 관심 좀 가져요. 엄마 엄만데.”

너나 네 엄마한테 관심 좀 가져 봐라. 말은 입 안에서만 맴돌았다. 경화는 표정이 구겨지는 것을 겨우 참느라 입술이 한쪽으로 일그러졌다.

“할머니 뭐가 이상하다는 거야?”

“정신 팔려 있는 사람 같아요. 나 한창 게임할 때처럼.”

알고 있었구나. 아니, 이제 아는구나.

“알았어. 내일 할머니랑 얘기해 볼게.”

“엄마.”

경화는 또 심장이 쿵 했다.

“왜?”

“할머니 정말, 좀 많이 이상해요.”

“그래, 알았어. 너무 걱정하지 마.”

“걱정 좀 해요, 엄마. 식구들 걱정 좀 해 달라고.”

더없이 차가운 얼굴로 말하고 찬이는 방으로 들어가 버렸다. 딸각. 잠금 고리 누르는 소리가 방아쇠 당기는 소리로 들렸다. 경화는 가방에서 캔 맥주 하나를 꺼내 소파에 기대어 앉았다. 어깨에서 가방을 풀어 놓지도 않고 손도 씻지 않고 그 자리에서 한 캔을 다 마셨다.

다음 날 아침, 경화가 늦잠을 자고 일어났을 때 찬이는 이미 학교에 가고 없었다. 친정엄마가 끓여 놓은 북엇국을 대접째 들고 후루룩 마시고 나서야 찬이의 당부가 생각났다.

"엄마는 아침 먹었어?"

"응?"

"아침 먹었냐고. 찬이랑 먹었어?"

"아침."

친정 엄마는 마치 '아침'이라는 단어를 처음 듣는 사람처럼 멍한 얼굴로 경화의 말을 따라 했다. 찬이가 했던 말이 무슨 뜻인지 알 것 같았다. 정말 찬이가 게임에 빠졌을 때의 얼굴이었다.

"엄마, 요즘 무슨 일 있어? 찬이가 걱정하던데."

"내가 무슨 일이 있어. 아무 일도 없지. 아무 일도 없다, 나는."

아무 일도 없다는 말을 반복하는 친정 엄마의 눈이 왠지 공허했다. 그러고 보니 요즘 저런 눈을 자주 마주쳤다. 그저 늙으셨나 보다, 뭔가 또 깜빡하셨나 보다 대수롭지 않게 넘겨 왔다. 며칠 전에는 냉장고 채소 칸에서 흥건하게 물이 고인 비닐봉지가 하나 나오기도 했다. 경화는 노망났냐고 반쯤 농담을 섞어 엄마를 탓했었다. 엄마는 그때도 공허한 눈으로 그런가 보다, 대답했다. 경화는 뒤늦게 불안했고 엄마가 안쓰러웠다.

"나 밥 먹고 겨울 패딩 사러 가려고. 엄마 것도 하나 사자."

"그럼 고맙지."

"씻었어? 얼른 씻고 옷 입어. 같이 나가."

"그냥 알아서 사다 줘."

"그러지 말고 같이 가. 입어 보고 맘에 드는 걸로 골라."

엄마는 가스레인지를 닦던 행주를 개수대에 던져 놓고 화장실로 들어갔다. 그런데 한참 동안 화장실에서 물소리가 나지 않았다. 경화는 엄마를 부르려다가 말고 발뒤꿈치를 들고 살금살금 화장실 쪽으로 걸어갔다. 오른손에 칫솔을 든 엄마는 가만히 거울을 보고 있었다. 칫솔에는 치약이 묻어 있지 않았다. 경화는 찬이가 자신을 불러 주던 순간보다 더 떨리는 마음으로 엄마, 하고 불렀다. 거울을 통해 엄마와 눈이 마주쳤다.

"안 씻고 뭐 해?"

"뭐를?"

"응?"

"이거를, 어떻게 하더라?"

경화는 울컥 눈물이 나오려는 것을 간신히 참았다.

경화는 약속되어 있던 건축주 면담에도 구청 방문에도 참석하지 못했다. 그 시간에 친정 엄마를 치매 안심 센터에 모시고 가서 선별 검사를 받았다. 엄마는 인지 저하로 판명되었고 센터를 통해 연계 병원을 예약할 수 있었다.

엄마가 먹거나 씻거나 잘 때, 아니 일상의 모든 순간들, 그러니까 서고 앉고 발걸음을 옮기고 옷소매에 팔을 꿰고 바지춤을 올리고 변기에 앉는 순간에도 경화는 마음을 놓지 못했다.

함께 아침을 먹은 후, 엄마는 화장실에 가고 경화가 설거지를 하고 있을 때였다. 물소리와 거품의 감촉에 집중하다 문득 돌아봤는데 화장실 문이 여전히 닫혀 있었다. 갑자기 무서운 생각이 들었다. 경화는 두 손에서 물과 거품을 뚝뚝 떨어뜨리면서 화장실로 달려가 문을 쾅쾅 두드렸다. 엄마! 엄마! 거품으로 화장실 문과 경화의 얼굴이 엉망이 되었을 때, 어디선가 엄마의 목소리가 들렸다.

"경화야."

엄마가 놀란 얼굴을 하고 안방 문 앞에 서 있었다. 경화가 화장실 문손잡이를 잡아 밀자 부드럽게 문이 열렸다. 화장실 안에는 아무도 없고 불은 꺼져 있었다. 경화는 그 자리에 주저앉아 버렸다. 엄마가 다가와 경화의 어깨를 가만가만 쓸었다.

"엄마 아직 괜찮아. 혼자 너무 애쓰지 마."

엄마는 엄마 몸 관리나 잘하라는 말이 목구멍까지 올라왔지만 경화는 꾹꾹 참았다.

"나도 괜찮아. 괜찮아요."

경화는 너무 오래 손 놓고 있던 집안일을 다시 떠맡고, 찬이의 공부와 학원 일정과 간식도 챙겼다. 거기에 학원 수업까지 하고 나면 시간에 대한 감각이 사라지고 허리와 골반과 팔, 다리, 손가락 관절 하나하나가 다 부서지는 것 같았다. 그래도 엄마만 괜찮다면, 아무 일 없다면 버틸 수 있다고 생각했다. 정밀 검사 예약일에 동그라미 표시가 된 달력을 볼 때마다 후회했고 간절했다.

동생에게 알려야 할까. 하나뿐인 남동생은 목소리도 생각나지 않는다. 다투거나 사이가 안 좋은 것은 아닌데 나이를 먹고 각자 가정을 꾸리며 자연스럽게 그렇게 되었다. 명절이나 엄마 생신에만 약속 날짜를 잡느라 잠깐 메시지를 주고받는 정도다. 괜히 미리 걱정하게 만들어 뭐 하나 싶다가도 갑자기 결과만 툭 전하면 더 당황하지 않을까 싶기도 했다.

출근하며 동생에게 전화를 걸었다. 며칠 사이 엄마와 경화에게 일어났던 일들을 차근차근 설명하고 내일 검사하는 날인데 병원에 오겠느냐고 물었다. 동생은 한참 말이 없다가 경화에게 되물었다.

"그러니까 엄마가 치매 같다는 거야?"

"정확한 건 정밀 검사를 해 봐야 아는데, 선별 검사 점수가 낮은 편이긴 해. 그래도 요즘은 약으로 진행을 늦출 수도 있고 센터 수업도 도움이 많이 된대. 치매라 하더라도 충분히 관리 가능하니까 너무 겁먹지 말래."

"누가 그래?"

"보건소 치매 센터 선생님이."

"누나."

"갑자기 놀랐지? 나도 처음에 너무 놀랐어. 엄마한테 미안하기도 하고."

"그게 아니라……. 이제껏 엄마가 누나 살림이며 찬이 키우는 거 다 맡아 준 거 잊지 마."

경화는 우뚝 걸음을 멈추었다. 무슨 뜻이냐고 묻고 싶었는데 선뜻 말이 나오지 않았다. 사실 동생이 왜 그런 말을 했는지 알고 있다. 동생 말이 틀린 것도 아니고. 불쌍한 엄마. 자식들 다 키워 놓고 다시 손주를 키우고 딸 집 살림까지 하느라 한순간도 쉬지 못한 엄마. 자기 인생은 살아 보지도 못한 엄마. 그러다 누군가의 돌봄이 필요해진 엄마.

"내가 알아서 해. 엄마 내가 책임질 거야. 그래도 네가 알고는 있어야지. 너도 엄마 아들이잖아."

전화기 너머가 고요했다. 한참 만에 동생이 말했다.

"누가 뭐래. 근데 나 내일은 시간이 안 돼. 미리 얘기를 해 줬어야지."

"나도 정신없었어. 알았어. 병원 갔다 와서 연락할게."

전화를 끊자마자 이번에는 사과나무 원장에게 전화가 왔다.

"회장님 어디예요? 무슨 통화를 그렇게 오래 하고 그래, 정말. 지금 난리 났어! 빨리 현장으로 와요. 빨리!"

"현장이요?"

"공사장, 공사장! 근데 지금 어디야? 근처야? 바로 와요!"

경화가 대답도 하기 전에 전화가 끊겼다. 곧 수업 시작 시간이다. 하지만 대책위 일에 너무 신경을 못 쓰기는 했다. 경화는 백은빌딩으로 들어가려다 말고 방향을 틀어 공사장 쪽으로 뛰었다.

경광등의 빨갛고 파란 불빛이 빙글빙글 돌아가고 있었다. 설마 경찰차가 온 건가? 공사장 입구는 여전히 외제 차들로 막혀 있고 그 뒤로 포클레인과 트럭이 진입을 시도하다 멈춘 듯 어정쩡하게 서 있었다. 사람들이 많았다. 현대아파트 주민이나 백은빌딩 학원장 같은 낯익은 얼굴들도, 인부나 행인인 듯 낯선 얼굴들도, 경찰도 보였다. 좀 더 다가가니 현대아파트 입주자 대표가 경찰에게 어깨를 잡힌 채 흥분해 삿대질하는 모습이 눈에 들어왔다. 덜컥 겁이 났다. 경화가 그대로 다시 돌아서 도망치려는데 거친 손이 경화의 손목을 잡았다.

"왜 이제야 오셨어요!"

레몬영어 원장 미키 한이었다. 미키 한은 무리를 헤집고 경화를 공사장 안으로 데리고 들어갔다. 방송사 로고가 붙은 제법 커다란 카메라 한 대가 부지런히 돌아다니고, 소형 캠코더나 휴대 전화로 촬영하고 있는 사람은 너무 많아 그냥 구경꾼들인지 기자인지 건축주나 구청 쪽 사람들인지도 알 수 없었다.

"말 통하는 사람인 줄 알았더니, 응? 이런 식으로 뒤통수를 쳐? 응?"

현대 입주자 대표는 여전히 흥분 상태였다.

"내내 삽질 한 번 안 하고 있다가 갑자기 인부들 부르고, 포클레인 부르고, 그래 놓고 주민들이 방해하는 것처럼 뉴스를 내려고? 이거 사기야, 사기! 우리는 뭐 아는 기자 없는 줄 알아?"

그러고는 경찰의 손을 뿌리치고 구경꾼들을 향해 달려들었다. 다들 어어억, 비명을 지르며 뒤로 물러났다. 물러서며 부딪치고 넘어지고 밟고 밟혔고, 대표는 아랑곳 않고 더 날뛰었고, 경찰은 대표를 뒤에서 끌어안다시피 붙잡았다.

"어허, 대표님! 여기 철근에 벽돌에 유리에, 넘어지시면 큰일 나요!"

방송사 카메라는 여전히 아수라장을 누비며 모든 장면을 기록하고 있었다. 그때 팔짱을 끼고 서 있던 젊은 남자가 두 걸음 앞으로 나섰다.

"선생님, 일단 진정하시고요. 저희가 결론을 미리 내려 놓은 게 아닙니다. 갈등 상황이 있다고 해서 알아보려는 거예요. 입장이 조금 다르신 것 같은데, 저희가 양쪽 얘기를 똑같이 들어 볼게요."

경화가 낮은 목소리로 미키 한에게 물었다. 누구예요? 미키 한이 더 소곤소곤 대답했다. 기자요. 경화는 기자의 제안이 타당하다고 생각했지만 대표는 그렇지 않은 듯했다.

"웃기고 있네. 네가 판사야, 이 새끼야?"

그리고 또 기자를 향해 달려들었고 이번에는 두 명의 경찰이 양쪽에서 대표의 양팔을 붙잡았다. 그때 사과나무 원장이 나섰다.

"그럽시다! 제가 얘기할게요. 저하고 인터뷰하세요."

자신의 생각이 부끄럽거나 잘못되었다고 생각하지는 않지만 학생들을 가르치는 사람이니 얼굴은 모자이크해 달라고 정중하게 요청했다. 그리고 노인을 혐오하는 것도 아니고, 우리 집 근처만은 안 된다는 이기적인 마음도 아니라는 말로 인터뷰를 시작했다. 그는 바로 옆 건물인 백은빌딩이 학원 밀집 건물이라는 점을 강조했다. 어린 학생들의 생활권에 노인 시설이 어울리지도 않고 안전 측면에서도 바람직하지 않다고 주장했다.

"나도 환갑이 넘었어요. 나도 노인입니다. 노인이 보기에도 이건 아니에요."

기자는 사과나무 원장의 눈을 보고 고개를 끄덕이며 간간이 수첩에 메모도 하면서 경청했다. 그리고 주변을 둘러보며 물었다.

"한 분만 더 말씀해 주시면 좋겠는데요. 현대아파트 주민이나 백은빌딩 종사자분 중에서요."

선생님께 지목을 받을까 긴장한 학생들처럼 모두 시선을 피했다. 경화도 마찬가지였다. 수업은 어떻게 되어 가나, 그냥 학원이나 갈 걸, 처음부터 회장이니 하는 감투를 떠맡지 말았어야 했는데, 후회하고 있었다.

"우리 회장님이 하시면 되겠다!"

또 미키 한이었다. 미키 한은 경화의 어깨를 쿡쿡 찔렀다. 경화는 상체가 앞으로 기울어진 채로 두 발을 바닥에 딱 붙이고 버텼다. 힘껏 버텼지만 다른 원장들과 현대아파트 동 대표들까지 다가와 한 번씩 찌르고 밀치고 건드려서 말 그대로 등을 떠밀렸다. 아니, 저는, 인터뷰는, 좀, 아니지 않나, 같은 말들을 중얼거렸지만 아무도 들어 주지 않았다.

기자는 경화에게 얼굴이 나가도 되느냐고 물었다. 경화는 두 손을 들어 세차게 흔들며 아니요, 아니요, 아니요,라고 세 번 대답했다. 기자가 카메라맨을 돌아보며 화면을 발에 걸고 목소리만 따 달라고 말했다. 경화는 뭔가 잘못되고 있다고, 도망쳐야 한다고 생각은 했는데 몸이 묶인 것처럼 뜻대로 움직여지지 않았다. 오른쪽 눈가에서 미세하게 경련이 일어났다.

"자, 시작할게요. 제 질문에 너무 구애받지 마시고 편하게 하고 싶은 말씀 하시면 돼요."

경화는 인터뷰가 정말 싫으면서도 침을 한 번 꼴깍 삼키고 혀로 입술을 축였다. 기자가 물었다.

"이 자리에 노인 요양원이 지어진다는 거죠?"

"그렇다네요."

"어떻게 생각하세요?"

"음…… 저는 좋아요."

"네?"

"요양원 생기면 좋겠어요. 빨리, 완공되면 좋겠어요."

경화는 찬이에게 전화해야 하는데, 생각했다. 며칠 사이 찬이에게 전화해 어디냐고, 학원 끝났냐고, 끝나면 바로 집에 가서 할머니 좀 챙기라고 자주 말했다. 이제껏 엄마에게 찬이를 부탁했었는데 이제 찬이에게 엄마를 맡긴다. 자식도 부모도 책임지지 못하는 인생. 경화는 스스로가 너무 가볍고 하찮아 견딜 수가 없었다.

학원을 포기할 수 없다. 찬이도 포기할 수 없다. 경화 자신도 포기할 수 없다. 엄마를, 늙고 지쳐 기억이 옅어져 가는 엄마를 포기할 수도 없다. 서영동에, 자신의 학원이 있는 백은빌딩 바로 앞에, 요양원이 얼른 들어와야 한다. 꼭 필요하다.

"바로, 이 자리에, 데이케어 센터와 노인 요양원이 빨리, 최대한 빨리, 지어지면 좋겠습니다!"

경화는 한 단어 한 단어 힘을 주어 다시 한번 말했다. 원장님, 회장님, 지금 무슨 소리 하시는 거예요? 하는 목소리들을 뒤로하고 경화는 아수라장에서 도망치듯 빠져나왔다. 이번에도 미키 한이 어디선가 나타나 경화의 손목을 꽉 붙들었다.

"회장님!"

"왜요?"

"어디 가시려고요?"

"수업 가려고요!"

경화가 더 힘껏 손을 뿌리치고 돌아서는데 미키 한이 소리쳤다.

"혼자 생각 있는 척하지 마요. 카메라 없을 때는 우리랑 똑같은 소리 했으면서."

카메라가 있고 없어서가 아니라 그냥 제 처지가 달라졌어요. 그때도 지금도 저는 아무 생각이 없고 이런 제가 한심하고 답답하고 부끄러워요. 부끄럽다고요. 이제 와 부끄럽다고 말하는 것도 부끄러워요. 경화는 결국 아무 말도 하지 못했다.

현장에서 나오며 긁혔는지 오른쪽 팔뚝에서 검붉은 피가 뚝뚝 떨어졌다. 경화는 당황해 아픈 줄도 몰랐다. 상처 부위를 일단 왼손으로 감쌌는데 손가락 틈으로 피가 새어 나왔다. 지나던 사람들이 놀란 눈으로 경화를 피했다. 피는 더럽거나 위험한 것이 아니고 사고나 불운이 옮겨 가는 것도 아니다. 저는 그냥 조금 다쳤을 뿐입니다. 아픈 사람이라고요. 도움과 위로가 필요한 사람이라고요! 경화는 억울하고 서러웠다. 그리고 그 마음이 염치없어 부끄러웠다.

김미월

2004년 단편 소설 「정원에 길을 묻다」가 『세계일보』 신춘문예에 당선하며
작품 활동을 시작했다. 소설집 『서울 동굴 가이드』, 『아무도 펼쳐보지 않는 책』,
『옛 애인의 선물 바자회』, 장편 소설 『여덟 번째 방』, 『일주일의 세계』
등을 썼다. 신동엽문학상, 젊은작가상, 오늘의젊은예술가상,
이해조소설문학상을 수상했다.

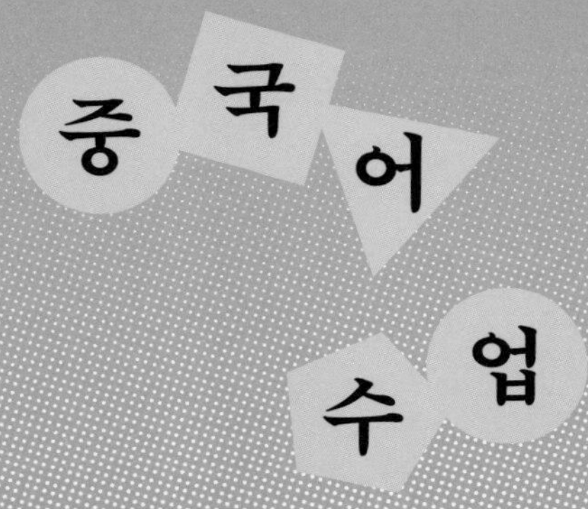
중국어 수업

수는 아침마다 전철을 타고 서울에서 인천으로 출근한다. 소요 시간은 장장 한 시간 반. 저녁마다 인천에서 서울로 퇴근할 때도 마찬가지다. 그러니 하루에만 왕복 세 시간을 길바닥에서 보내는 셈이다. 처음에 그녀는 시간이 아까워 출근하는 동안만이라도 책을 읽으려 했다. 그러나 두 발을 바닥에 붙이고 서 있기도 힘들 만큼 승객들로 미어터지는 열차 안에서 책을 편다는 것은 애초에 가능하지도 않은 일이었다. 물론 신도림역에서 승객들이 대거 하차하고 나면 열차는 방학식이 막 끝난 학교 운동장처럼 갑자기 한산해진다. 문제는 그때쯤이면 그녀가 이미 전의를 상실한 상태가 돼 있다는 것. 승객들과 밀고 밀리는 통에 머리는 헝클어지고 화장은 번지고 치마는 구겨진 꼬락서니도 그러하거니와, 무엇보다 정신이 꼭 얼었다 녹은 삼겹살처럼 너덜너덜해진 것이다. 그러니 자리가 생기면 곧 앉고, 앉으면 곧 자든가 멍한 눈으로 맞은편 승객들

구경이나 하게 될 수밖에.

열차가 종점에 가까워질수록 승객의 수도 점점 줄어든다. 한 객차에 겨우 열 명 남짓 타고 있을 때도 있다. 그들 중에서 낯이 익은 사람을 발견하기란 어려운 일이 아니다. 아니, 거의 다 낯익은 사람들이라고 하는 편이 옳다. 아침마다 같은 시간대에 종점까지 가는 이들은 늘 그 얼굴이 그 얼굴이기 때문이다.

지금 수의 대각선 건너편 좌석에 앉아 귀에 이어폰을 꽂고 고개를 까딱거리는 청년만 해도 그렇다. 그가 신은 때가 꼬질꼬질한 나이키 운동화는 올여름에 산 것이다. 그것이 원래는 눈이 시리도록 흰 운동화였음을 수는 기억한다. 청년은 그것을 한 번도 빨지 않았다. 매일 신고 나왔으니까. 청년과 출입문 하나를 사이에 두고 떨어져 앉은 이십 대 처녀도 낯이 익다. 그녀는 최신형 위성 DMB 휴대폰을 가지고 있다. 그것으로 자리에 앉은 직후부터 자리에서 일어설 때까지 노상 드라마를 시청한다. 얼마나 몰입해서 보는지 드라마 전개 내용에 따라 천변만화하는 표정이 수의 눈에는 그야말로 드라마의 한 장면처럼 흥미진진하다. 저만치 출입문 옆에 두 다리를 한껏 벌리고 앉은 중년 사내도 매일 보는 이들 중 하나다. 오늘도 그는 여느 때처럼 옆구리에 둘둘 만 생활 정보지를 낀 채 졸고 있다. 수염을 깎지 않아 거뭇거뭇한 턱에 처진 눈, 낮술이라도 한잔 걸친 사람처럼 코와 뺨이 늘 붉은 게 특징이다. 무슨 일을 하는지는 알 수 없으나 그는 동인천역에서 내릴 때도 있고 인천역에서 내릴 때도 있다.

어쨌거나 모두들 수가 어제도 같은 시간에 보았고, 내일도 같은 시간에 볼 사람들이다. 그들과 수는 매일 같은 시간 같은 객차 안에 앉아 같은 공기를 마신다. 딱히 그들의 안부가 궁금한 것은 아니지만 어쩌다 그중 한 명이 며칠 모습을 보이지 않다가 다시 나타나면 수는 저도 모르게 반가운 마음이 든다. 자신이 며칠간 나타나지 않다가 다시 나타나면 그들도 속으로 반가워해 줄지 그녀는 가끔 그런 것이 궁금하기도 하다. 열차가 달린다. 늘 내리던 역에서 낯익은 얼굴이 내린다. 늘 타던 역에서 다시 낯익은 얼굴이 탄다. 그들의 들고 남을 통해 수는 다음 정차역 안내 방송을 듣지 않고도 자신이 제대로 가고 있음을 확인한다.

열렸던 문이 닫히기 직전 한 노인이 날쌔게 문틈으로 몸을 들이민다. 수는 지레 놀라 가슴을 쓸어내린다. 노인은 그녀의 맞은편에 앉는다. 그도 이 열차의 고정 멤버다. 그는 앞면에 한마음 산악회라 쓰인 주홍색 등산모를 쓰고 그것과 비슷한 색의 등산 조끼를 즐겨 입는다. 모자챙 밑으로 드러난 얼굴에 검버섯이 피기 시작한 걸 보면 나이가 꽤 많을 텐데 지팡이도 없이 허리를 꼿꼿이 펴고 다닌다. 여간해서는 경로석에 앉는 일도 없다. 일반석의 젊은 사람들 틈에 끼어 앉는 것이 그에게는 일종의 자부심이 되는 모양이다.

객차 한쪽 구석이 소란스럽다. 수가 고개를 빼고 돌아보니 아니나 다를까, 그들이다. 어린 화교 남매, 그리고 그 아이들의 엄마로 보이는 젊은 여자. 어째 두어 정거장 조용하게 왔다 했더니 또 시작이다. 그들 화교 가족이 있는 곳은 언제나 표가 난다. 중국어로 쉬지 않고 떠들어 대기 때문이다. 남의 나라 말이라서 한층 시끄럽게 들리리라는 것을 감안하더라도 그들의 목소리는 지나치게 큰 감이 있다. 아이들은 인천역 근처에 있는 한국 화교 학교에 다닌다. 객차 내 승객들이 다 들을 수 있을 만큼 크게 오가는 그들의 대화를 듣고 수가 미루어 짐작한 것이다.

그러나 아이들이 뭇사람의 시선을 잡아 끄는 가장 큰 이유는 목소리가 크기 때문이 아니다. 녀석들은 열차에 오르자마자 사방을 두리번거리며 빈자리가 두 개 이상 널찍하게 이어지는 좌석을 찾는다. 그러고는 달려가 앉는 대신 그 자리에 책을 올려놓는다. 그런 다음 둘이 나란히 열차 바닥에 무릎을 꿇고 앉는다. 공부를 시작하는 것이다. 마치 방 안에 책상을 펴놓고 앉듯 자연스럽게 전철 바닥에 앉아 좌석에 올려놓은 책을 읽고 공책에 뭔가를 끼적이면서 말이다. 처음에 그러한 광경을 어처구니없어하며 바라보던 승객들도 그것이 매일 되풀이되자 이제는 심상하게 받아들이게 되었다. 심지어 수는 아이들이 공부하는 모습이 하도 자연스러워 보여서 이따금 자신이 되레 책상에 올라앉아 있는 것은 아닌가 헷갈릴 때도 있다.

오늘도 녀석들은 바닥에 무릎을 꿇고 앉아 공책에 뭔가를 부지런히 쓴다. 둘이 티격태격하기도 하고 옆에 앉은 엄마에게 뭔가를 물어보기도 한다. 조금 시끄럽기는 하지만 여느 때와 다를 바 없는 평화로운 오전 한때의 전철 풍경이다.

어라, 그런데 이게 웬일인가. 주홍색 등산모를 쓴 노인이 어느 틈엔가 아이들 뒤로 다가가고 있질 않은가. 그 아이들이 항시 승객들의 이목을 끈 건 사실이지만 이제껏 녀석들에게 다가가거나 말을 건 이는 한 명도 없었다. 수는 잠시 숨을 죽이고 그들을 주시한다. 노인은 아이들 뒤에 가 서더니 상체를 숙이고 녀석들의 어깨 너머를 들여다본다. 공책에 코를 박고 엎드려 있던 아이들이 인기척을 느꼈는지 동시에 고개를 든다. 여자아이가 먼저 엉거주춤 자리에서 일어난다. 노인이 손사래를 친다.

"아니다, 공부해라. 니들이 무슨 공부를 하나 한번 봤다."

"한위."

여자아이가 부끄러운 듯 몸을 꼬며 대답한다. 아이들 엄마가 그쪽으로 다가앉으며 아이를 나무란다.

"중국어를 공부하고 있어요, 이렇게 똑바로 말씀드려야지."

이제 보니 여자는 한국어도 능숙하게 구사한다. 노인이 그녀의 옆자리에 앉는다. 그러지 않아도 앉을 자리는 이미 충분한데 여자는 노인이 좀 더 편히 앉을 수 있도록 제 몸을 아이들 쪽으로 붙인다.

"아이들이 화교 학교에 다니나요?"

"네."

여자가 아이들을 흐뭇한 눈으로 바라본다. 노인이 여자의 시선을 좇아 아이들을 보더니 공연히 헛기침을 몇 번 한다.

"저기…… 음, 제가 궁금한 게 좀 있습니다만."

"네, 말씀하세요."

노인은 다시 헛기침을 두어 번 하고 나서 주저하며 입을 연다.

"그러니까…… 며느리를 중국말로 뭐라고 합니까?"

여자아이가 장난기 가득한 얼굴로 끼어든다.

"할아버지는 그것도 몰라요?"

남자아이도 옆에서 배시시 웃는다.

"얘들이 왜 이리 버릇이 없어? 너희 숙제는 다 했어?"

여자가 목소리를 높이자 아이들은 금세 시무룩해져서 책으로 고개를 떨어뜨린다. 노인이 여자를 만류하며 아이들을 향해 웃어 보인다.

"그래, 할아버지가 잘 몰라서 그러니 너희가 좀 가르쳐 다오."

그러나 막상 대답을 한 것은 아이들이 아니라 여자다.

"시푸. 며느리는 시푸라고 해요."

노인은 여자를 따라서 발음해 본다. 시푸, 시푸. 수가 보기에는 말하는 입 모양도 그렇고 들리는 소리도 그렇고 노인이 꼭 한숨을 쉬는 것 같다.

"부를 때도 시푸라고 하면 됩니까?"

"그럴 땐 그냥 며느리 이름을 부르시면 될 것 같은데요."

"허허, 그렇겠군요. 맞아, 이름을 부르면 되지."

노인의 얼굴에는 이제 머뭇거리는 기색이 없다.

"그럼 밥 먹었느냐는 말은 중국말로 뭡니까?"

"니 츠판러마?"

그 짧은 한 문장을 말하는데도 여자의 권설음과 성조는 완벽하다. 하긴 그녀에겐 모국어니까. 수는 두어 해 전 자신이 북경에서 어학연수를 하던 시절을 떠올린다. 권설음과 성조가 입에 붙지 않아 애태우던 날들. 슬며시 웃음이 나온다. 다 지나간 일이니까 웃을 수 있는 거겠지만.

노인이 여자의 발음을 흉내 낸다. 니 츠판러마. 엉망이다. 중국인이라면 절대 알아듣지 못할 거라고 수는 생각한다. 어느새 아이들은 책에서 눈을 떼고, '니 츠판러마'를 되풀이하는 노인을 신기한 듯 올려다보고 있다. 여자가 아이들에게 숙제는 다 했느냐고 다그친다.

"니먼 쭈어예 쭈어 하오러마? 인천짠 따오러. 콰이라이, 콰이라이."

벌써 다음 역이 인천인가. 여자가 서두르라고 하자 아이들은 주섬주섬 책을 챙겨 가방에 넣는다. 과연 스피커에서 안내 방송이 흘러나온다.

"다음 정차하실 곳은 이 열차의 종점인 인천, 인천역입니다."

노인이 좌석에서 일어난다. 여자와 아이들도, 귀에 이어폰을 꽂은 청년도, 휴대폰으로 드라마를 보던 처녀도, 옆구리에 생활 정보지를 낀 사내도, 각기 출입문 앞에 선다. 문이 열리고 승강장에 설치된 전광판에 안내문이 반짝이는 것이 보인다. 다음 열차 서울역. 종점에 다다랐으니 이제 이 열차의 꽁무니는 거꾸로 머리가 되어 서울역으로 갈 것이다. 수는 천천히 승강장으로 발을 내디

딘다.

"왕시엔."

"관잉."

대답 없는 호명이 계속된다.

"리후이."

"왕밍."

"네!"

그제야 창가에 앉은 남학생 하나가 손을 번쩍 든다. 왕밍은 결석하는 일이 극히 드문, 이 학교에 극히 드문 성실한 학생이다. 수는 다시 출석부로 시선을 떨어뜨린다.

"징따런."

"첸싱웬."

결국 그녀는 고개를 숙인 채 한숨을 길게 내쉰다.

이곳은 인천 연안부두 근처에 있는 조그만 전문 대학의 부설 한국어 학원이다. 수는 이곳에서 외국인들에게 한국어를 가르친다. 외국인이라고는 하지만 엄밀히 말하면 중국인이다. 간간이 베트남인이나 우즈베크인, 몽골인도 눈에 띄지만 학생의 열에 아홉은 중국인이기 때문이다. 강의가 백 퍼센트 한국어로 진행됨에도 학교에서 강사를 채용할 때 중국어 회화 가능 여부를 따지는 것은 그런 이유에서다.

수는 학생들에게 한국어를 가르치기 위해 이곳에 왔지만 학생들은 한국어를 배우러 이곳에 온 것이 아니다. 그들은 비자를 받으러 왔다. 중국인이 한국에 장기 체류 하기 위해 필요한 비자 중 가장 쉽게 받을 수 있는 것이 학생 비자다. 그들은 비싼 등록금을 내고 어학원에 등록한다. 학생 비자를 취득하면 곧바로 불법 취업을 한다. 그렇게 해서 돈을 버는 것이 그들의 진짜 목적인 것이다. 중국에서 여섯 달 일하고 받는 급여와 한국에서 한 달 아르바이트하고 받는 급여가 비슷하다니 그럴 만도 하다. 그래서 청도나 대련, 천진 등지에서 인천으로 입항하는 배에는 미래의 젊은 불법 체류자들이 바글바글하다. 학교 당국도 자신들이 바로 그 불법 체류자들을 양산해 내는 역할을 하고 있음을 모르지 않는다. 학교가 모르지 않음을 학생들도 모르지 않는다. 좋은 게 좋은 거라는 말은 이럴 때 쓰라고 있나 보다.

물론 '좋은 게 좋은 거'라는 관용구의 뜻을 제대로 이해할 학생은 한 명도 없다. 관용구는커녕 학생들은 문자 그대로 해석하면 되는 단순한 구문들에도 순 까막눈이다. 조금 과장한다면 육 개월 교육 과정이 끝난 후 정확하게 발음할 수 있는 한국말은 '얼마예요?' '괜찮아요' '빨리빨리' 정도가 다일 것이다. 사정이 이렇다 보니 수업 진도가 제대로 나갈 턱이 없다. 학생들은 저희끼리 있을 때는 물론이고 강사 앞에서도 중국어로 말하기 일쑤다. 그게 빠르고 편하니까. 그들에게 주의를 주느라 오히려 수의 중국어 실력만 나날이 늘어간다.

강의실에 앉아 있는 학생의 수는 일곱이다. 수강생 서른 명 중에서 자그마치 스물세 명이 결석한 것이다. 조회 시간에 원장이 말했다.

"이대론 안 돼요. 지금 우리 학생들 이탈률이 팔십 프로가 넘는 거 압니까?"

국내 대학 및 어학원 들에 등록된 외국인 유학생의 불법 취업 비율은 평균 십 퍼센트다. 수의 학교가 평균의 여덟 배에 이르는 엄청난 이탈률을 보이는 것은 그만큼 내실이 형편없다는 얘기다. 학교는 인원 확보와 재정 충당에만 급급해 아무 학생이나 마구 유치한 후 관리를 하지 않는다. 그럼에도 원장은 애먼 강사들만 탓했다.

"선생들이 물러 터져서 학생들이 만만하게 보고 그러는 겁니다. 장기 결석자들에게 특단의 조치를 취해요. 앞으론 출석률도 심사에 반영할 계획입니다."

조회가 끝나자 동료 강사들이 전에 없이 웅성거렸다. 재계약 심사가 열흘밖에 남지 않은 까닭이었다. 이 학교에서는 강사들과 석 달 단위로 고용 계약을 갱신한다. 멋모르는 사람들은 대학 부설 어학원에서 외국인 학생들을 가르친다고 하면 그게 곧 정식 교수인 줄 알고 대단하게 여긴다. 하지만 실상은 그렇지 않다. 강사들은 턱없이 낮은 월급은 둘째로 치더라도 석 달을 주기로 생사가 엇갈린다는 데 노심초사해야 하는 비정규직 노동자일 뿐이다. 수도 마찬가지다. 그녀는 하루에 세 시간씩 길바닥에 버려 가며 이 먼 인천까지 와서 일하는 것이 오로지 경력을 쌓기 위해서라고 자위하곤 한다. 나중에 적당히 경력이 쌓이면 원장이 뭐라고 하기 전에 제 발로 먼저 이곳을 떠날 거라고, 서울 시내의 제대로 된 어학원에서 제대로 된 학생들에게 제대로 된 강의를 할 거라고, 그렇게 다짐하는 것이다.

그러나 그것은 '나중' 일이다. 지금 당장은 재계약 심사 결과가 어떻게 나올지에 온 신경을 곤두세울 수밖에 없다. 나중 일은 나중에 생각하자, 나중에. 지금은 일단 장기 결석자들에게 어떤 조치를 취할 것인지 그것부터 생각하자.

"당신의 이름은 무엇입니까?"

"제 이름은 홍길동입니다."

"당신의 집은 어디에 있습니까?"

"저희 집은 서울에 있습니다."

일곱 명의 학생들이 초등학교 국어 교과서에나 나올 법한 문장들을 소리 내어 읽는 동안 수는 출석부를 들여다본다. 장기 결석자들이 한두 명이 아니다. 그들을 학교로 돌아오게 하거나 아예 제적시켜야 그녀가 심사에서 불이익을 당하지 않는다. 전자보다 후자가 훨씬 간단하다. 그러나 그들은 제적당하면 곧바로 강제 출국 된다.

중국 학생들은 대개 브로커에게 돈을 빌려 한국으로 들어온다. 기백만 원의 어학원 등록금이며 기숙사비를 다 갚는 데 꼬박 일 년이 걸린다. 하지만 그 후에 버는 돈은 모두 자기 것이기 때문에 다들 어떻게든 일 년만 버텨 보자고 용을 쓴다. 그러니 그들이 가장 두려워하는 것은 제적이라는 말이다. 짧은 한국어 실력으로도 그 단어만은 귀신같이 알아듣는다. 학교에서는 걸핏하면 제적을 들먹이며 그들을 협박한다. 그래서 학생들은 아침마다 학교에 갈 것인가 돈벌이를 하러 갈 것인가 갈등한다. 대개는 돈벌이를 택하게 되지만.

그들이 한국에서 할 수 있는 아르바이트는 많지 않다. 남학생은 주로 택배 회사에서 일한다. 아침부터 밤까지 오토바이 시동을 끌 틈도 없이 물건을 배달한다. 취업 비자도 없는 판에 원동기 면허 따위가 있을 리 만무하지만 회사에서는 싼값에 부릴 수 있는 중국인들을 선호한다. 그들은 한국어 교재의 단어들은 쉬운 것도 못 읽으면서 인천 지역의 주소나 상호명은 길고 어려워도 정확하게 읽어 낸다. 배달 사고가 나면 일당이 깎이기 때문에 저절로 외우게 된다는 것이다. 주소 말고도 그들이 한국인 못지않게 능숙하게 구사하는 낱말들이 몇 개 더 있기는 하다. 씨발. 개새끼. 병신. 여학생들은 보통 공단 지역 식당에서 서빙을 하거나 인터넷 쇼핑몰의 상품 포장 일을 한다. 곁에 다가가면 어깨나 목에 붙인 파스 냄새가 진동한다. 한창 피어날 이십 대 초반의 나이지만 그녀들의 얼굴은 동인천 지하상가의 천 원짜리 귀걸이보다도 생기가 없다. 점점 시들어 가는 낯빛을 보면 한국에서 지낸 개월 수를 가늠할 수 있을 정도다.

출석부를 훑어 내려가던 수의 눈길이 문득 어느 이름 위에서 멎는다. 쓰엉. 오늘까지 합하면 결석 일수가 열흘이 넘는다. 그녀가 가르치는 학생들 중 최장기 결석자다. 하지만 이대로 가면 무조건 제적이라고 경고했을 때 그는 아무 대꾸도 하지 않았다. 그래서 수는 녀석에게 더욱 신경이 쓰인다. 과연 못 보던 열흘 사이에 그는 몰라보게 초췌해져 있었다.

어제 퇴근길, 수를 태운 버스가 연안부두를 지나갈 때였다. 부두 근처에는 옐로우하우스라 부르는 윤락가가 있다. 왜 그런 이름이 붙었는지는 모르지만 인천에 그런 곳이 있다는 것은 모르는 이가 없다. 윤락가임에도 업소들이 후미진 골목에 있는 것이 아니라 대로변에 떡하니 버티고 있어 근방을 지나다 보면 그곳을 안 보려야 안 볼 수가 없기 때문이다. 성매매가 법적으로 금지된 상황에서 그런 곳이 아직 남아 있다는 것도 희한한 일이지만 그 위치가 온 천하 사람이 다 보는 큰길에 있다는 것도 희한한 일이다. 어쨌거나 버스가 신호 대기에 걸렸을 때 여느 승객들처럼 수도 자연스럽게 창밖을 바라보았다. 마침 옐로우하우스 앞이었다. 저녁밥 시간이라 거리에는 인적이 드물었는데 한 청년이 혼자 이 업소 저 업소를 기웃거리고 있었다. 그런데 뭔가 좀 이상했다. 청년은 업소에서 막상 여자가 나오면 화들짝 놀라며 그 자리를 떴다. 성매매를 하러 온 게 아니라 마치 누군가를 찾으러 온 것처럼 보였달까.

버스가 다시 출발하려는 찰나 청년이 수 쪽으로 고개를 돌렸다. 놀랍게도 그는 쓰엉이었다. 얼굴이 많이 상해 빰이 쑥 들어가고 피부도 새카매져 있었으나 분명히 그였다. 쓰엉과 수의 눈이 마주쳤다. 그는 그녀의 눈길을 피하지 않았다. 수는 버스에서 내렸다. 횡단보도를 뛰듯이 건너 옐로우하우스 입구로 갔다. 쓰엉은 온데간데없었다. 그가 그랬듯 그녀도 하는 수 없이 업소들 앞을 기웃거렸다. 그러기를 오 분쯤. 한쪽 골목에서 그가 구부정한 자세로 걸어 나왔다. 어깨가 축 처진 데다 눈빛도 흐리멍덩한 것이 툭 치면 픽 쓰러질 듯 기운이 없어 보였다. 가슴에 택배 회사 로고가 새겨진 점퍼를 입은 그는 바로 눈앞에 있는 수를 알아보지 못하고 그대로 지나쳐 갔다.

"쓰엉."

두 번을 연거푸 부른 후에야 그는 고개를 돌렸다.

"어…… 선생님."

그의 눈이 휘둥그레졌다. 아까 버스 안에서 눈이 마주쳤다고 생각한 것은 수의 착각이었을까. 쓰엉은 뒤통수를 긁으며 어쩔 줄 몰라 하더니 곧 한숨을 쉬며 손을 주머니에 집어넣었다. 터진 주머니 솔기 사이로 솜이 삐져나와 있었다.

두 사람은 부두 근처의 횟집에서 밴댕이 안주를 곁들여 소주를 마셨다. 참기름을 듬뿍 넣고 맵게 버무린 밴댕이회무침을 쓰엉은 의외로 잘 먹었다. 제 앞의 그릇을 깨끗이 비우고 밑반찬으로 나온 간장게장도 꼼꼼히 발라 먹었다. 중국에서는 음식을 필요 이상으로 많이 시킨 후 남기는 것이 예의라지만 한국에서까지 그런 문화를 고수할 필요는 없음을 쓰엉도 알 것이다. 한국에서 산 지 벌써 반년이 넘었다고 했으니. 소주 두 병을 다 비우도록 수는 그에게 아까 옐로우하우스엔 왜 갔느냐 묻지 못했다.

횟집을 나온 것은 밤 열 시가 가까운 시각이었다. 그들은 큰 배들이 정박해 있는 연안부두 쪽으로 걸었다. 밤공기가 혹독하게 찼다. 바다를 건너온 칼바람이 얼굴을 쉴 새 없이 할퀴어 댔다. 수는 몇 발짝 걷지도 않았는데 손이 곱고 발도 얼어서 감각이 없었다. 고개를 돌리니 쓰엉 역시 두 뺨과 귀가 빨갛게 얼어 있는 상태였다. 하지만 누구도 그만 돌아가자는 말은 하지 않았다.

"너 이런 바다 본 적 있니?"

"………"

"이렇게 메마른 바다 말이야."

쓰엉은 수의 한국말을 이해하지 못했다. 수는 그래서 마음이 편했다.

인천의 바다는 늘 거대한 선박이며, 컨테이너 박스 따위를 나르는 크레인 들이 분주하게 움직이는 곳이었다. 가까이 다가가면 갯내보다 기름 냄새가 더 진하게 코를 찌르는 곳이기도 했다. 언제 어느 쪽에서 바라보아도 희미하기만 한 수평선. 시멘트 부두에 부딪혀 출렁이는 파도는 푸른빛이 아니라 잿빛이었다. 바람 소리가 더 거세졌다. 수는 목소리를 높였다.

"한국 사람들은 바다를 좋아해. 평소에 바다를 보기가 쉽지 않잖아. 너도 내륙 지방에 살았으니까 알지? 사람들은 힘든 일이 있을 때 바다에 가. 바다 앞에서 어깨를 쭉 펴고, 해 뜨는 걸 보면서 다시 시작하자 소리도 지르고. 그러면서 바짓단에 묻은 모래를 탈

탈 털고 일어나는 거지."

쓰엉은 한마디도 알아듣지 못하면서 다 알아들었다는 듯한 표정을 짓고 있었다.

"그런데 이 바다는 아니야. 이 바다는 아무 위안도 주지 못해."

혼잣말처럼 중얼거리다가 수는 문득 손목시계를 들여다보았다.

"늦었다. 그만 집에 가자. 춥지?"

"괜찮아요."

그제야 제가 알아들을 만한 어휘가 나왔다는 듯 쓰엉이 냉큼 대답했다. 그의 고향이 동북 지방이라고 했던가. 그곳은 인천보다 훨씬 추울 것이다. 그래도 거기엔 가족이 있다.

"집이 어디니? 여기서 얼마나 걸리지?"

"배 타고 이십사 시간."

수는 흠칫 놀라 그의 얼굴을 똑바로 바라보았다. 지금 어디에 사는지를 물은 것인데 그는 중국의 진짜 집을 생각하고 있었던 것이다. 하기야 그에게 집은 오직 하나뿐일 것이다. 겨울이 되면 못 견디게 춥지만 그래도 정겨운 가족이 살고 있는 곳, 그러므로 세상에서 가장 따뜻한 곳.

"정말 멀구나. 난 전철로 한 시간 반이면 되는데."

그녀 스스로 생각해도 재미없는 농담이었다. 한국 내에는 꼬박 하루를 달려야 갈 수 있을 만큼 먼 곳이 없다. 그녀는 대양의 물살을 가르며 달리는 커다란 페리호를 상상해 보았다. 삼등석의 비좁은 일인용 침대에 누워 하루를 건너오는 동안 한 시간이 빨라진 한국의 항구 도시에 내리면서 쓰엉은 무슨 생각을 했을까. 몸은 떠나왔어도 망망대해 건너 두고 온 것들에게서 마음은 멀어지지 않는다는 것을 새삼스레 깨달았을까. 그들에게 빨리 돌아가기 위해서는 그만큼 이 낯선 곳에 빨리 적응해야 한다고 이를 악물었을까.

쓰엉의 시선은 메마른 바다를, 아니 그보다 더 먼 곳을 향해 있었다.

수는 수업이 끝난 후 왕밍을 강사 휴게실로 불렀다. 녀석은 성격이 낙천적이고 씩씩한 데다 인사성도 밝아서 모든 강사들의 귀여움을 받는다. 게다가 수업을 같이 듣는 학생들의 근황을 두루 잘 아는 소식통이기도 하다. 쓰엉과 알게 된 것은 어학원에 등록을 한 후인데 같은 동북 출신이라는 사실 하나만으로도 금세 친해졌다던가. 수는 그가 휴게실 내의 다른 강사들에게 일일이 인사를 마치기를 기다렸다가 거두절미하고 물었다.

"쓰엉 요새 왜 그래? 왜 매일 결석하는 거야?"

"라오스, 뚱뻬이더 누런 전더 피아오량."

"한국말로 해."

"선생님, 동북 여자 예쁘다."

"그런데?"

"쓰엉더 누런펑여우 전더 피아오량."

"한국말로 하라니까!"

"쓰엉 애인 예쁘다."

"쓰엉한테 애인이 있어?"

"멍나입니다."

"멍나가 동북 출신이야?"

"출신? 그게 뭐야?"

"동북이 고향이냐고!"

"네, 그렇습니다."

"그런데 쓰엉 애인이 예쁜 거랑 결석하는 거랑 무슨 상관이야?"

"멍나 돈 없어. 그래서 쓰엉, 밤에도 세븐일레븐에서 일해요. 잠 안 잡니다."

수는 약간 배신감이 든다. 애인을 위해 악착같이 돈을 버느라 학교에도 못 나오는 거라면 어제 옐로우하우스에는 왜 갔었단 말인가. 혹시 애인이 거기서 일하는 건 아니겠지? 설마. 가난 때문에 윤락가에 팔려 간 애인을 구출하려 돈을 버는 청년의 신파조 러브스토리 같은 건 80년대 방화에나 나올 법한 얘기니까.

"그래도…… 학교는 나오라고 해."

제 말에 설득력이 없음을 수도 안다. 애인 때문에 돈을 벌어야 한다는데 그깟 한국어 수업이 무슨 소용이겠는가.

"네, 선생님. 나 일하러 갑니다. 안녕 계세요."

"틀렸어. 안녕히 계세요. 다시 해 봐."

수는 공연히 왕밍에게 딱딱하게 군다. 사실 왕밍 정도면 한국어를 잘하는 축에 속하는데. 녀석은 매일 저녁부터 이튿날 새벽까지 중국식 꼬치구이 전문점에서 일한다. 요즘 불법 취업자 단속이 강화되었다고 들었다. 그녀가 선생으로서 그에게 하고 싶었던 말은 그러니까 단속에 걸리지 않게 조심하라는 것이었다. 법치 대한민국의 국민으로서 할 말은 아니지만.

"안녕히 계세요."

"그래. 잘 가라. 조심하고."

수는 뭘 조심하라는 건지 목적어를 생략한다. 강사들 몇이 그녀와 왕밍을 힐끔거리고 지나간다.

퇴근길의 전철 안은 출근길보다 훨씬 여유롭다. 목적지가 집이니 이제 쉴 일만 남았다는 점에서 하루치의 숙제를 다 끝낸 학생처럼 마음도 홀가분할 수밖에 없다. 그럼에도 수는 이상하게 퇴근길 전철에 오를 때마다 뭔가 아쉽고 허전하여 자꾸 걸음을 늦추게 된다. 아침 출근길에 보았던 낯익은 승객들의 얼굴을 퇴근길에는 볼 수 없기 때문일까.

그날 이후로, 그러니까 서로 말을 튼 이후로, 노인은 열차에 오르면 으레 화교 가족을 찾아 두리번거린다. 그들을 발견하면 마치 동행이라도 된다는 듯이 자연스럽게 옆에 가서 앉는다. 물론 그러기 전에 아이들이 먼저 노인을 알아보고 반갑게 인사하는 경우가 더 많지만 말이다. 니하오! 그러면 노인도 쑥스러워하면서 대꾸한다. 니먼하오!

노인은 중국어 학원 새벽반에 다니는 학생처럼 진지하다. 하루도 빼놓지 않고 여자에게 간단한 생활 중국어를 한두 마디씩 배운

다. 전날 배운 것을 복습하는 것도 잊지 않는다. 늙은이라 기억력이 형편없다며 다시 한번 가르쳐 달라고 민망한 표정으로 부탁하기도 한다. 맛있다가 뭐였지요? 하오츠! 다시 해 보세요. 노인은 열심히 따라 한다. 하오츠, 하오츠. 그러면 어느새 어린 남매도 노인 옆에 달라붙어 합창을 한다. 하오츠! 하오츠!

여자는 매번 노인의 발음을 교정해 주고 노인의 질문에도 친절하게 대답해 준다. 노인이 알고자 하는 표현은 대개 안녕하세요, 식사하셨습니까, 다녀오겠습니다 등등 일상생활에서 흔히 쓰이는 것들이다. 노인이 엉터리로 발음할 때면 아이들은 숨이 넘어가라 웃음을 터뜨린다. 그러면 그것 때문에 또 노인이 웃고 이어서 여자가 웃는다. 그렇게 그들은 늘 웃는다. 인천역 승강장에 다 같이 내리면서 짜이지엔 하고 서로 외치는 소리를 들을 때면 그들과 아무 상관이 없는 수마저 애틋함을 느낄 지경이다. 짜이지엔. 중국말로 '안녕'을 뜻하는 그 표현은 직역하면 '다시 만나요'가 된다. 여자는 노인에게 그것도 알려 주었을까.

어둠이 내린 객차의 창에 승객들의 모습이 비친다. 다들 오래 앓고 난 사람처럼 낯빛이 창백하다. 그 속에 물론 수의 얼굴도 있다. 수는 저를 바라보는 차창 속의 자신을 마주 바라본다. 다음 분기 강사직 재계약 심사가 나흘 뒤로 다가와 있다. 그러니 제적을 걱정해야 하는 것은 중국인 학생들만이 아니다. 열차가 서울권으로 접어든다. 승객들 사이에 아연 활기가 돌기 시작한다. 심지어 공기의 질감도 미묘하게 달라지는 것 같다. 다들 그렇게 인천 땅을 빨리 벗어나고 싶어 조바심 냈던 것일까. 생각해 보면 참 이상한 일이다. 그녀부터도 근 일 년을 내리 출퇴근했지만 인천에는 좀처럼 정이 들지 않는다. 동료 강사가 말했던가. 인천은 토박이보다 외지인이 더 많은 도시라고. 남쪽에서 서울로 올라가던 이들이 도중에 주저앉거나 서울에서 견디다 못해 지방으로 내려가던 이들이 문득 발길을 멈춘 곳이라고. 그래서 살갑게 정붙이고 살아가는 사람이 드물다고 말이다. 하긴 어학원 강사들만 해도 그렇다. 그중에 인천 사람은 한 명도 없다. 제각기 다른 고장에서 모여든 그들은 하나같이 서울로 가고 싶어 한다. 하나같이 인천을 마지못해 잠시 머무르는 곳쯤으로만 생각하는 것이다.

사실 수는 자신이 진짜로 원하는 게 무엇인지 아직 모른다. 대학을 졸업하고 백수로 빈둥거릴 때는 막연히 중국에 가고 싶었다. 당시 중국은 기회의 땅이었고, 중국어는 인기 외국어로 각광받았으니까. 중국에서 어학연수를 할 때는 빨리 한국으로 돌아가고 싶었다. 자신이 중국에 흥미가 없고 중국어에도 재능이 없음을 진즉 깨달았으니까. 언제 어떻게 귀국했는지는 기억이 잘 나지 않는다. 정신을 차리고 보니 그녀는 중국인을 대상으로 적성에 맞지도 않는 강사 노릇을 하고 있었다. 인천 끄트머리의, 학생들이 비자를 받기 위해 등록만 하고 다니지는 않는 허울뿐인 어학원에서, 그것도 비정규직 신분으로. 수는 자신이 진짜로 원하는 게 무엇인지는 모르지만, 지금 이 삶이 자신이 원하는 것과 거리가 멀다는 것은 안다. 이 상황을 타개하기 위해 뭘 어떻게 해야 하는지는 모르지만, 뭘 어떻게 해도 크게 달라지는 게 없으리라는 것은 안다. 그래도 바라는 게 있다면 일단 서울로 가는 것이다. 한때 한국과 중국 사이를 떠돌던 그녀의 꿈은 이제 인천과 서울 사이를 떠도는 셈이다. 하지만 말이다, 어찌어찌하여 '나중'에 요행 서울로 돌아간다고 치자. 그다음에는?

수의 휴대폰이 울린 것은 신도림역을 세 정거장 남겨 놓았을 때다. 스피커 너머의 남자는 제 신분을 용현동 경찰서의 순경이라고 밝힌다.

"쓰엉이라고 아십니까?"

수는 누가 들을세라 손바닥을 오므려 휴대폰의 스피커를 감싼다.

"네, 제가 가르치는 학생인데요."

"서로 좀 나오셔야겠습니다. 문제가 생겨서요."

"네? 경찰서로요? 지금요?"

수는 출입문 위에 부착된 지하철 노선도를 올려다본다. 여기서 다시 인천 용현동까지 되짚어가려면 사오십 분은 족히 걸릴 것이다. 불현듯 옐로우하우스 앞에서 서성이던 쓰엉의 모습이 떠오른다. 녀석은 거기에 왜 갔던 것일까.

경찰서에 들어서자마자 긴 의자에 다른 사람들과 함께 앉아 있는 쓰엉이 보인다. 며칠 새 얼굴이 더 축난 녀석이 두 손을 앞으로 모아 쥐고 고개를 푹 수그리고 있는 게 분위기가 심상치 않다. 누군가 기침을 한다. 그러고 보니 쓰엉의 오른쪽 옆에 웬 노인과 젊은 여자가 앉아 있다. 노인이 쓴 주홍색 등산모가 수의 눈에 들어온다. 아, 그다. 아침마다 전철에서 화교 아이들에게 중국어를 배우던 그 노인이다.

"무슨 일로 오셨습니까?"

그들의 맞은편 책상 앞에 앉아 있던 경찰관이 자리에서 일어난다.

"쓰엉 보호자예요. 연락을 받고 왔습니다."

수는 쓰엉이 고개를 번쩍 드는 것을 곁눈으로 보고도 못 본 체한다.

"쓰엉 씨가 이분들 집에서 행패를 부렸습니다."

"네? 행패요?"

쓰엉이 다시 고개를 떨어뜨린다.

"이웃집에서 신고를 했는데, 목격자 말로는 소리를 지르며 물건을 부쉈다고 합니다."

"네? 그럴 리가요. 그럴 애가 아닌데……"

"허 참 나, 답답한 소리 하지 마십쇼. 그럼 누군 나 그런 놈이요 하고 이마에 써 붙이고 다닌답니까?"

"그게 아니라 저 학생은 정말……"

"여하튼 피해자 쪽에서 처벌은 원치 않는다고 하니까 그 문제는 해결이 됐는데, 그보다 더 큰 문제가 있어요."

"………"

"불법 취업을 했더군요. 비자가 학생 비잔데, 택배 일을 하고 있습니다. 원동기 면허도 없이 오토바이를 몰았고요. 요새 이런 애들이 많아서 아주 골칩니다."

"그럼 제가 뭘 어떻게 해야 하나요?"

"보호자가 따로 할 일은 없습니다. 그냥 강제 출국이죠. 바로 본국으로 송환됩니다."

경찰관의 말이 끝나자 의자에 앉아 있던 세 명이 동시에 고개를 쳐든다. 쓰엉도 송환이라는 단어를 알아들은 눈치다. 그건 제적이라는 말보다 더 무서운 말이다.

그때 젊은 여자가 의자에서 벌떡 일어난다. 다시 보니 만삭의 임신부다. 배가 잔뜩 불러 가만히 서 있기도 힘들 것 같은데 그녀가 갑자기 노인 앞에 무릎을 꿇는다.

"아버님, 용서해 주세요. 용서해 주세요. 나는 부탁합니다."

서툰 한국어. 노인이 여자의 팔을 잡고 일으키려 애쓴다. 두 손으로 여자의 한쪽 팔을 쥔 채 그는 경찰관을 향해 울상을 짓는다.

"저희 때문이라면 괜찮다고 했잖습니까. 선처해 주십시오."

"어르신, 그거랑은 상관없어요. 요새 불법 취업 문제가 너무 심각해서 어쩔 수 없습니다. 엄격하게 처리하라는 상부의 지시가 있었어요."

다른 경찰관이 쓰엉의 어깨에 손을 올린다. 쓰엉이 맥없이 일어서자 그를 앞세워 유치장으로 향한다. 지금 이렇게 보내 버리면 영영 그를 구해 낼 수 없을 것임을 알면서도 수는 쓰엉의 뒷모습을 멀거니 바라보기만 한다. 속으로 그녀는 뜬금없이, 택배 회사 로고가 찍힌 그의 점퍼가 한겨울에 입기엔 너무 얇다는 생각을 하고 있다. 순간 젊은 여자가 득달같이 달려가더니 경찰관과 쓰엉의 앞을 가로막는다. 무거운 몸으로 참 날쌔기도 하다고 수는 놀란다. 눈물 자국이 채 마르지 않은 여자의 뺨에 새로운 눈물이 흘러내린다.

"시아꺼위에 워 땅 마마. 워 시앙 하이쯔…… 짜이지엔."

나는 다음 달에 엄마가 돼. 안녕. 이 급박한 상황에 여자는 대체 자신이 엄마가 된다는 소리를 왜 하는 것일까.

"……짜이지엔."

쓰엉도 웅얼거리듯 대꾸한다. 바로 옆에 있는 사람이 아니면 알아들을 수 없을 만큼 작은 목소리다. 수는 쓰엉과 여자를 번갈아 바라본다. 헤어질 때 하는 인사말, 짜이지엔. 어쩌면 두 사람은 서로 다른 의미의 인사를 하고 있는지도 모른다. 한 사람은 진짜 작별의 인사를, 다른 한 사람은 다시 만나자는 기약의 인사를 한 것인지도.

쓰엉이 경찰관과 함께 사라지고 나자 여자는 손바닥으로 제 입을 틀어막는다. 노인이 그녀의 어깨를 감싼다. 쓰엉이 밤낮으로 돈을 벌어야 했던 이유, 옐로우하우스를 기웃거리며 찾아다녔던 여자, 멍나. 동북 여자는 예쁘다더니 그녀는 정말 예쁘다. 멍나와 노인이 서로를 부축해 가며 의자에 앉는다. 때맞춰 경찰서 안으로 웬 중년 사내가 뛰어들어 온다.

"아버지, 무슨 일이에요? 여보, 괜찮아?"

노인은 말없이 고개를 끄덕이고 여자는 계속 흐느낀다. 사내는 어찌할 바를 몰라 두 눈만 끔벅인다. 그들을 등지고 수는 조용히 그곳을 빠져나온다.

문틈으로 들이닥치는 바람이 매섭다. 승객들이 코트 깃을 여민다. 수도 목도리에 고개를 파묻으며 좌석에 더 깊숙이 앉는다. 재계약 심사 기간은 지나갔다. 그녀는 여전히 아침이면 인천행 전철에 오르고 저녁이면 서울행 전철에 오른다. 심사에 통과한 것이다. 그러나 안심할 수는 없다. 석 달 뒤에 또 심사가 있으니까. 다시 석 달 뒤에도, 또다시 석 달 뒤에도 심사는 계속 이어질 테니까.

수의 대각선 맞은편 좌석에는 예의 그 청년이 앉아 있다. 귀에 이어폰을 꽂은 그는 신나는 음악을 듣고 있는지 고개뿐 아니라 나이키 운동화를 신은 발까지 함께 까딱거린다. 그와 몇 좌석 옆으로 떨어져 앉은 중년 사내도 평소와 다름없이 옆구리에 둘둘 만 생활 정보지를 끼고 있다. 최근에 무슨 좋은 일이라도 생긴 것일까. 며칠 전에는 머리를 깎았고 오늘은 수염까지 깎은 모습이 한결 젊어 보인다. 열차가 선다. 수가 앉은 자리의 오른쪽 출입문 주위가 별안간 시끌시끌하다. 그러면 그렇지. 어린 화교 남매가 저희 엄마와 함께 열차 안으로 들어서고 있다. 녀석들은 곧 좌석에 책을 펼쳐놓은 후 바닥에 무릎을 꿇고 앉는다. 그리고 큰 소리로 중국어 교재를 읽기 시작한다.

수는 눈을 감는다. 깜빡 잠이 들었다가도 열차가 서면 다시 깜빡 잠에서 깬다. 그러기를 몇 차례 반복하다가 문득 고개를 드니 잠 덜 깬 눈에 누군가 승차하는 것이 보인다. 주홍색 등산모에 주홍색 등산 조끼. 잠이 확 깬다. 오랜만이다. 아니, 경찰서에서 만났던 날 이후로 처음 보는 것이다. 어쩐 일인지 노인은 요 며칠 전철에 모습을 드러내지 않았다. 그는 자리에 앉지 않고 사방을 두리번거린다. 화교 가족을 찾는 것일 테다. 수는 일부러 먼 산을 보며 그에게 인사를 할까 말까 망설인다. 그런데 노인이 먼저 그녀에게 다가온다.

"먼 길 가야 할 테니 좀 전해 주시오. 우리 며느리 고향이 아주 추운 곳이라던데."

노인이 수에게 내민 것은 커다란 종이 쇼핑백이다. 놀라서 아무 대꾸도 못 하고 있는 그녀에게 그는 고개를 숙여 보이더니 곧바로 화교 가족이 있는 쪽으로 걸음을 옮긴다.

"자, 오늘은 이 할아버지한테 무슨 말을 가르쳐 줄 테냐?"

아이들이 노인을 알아보고 반가운 듯 소리를 지른다. 아이들 엄마도 그를 향해 활짝 웃는다. 수는 그들에게서 시선을 거두고 쇼핑백 안을 들여다본다. 그 안에 든 것은 두툼한 패딩 점퍼다. 쓰엉의 얇은 점퍼, 솔기가 터져 솜이 삐져나와 있던 주머니와 낡아서 실밥이 죄 풀려 있던 소매를 노인도 보았던 것일까.

쇼핑백을 조심스레 품에 끌어안는다. 수는 그것을 쓰엉에게 전할 수 없다. 출입국 사무소에서 구치소로 송치된 쓰엉은 오늘 중국으로 송환된다. 새벽에 공항으로 보내진다 했으니 지금쯤 중국행 비행기를 탔거나 이미 그곳에 도착했을 수도 있다. 쓰엉이 강제 송환될 거라는 소식을 전해 주자 왕밍은 어린애처럼 훌쩍거렸다. 쓰엉에게 면회를 가고 싶지만 그럴 수 없다고도 했다. 저도 불법 취업을 한 상태니 제 발이 저려서 그랬을 것이다.

"이제 어떻게 할 거니?"

엊그제 구치소 면회실에서 만난 쓰엉은 의외로 담담해 보였다.

"저는 지금 중국 갑니다."

"괜찮겠어?"

"네. 저는 한국 다시 옵니다."

오지 마. 수는 말해 주고 싶었다. 네가 다시 한국에 왔을 땐 몇 배로 불어날 빚과 남의 아이 엄마가 돼 있는 멍나밖에 없을 거란 말이야. 물론 그렇게 말해 봤자 쓰엉은 제대로 알아듣지도 못할 터였다. 수는 그의 나라 말로 마지막 인사를 전했다. 짜이지엔. 면회실을 나오며 그녀는 속으로 덧붙였다. 진짜 안녕이야. 다시 만나자는 뜻이 아니라고.

"다음 정차하실 곳은 이 열차의 종점인 인천, 인천역입니다."

안내 방송이 흘러나온다. 노인도, 화교 아이들도, 아이들 엄마도, 모두 자리에서 일어난다. 수도 쇼핑백을 품에 안은 채 출입문 앞으로 간다. 아이들이 노인을 돌아보며 제비 새끼들처럼 동시에 입을 벌리고 소리친다.

"짜이지엔, 예예."

노인이 웃으며 아이들에게 손을 흔든다.

"짜이지엔."

그들의 작별 인사는 지금부터 딱 하루 동안만 유효하다. 내일 아침 그들은 이 객차 안에서 다시 만나게 될 테니까. 수는 천천히 걸음을 옮긴다. 그녀의 머리 위에서 전광판의 안내문이 반짝인다. 다음 열차 서울역. 어쨌거나 지금 그녀의 목적지는 이곳이다. 수는 제대로 온 것이다.

해설

가까스로 도달하는 울음소리들

— 작은 존재들 곁에 선 여덟 소설

귀뚜라미나 여치 같은 큰 울음 사이에는
너무 작아 들리지 않는 소리도 있다
그 풀벌레들의 작은 귀를 생각한다
내 귀에는 들리지 않는 소리들이 드나드는
까맣고 좁은 통로들을 생각한다
그 통로의 끝에 두근거리며 매달린
여린 마음들을 생각한다
발뒤꿈치처럼 두꺼운 내 귀에 부딪쳤다가
되돌아간 소리들을 생각한다

— 김기택, 「풀벌레들의 작은 귀를 생각함」,
『소』(문학과지성사, 2005)에서

들으려 애쓰지 않으면 "너무 작아 들리지 않는 소리"들이 있습니다. 그 소리들에 엮인 "여린 마음들" 또한 가만히 더듬어 보아야 끝내 느껴지는 것들입니다. 우리 곁의 작은 울음소리들은, 그 울음을 내는 존재들을 꼭 닮아서 보통은 바닥에 몸을 낮추고 한껏 웅크려 있습니다. 이 울음소리들은 어쩌다 큰마음을 먹더라도 끝내 다른 사람의 마음에 가닿지 못하고, "귀에 부딪쳤다가 되돌아"와 버리곤 합니다. 누군가 귀 기울여 들었다면, 그의 곁에 가만히 내려앉아 맺혀 있던 마음을 어떻게든 토해 냈을 텐데 말입니다.

사정이 이러하니, 세상에 문학이 있고 소설이 있는 것이 얼마나 다행인지 모릅니다. 하루하루가 만만치 않아 자기 밖의 생을 마주하는 것이 어려운 사람들에게, 소설은 가청 주파수를 넓혀 주는 역할을 하기 때문입니다. 「난장이가 쏘아올린 작은 공」이 있어 재개발로 밀려난 '김불이' 가족의 울음이 우리에게까지 와닿았고, 육식을 거부하고 나무가 되겠다는 '영혜'가 몸 밖으로 간신히 밀어낸 신음을 우리는 「채식주의자」 덕분에 엿들을 수 있었습니다. 세상 여기저기의 작은 존재들에서 새어 나오는 울음소리는, 소설이라는 증폭기를 통과한 뒤에 각각의 파동을 그리며 우리에게 가까스로 도달하곤 합니다.

작은 존재의 얼굴들

우리 사회의 작은 존재들은 흔히 사회적 약자나 사회적 소수자라는 이름으로 불립니다. 이 둘은 서로 비슷해서 구분이 잘 되지 않기도 합니다. 엄밀하게 따지자면, 사회적 약자는 사회에서 불리

한 위치에 있는 모든 사람을 아우르는 말이고, 사회적 소수자는 특정한 집단의 성원이라는 이유로 주류 집단에 의해 차별당하는 사람들을 가리킵니다. 결국 사회적 소수자는 차별을 통해 약자로 내몰리기 때문에, 사회적 소수자는 사회적 약자에 포함되는 개념으로 이해할 수 있습니다. 그리고 사회적 소수자를 비롯한 사회적 약자에는 "여성, 저소득층, 노인, 장애인, 성 소수자, 이주 노동자, 탈북민, 외국인 등이 포함"[1] 될 수 있습니다. 여기에 국가인권위원회의 견해[2]를 참고하여 결혼 이주민과 청년 정도를 더 넣는다면, 사회적 약자의 얼굴을 어느 정도 그릴 수 있을 것입니다.

사실 우리는 누구나 사회적 약자일 수 있습니다. 사회적 약자의 개념은 고정된 것이 아니라 얼마든지 달라질 수 있다는 뜻입니다. 사회적 약자로 살아가는 사람들은 약자로서의 정체성을 여러 영역에서 다양하게 지닐 수 있고, 사회적 맥락에 따라 강자의 얼굴을 할 수도, 약자의 얼굴을 할 수도 있습니다.

예를 들어 「고요한 밤, 거룩한 밤」(김숨)의 '그'는 "일흔이 코앞인 아내한테 삿대질까지 해 가면서 핏대를 올"릴 정도로 권위적인 남성입니다. 아내 앞에서는 한국 사회의 남성들이 오랫동안 보여 왔던 가부장의 모습을 아무렇지 않게 보여 줍니다. '그'가 틈만 나면 아내에게 보냈던 "혐오의 눈빛"은 힘을 가진 자가 사회적 약자

1 서봉언, 「사회적 약자에 대한 감정집단 분류 및 집단특성」, 『현대사회와 다문화』 제13권 2호(2023)

2 국가인권위원회, 『2022 인권의식실태조사 보고서』(2022)

에게 보이는 전형적인 태도입니다. 이러한 "혐오의 눈빛"은 아내가 데려온 개에게도 거리낌 없이 이어집니다. 비인간으로서 그 개는, '그'의 집에서 아내보다 더 작은 존재로 여겨집니다.

하지만 그런 '그'도 집 밖으로 나오면 "폐지나 주워 근근 먹고사는" 경제적 약자가 됩니다. '그'는 저소득층인 동시에 아내를 잃은 독거노인 신세이기 때문에 사회적 약자로서의 정체성이 겹쳐 있는 셈입니다. 도시가스 요금을 두 달이나 밀려 한파에도 난방을 제대로 할 수 없을 정도로 궁핍하지만, 기초 생활 보호 대상자 신청을 하는 것도 여의치가 않습니다. 안타깝게도 우리 사회의 안전망은 '그'의 삶을 끝내 감싸지 못합니다. '그'가 보낸 이승에서의 마지막 밤은 결코 고요하지도, 거룩하지도 않습니다.

실제로 대한민국은 OECD 회원국 가운데 노인 빈곤율이 가장 높습니다. 노인 빈곤율은 65세 이상의 인구 중 상대적으로 빈곤한 인구가 얼마나 되는지를 보여 주는 수치입니다. 안서연의 연구[3]에 따르면, 대한민국의 노인 빈곤율은 38.97%로 OECD 평균보다 2.9배나 높습니다. 여기서 대상을 85세 이상 초고령 노인으로 좁히면, 54.31%로 수치가 상당히 올라갑니다. 더 우울한 점은 2020년에 태어난 영아가 노인이 되는 2085년에도 노인 10명 중 3명꼴로 '빈곤' 상태일 것이라는 전망[4]입니다. 결국 '가난한 노

3 안서연, 『노인빈곤 실태 및 원인분석을 통한 정책방향 연구』 (국민연금공단 국민연금연구원, 2023)

4 안서연·최광성, 『NPRI 빈곤전망 모형 연구』 (국민연금공단 국민연금연구원, 2022)

인'이라는 화두는 세대를 특정할 수 없는, 우리 모두의 문제가 됩니다.

「에트르」(서유미)의 '나' 또한 다양한 모습의 사회적 약자로 살아갑니다. '나'와 그의 동생은 취업 준비를 하기 위해 서울로 올라왔습니다. 정치, 경제, 문화, 교육 등 한국 사회의 많은 것이 수도인 서울을 중심으로 굴러가고, 자연스럽게 권력과 자본이 서울에 집중되기 때문에 '나'와 같은 이른바 '지방러'들은 더 많은 기회를 얻고자 서울로, 서울로 향합니다. 서울에서 태어난 것 자체가 스펙이 된 시대에 '지방러'들은 뜻하지 않게 사회적 약자로 내몰릴 수밖에 없습니다.

지방에서 올라온 '나'는 현재의 벌이로는 주거비를 감당하기 어렵습니다. 집주인에게 "내년부터 보증금이나 월세, 둘 중에 하나 올려 달"라는 요청을 받고 '나'는 동생과 함께 전전긍긍합니다. 그래도 둘은 서울을 벗어날 수가 없습니다. "방세 내는 게 버겁지만 대부분의 일자리가 서울에 몰려 있기 때문에" 어떻게든 서울에서 버텨야 합니다. 서울에서 태어났다면 하지 않았을지도 모를 걱정을 '지방러'들은 어쩔 수 없이 떠안고 있습니다.

이뿐만 아닙니다. '나'는 아직 제대로 취업을 하지 못한 청년으로서 기성세대에 비하면 단연 약자입니다. 이미 자리를 잡은 기성세대가 당연하게 누리는 많은 것이 청년에게는 전혀 당연하지 않습니다. 청년들의 낭패감을 표현한 '삼포 세대'라는 말이 '오포

세대'가 되더니, 기어이 '칠포 세대'를 넘어 'N포 세대'로까지 늘어났습니다. 이제 청년들에게는 더 포기할 것도 남지 않은 듯합니다.

> 여기가 아니라는 걸 알면서 달리 갈 곳을 알지 못해 여기로 떠밀려 온 사람의 몸 안에는 낭패감이 두텁게 쌓였다.(60쪽)

'나'는 "아르바이트를 계속하다 보니 취업에서 멀어"지는 악순환의 덫에 걸려 있습니다. '에트르'에서 본인이 열심히 팔고 있는 케이크를 정작 '나'는 제대로 먹어 본 적이 없습니다. 큰마음 먹고 산 케이크마저 바닥에 떨어져 뭉개져 버립니다. 찌그러진 케이크 상자를 맨손으로 품에 안은 '나'는 따뜻한 장갑 한 켤레가 아쉽기만 합니다.

작은 존재가 작은 존재를 만났을 때

「중국어 수업」(김미월)의 '수'는 대학에서 외국인에게 한국어를 가르칩니다. 「에트르」의 '나'에 비하면 안정적인 직장에서 일하는 것처럼 보이기도 합니다. 하지만 '수' 역시 비정규직 노동자로 살아가는 형편입니다.

> 멋모르는 사람들은 대학 부설 어학원에서 외국인 학생들을 가르친다고 하면 그게 곧 정식 교수인 줄 알고 대단하게 여긴다. 하지만

실상은 그렇지 않다. 강사들은 턱없이 낮은 월급은 둘째로 치더라도 석 달을 주기로 생사가 엇갈린다는 데 노심초사해야 하는 비정규직 노동자일 뿐이다.(232쪽)

사실 '수'가 가르치는 외국 학생들에게 한국어 공부는 뒷전입니다. 비싼 등록금을 내고 어학원에 등록하여 학생 비자를 받은 이유가 불법 취업을 하기 위해서기 때문입니다. 제적당하면 곧바로 강제로 출국되는 처지이지만, 그래도 그들은 학교가 아닌 일터로 향합니다.

그들의 노동은 태생부터가 '불법'이라 단속 대상이 됩니다. 하지만 그렇다고 정부 입장에서는 무조건 법을 적용하기도 난감한 상황입니다. 이들이 하는 노동이 주로 한국 사람들이 기피하는 일들이기 때문입니다. 2023년 4월의 통계[5]를 살펴보면, 불법 체류자는 417,852명으로 역대 최대치를 기록했습니다. 만약 법에 나와 있는 그대로 이들을 모두 단속해 강제로 출국시킨다고 칩시다. 그렇다면 417,852명만큼의 일을 누군가가 메워야 할 텐데, 과연 가능할까요? '불법'의 딱지를 붙이고 온갖 혐오에 시달려야 하는 사람들은 정작 우리 경제에 상당 부분을 책임지는 필수 인력입니다. 그럼에도 불구하고 우리 사회는 아직도 충분한 보상과 대우를 하지 못하고 있습니다. '수'가 가르쳤던 '쓰엉'은 주머니가 터지고 소

5 법무부, 『2023년 4월 출입국. 외국인정책 통계월보』(2023)

매에 실밥이 풀린 점퍼를 입고 다닙니다. 택배 회사 로고가 찍힌 그 점퍼는 그의 노동이 어떤 대우를 받고 있는지 이야기해 줍니다.

'쓰엉'의 처지가 이렇다 보니 '수'의 입장에서는 '쓰엉'이 계속 마음에 쓰입니다. 앞서 이야기한 것처럼 '수'는 비정규직 노동자로서 불안정한 노동을 간신히 이어 가고 있기 때문입니다. 석 달마다 재계약 심사를 받아야 하는 '수'와 머나먼 타국에서 불법 취업을 하고 있어 언제 강제 출국을 당할지 모르는 '쓰엉'. 이 두 사람이 처한 불안정한 노동의 그림자는 결국 같은 검정색입니다.

「빙하는 우유 맛」(서고운)의 '민지'는 태어난 지 42개월이 된 아동입니다. '민지'는 의사소통에 어려움이 있습니다. 보통 10개월 정도가 되면 '엄마, 아빠'와 같은 첫 낱말을 말하기 시작하는데, '민지'는 아직도 말을 제대로 하지 않으니 언어 발달이 상당히 더딘 편입니다. 이렇게 또래보다 1년 이상 언어 발달이 지체되는 경우 장애 진단을 받을 수도 있기 때문에 '민지'의 상황은 우려스러운 수준입니다. 상황이 이렇다 보니 "병원이나 상담소 같은" 데 가 봐야 하지 않을지 '해주'가 걱정하는 것은 어쩌면 당연해 보이기도 합니다. 하지만 엄마인 '선화'는 빡빡한 스케줄로 가득 찬 매뉴얼을 마련해 놓고, '민지'에게 "과학이나 미술, 한글 또는 영어"를 가르치기에 바쁩니다.

그런가 하면 '해주'는 "글로벌 기업이 운영하는 창고형 대형 마트에서 일"했습니다. 그런데 마트에 직접 고용된 것이 아니라 "마트에 인력을 공급하는 작은 회사의 파견 직원"이었기 때문에 파견 회사의 방침에 따라 마트 이곳저곳을 옮겨 다녔습니다. 퇴직금도 제대로 나오지 않는 '해주'의 일터는 늘 위태로웠지만, 순진하게도 '해주'는 "이달의 친절 사원"이 되는 것을 꿈꿉니다. 상금 100만 원을 받고 퇴직하여 멀리 빙하를 보러 갈 계획을 세운 것입니다. '해주'는 마트에서 해고되어서야 파견 직원은 "이달의 친절 사원"이 되어도 제대로 포상받을 수 없다는 사실을 알게 됩니다. "끝을 알 수 없는 휴직"이 강제되었을 때도 정식 직원이 아니어서 보험을 적용받지도 못했습니다. 고용주가 '갑'이고, 노동자가 '을'이라면, '해주'와 같은 파견 노동자는 '병'입니다. 약자 중의 약자인 셈이지요.

그래서일까요? '해주'는 '민지'를 돌보면서 안쓰러움을 느낍니다. 아무래도 일터에서 쫓겨난 처지이다 보니 '해주'의 입장에서는 '민지'가 더 눈에 밟혔을 것입니다. 또한 '해주'는 어린 시절 낯을 심하게 가려 다른 사람도 아닌 엄마에게 "정상이 아닌" 사람으로 이야기되었던 기억이 있습니다. 그런 '해주'는 '민지'에게 아프면 "아파!라고 말해야" 한다고 몇 번이고 가르칩니다. 말하기기 힘들면 이마라도 포개라고 하지요. 나중에 '민지'가 "해주의 이마에 자기 이마를 포개고 숨을 골랐"을 때, 두 사람은 말없이도 이어집니다.

'민지' 만큼은 아니지만, 「밤은 내가 가질게」(안보윤)의 '주승이'

도 어렵니다. 어린 '주승이'가 겪는 일련의 사건들은 2020년 10월의 일을 떠올리게 합니다. 태어난 지 16개월밖에 되지 않은 '정인이'가 부모의 학대로 숨진 사건 말입니다. 당시 많은 사람이 '정인이'의 죽음을 통해 '정인이' 같은 아동이 한둘이 아니라는 사실을 알게 되었습니다. 실제 통계를 보면, 2018년부터 2022년까지 5년 동안 아동 학대 사건 신고는 모두 94,917건이나 되었습니다.[6] 또한 2017년 12,000여 건이었던 아동 학대 신고가 2021년에는 무려 26,000여 건으로 집계되었으니 5년 사이에 2배 이상 급격히 늘어난 것입니다.

'주승이'는 엄마에게 학대를 당해 손만 닿아도 "콩벌레처럼 몸을 오그"립니다. 다른 "아이들과 어울리지도, 말을 하지도 않"습니다. 어느 날 어린이집에서 일하던 '나'는 '주승이'의 온몸에 생긴 멍 자국을 발견하고 아동 복지국에 신고하였고, '주승이'는 엄마와 분리됩니다. 2주 뒤 할아버지가 나타나 '주승이'를 돌보면서 문제가 해결되나 싶었지만, '주승이'는 교실에서 이상 행동을 멈추지 않습니다. 나중에는 할아버지도 '주승이'를 학대한 사실이 드러나 결국 '나'는 경찰에까지 신고합니다. 그제서야 '주승이'는 지긋지긋한 폭력에서 벗어날 수 있었습니다.

그러나 '나'는 선생님이 "잘 살펴봐 주시고 즉시 신고해 주신 덕

6 "최근 5년 동안 아동학대 검거율 39%…응급조치는 14%에 불과", 뉴시스, 2023.03.24.(https://newsis.com/view/?id=NISX20230324_0002240532&cID=10301&pID=10300)

분"이라는 주변의 칭찬이 영 마뜩지 않습니다. 평소 "어린이집 선생은 보육 서비스직"이라고 생각했기 때문입니다. 그도 그럴 것이 '나'는 어린이집 보육 '교사'로 일하면서 "과도하게 친절한 서비스를 제공받는 걸 당연하게 생각"하는 학부모들을 숱하게 상대해 왔습니다. 자신이 저지른 학대를 교사가 "신고할까 봐 먼저 덤터기 씌우"는 학부모를 만나기까지 했습니다. 이런 '나'가 보기에 어린이집 교사는 학부모 앞에서 한없이 작기만 한 존재입니다. 사정이 이렇다 보니 '나'에게는 '주승이'에 대한 연민이나 교사로서의 죄책감 같은 선한 마음이 그저 "헤픈 감정"으로만 느껴졌을 것입니다.

하지만 얼음장 같이 차가웠던 '나'의 마음에도 천천히 온기가 스밉니다. 언니가 '나'의 일상으로 불쑥 찾아들어 온 다음부터입니다. '나'에게 언니는 골칫거리였습니다. "끝도 없이 사람을 믿"어 남들에게 "속고 뺏기고 맞"는 삶을 살았기 때문입니다. 그런 언니는 유기견 센터에 봉사를 다니더니, 급기야는 불쌍한 개를 집으로 데려오겠다고 하여 '나'를 더 화나게 합니다. 하지만 언니의 이런 모습은 알게 모르게 '나'의 마음에 균열을 일으킵니다. '주승이'의 몸에서 멍 자국을 다시 발견했을 때 느꼈던 "숨이 멎을 것 같"은 감정은 그러한 균열이 일으킨 파동입니다. 자신 안에 생겨난 선한 마음의 움직임을 확인하면서 '나'는 유기되었던 개를 집으로 받아들이고, 한심했던 언니도 점점 이해하게 됩니다. 어쩌면 약자를 껴안는 선한 마음은, 다른 선한 마음에서 오는지도 모릅니다.

몸과 마음의 여러 모양새

우리의 몸과 마음은 각자의 모양새가 있습니다. 그런데 이렇게 남들과 다른 것이 이유가 되어 살아가는 데 불편과 시련을 감당해야 하는 사람들이 있습니다. 「백은학원연합회 회장 경화」(조남주)에서는 병들고 나이 든 몸이 사람들의 마음을 불편하게 합니다. '백은빌딩' 옆에 있던 낡은 상가가 사라지고, 그 자리에 요양원이 들어선다는 말 때문입니다. 원장들은 "치매 노인들이 근처를 배회하다 학생들에게 위험한 상황이라도 생기면 어쩌느냐고" 분개합니다. 평소 "노인이나 어린이, 장애인 시설을 기피하는" 것은 이기적이라고 생각했지만, '경화' 또한 '치매'라는 말을 듣는 "순간 훅, 거북한 감정이 올라"오는 것을 막을 수는 없었습니다. 요양원이 내 곁에 들어선다고 하자, 병들고 늙은 몸뚱이는 '서영동'의 골칫거리이자 혐오의 대상이 되었습니다.

현실에서도 노인에 대한 인식은 후퇴하고 있습니다. 한국노인인력개발원의 조사[7]에 따르면, "젊은 사람들은 노인이 자주 가는 곳에 가는 것을 좋아하지 않는다"라는 말에 응답자의 68.3%가 동의하였습니다. 또한 국가인권위원회의 조사[8]에서는 응답자의 80.9%가 "우리 사회가 노인에 부정적 편견이 있고, 이 때문에 노

7 지은정, 『우리나라 연령주의 실태에 관한 조사연구 - 노동시장을 중심으로』(한국노인인력개발원, 2018)

8 국가인권위원회, 『노인인권종합보고서』(2018)

인 인권이 침해된다"라고 답했습니다. 또 다른 조사[9]에서 오프라인에서 접한 혐오 표현의 대상은 노인이 69.2%로 가장 높았습니다. 여기에 '치매'라는 말까지 더해지면 혐오의 문제는 더 심각해질 것입니다. 보건복지부가 조사[10]한 결과, 응답자 중 43.8%가 '치매'라는 말에 거부감이 든다고 답했을 정도로 치매에 대한 인식 또한 심각한 수준이기 때문입니다.

그런데 요양원을 반대하던 '경화'의 태도에 의미 있는 변화가 일어납니다. 엄마가 치매 안심 센터에서 "인지 저하로 판명되"어 "처지가 달라"진 것입니다. 엄마를 돌봐야 하는 입장이 되자 '경화'는 요양원을 반대했던 스스로에게 "한심하고 답답하고 부끄러"운 감정을 느낍니다. 그리고 태세를 전환하여 "서영동에, 자신의 학원이 있는 백은빌딩 바로 앞에, 요양원이 얼른 들어와야 한다"고 생각합니다. 뜻하지 않게 사회적 약자의 편으로 돌아서게 된 '경화'는 분명 이중적이고, 이기적입니다. 하지만 그가 얻은 뜻밖의 깨달음은 절대 가볍지 않습니다. 달라진 '경화'는 손에 피가 나는 자신을 사람들이 피하는 것을 보며 생각합니다.

> 피는 더럽거나 위험한 것이 아니고 사고나 불운이 옮겨 가는 것도 아니다. 저는 그냥 조금 다쳤을 뿐입니다. 아픈 사람이라고요. 도움과 위로가 필요한 사람이라고요!(218쪽)

9 국가인원위원회, 『온라인혐오표현 인식조사』(2021)
10 보건복지부, 『치매 용어에 대한 대국민 인식조사』(2021)

「공원에서」(김지연)의 '수진'은 외모 때문에 종종 남자로 오해받는 여성입니다. "백칠십오 센티미터의 키에 머리가 짧고 화장도 하지 않는 데다 몸매가 드러나지 않는 옷을 주로 입었"기 때문입니다. '수진'은 세상이 정한 여성의 모습에 딱 맞아떨어지지 않는다는 이유로 "머리를 기르라거나 화장을 하라거나 좀 더 여성스러운 옷을 입어 보라"는 말을 들어야 했습니다. '수진'은 부득불 '여성스럽다'라는 말의 뜻을 사전에서 찾아보지만 정확한 뜻을 찾을 수가 없습니다.

아이러니하게도, '수진'은 사회가 만들어 놓은 '여성스럽다'라는 틀에 자신을 끼워 맞췄을 때 오히려 더 큰 어려움을 겪습니다. 남자로 오해받았을 때 더 안전하다고 느꼈던 '수진'은, 여성인 것이 '발각'되면서 폭력의 대상으로 내몰립니다. "뭔 여자가 남자같이 하고 다녀."라고 말했던 남자는, '수진'을 "쫓아가 뒷머리를 낚아채 쓰러뜨려서는 운동횟발로 마구 짓이"깁니다. 그러고 "계집년이 어디서 까부냐고 침을 뱉고 떠"나 버립니다. 그런데 기괴하게도 세상의 화살은 그 남자가 아니라 '수진'에게로 향합니다. 엄마는 '수진'에게 그 밤에 어디를 가는 길이었는지를 캐묻습니다. 경찰도, 연인도 "그게 가장 중요한 일인 것처럼" 계속 묻습니다. '그 일'을 겪은 뒤부터 '수진'은 지독한 악취가 자신을 싸고도는 것 같은 느낌을 받습니다.

그것은 절대 내 것이 아님에도 내 것처럼 내 몸에 들러붙어 있었기 때문에 길을 걸을 때면 사람들이 나를 흘깃거리며 저 사람한테서 악취가 나, 하고 수군대는 것만 같았다.(179쪽)

세상의 악취를 피해 간신히 다시 찾은 공원에서 '수진'은 공원이 "더 이상 공공의 장소가 아니"라고 느낍니다. 모두가 안전을 누려야 할 공원에서 자신만 배제되어 있다고 생각합니다. 공원을 걷는 "모든 남자들이 그날 밤의 남자였다가 아니었다가" 하여 웁니다.

"우는 사람을 혼자 두고는 못 가요."(188쪽)

생판 모르는 사람을, 울고 있다는 이유로 위로하려 드는 아이를 만나지 못했다면, '수진'은 눈물을 멈출 수 없었을 것입니다. 아이가 함께 데려온 개의 "뜨뜻미지근한 등을 쓰다듬"으며, '공공'의 공간에서 밀려났던 '수진'은 그제야 자신이 "좋아했던 공원의 좋아했던 벤치"를 되찾습니다. 그리고 '수진'은 "어떻게 하면 그 인간들에게 복수할 수 있을까를 생각"하며 아주 사나운 들개가 되기로 결심합니다. 들개가 짖어 대는 소리가 계속되면 언젠가는 "공원에 있는 개들도 따라서 울"지 모른다는 작은 믿음이 생겼기 때문입니다.

「고백」(최은영)은 제목처럼 '고백'에 대한 이야기입니다. '미주'

는 가톨릭에 귀의하여 수사가 된 '종은'에게 고해성사를 하듯 어린 시절의 일을 꺼내놓습니다. '미주'는 '주나'와 '진희'를 "고등학교 1학년 때 같은 반에서 만났"습니다. '주나'는 '미주'가 학생부장에게 귀걸이를 했다고 오해받아 맞았을 때 편을 들어줘서 친해졌습니다. 그리고 '진희'는 조용했지만, 다른 사람을 비하하는 말로 장난을 치면 안 된다며 얼굴을 붉힐 줄 아는 친구였습니다. 셋은 "그냥 친구"가 아닐 정도로 친했고, "서로 정말 좋아하는 사이"였습니다.

하지만 '진희'의 '고백'으로 세 친구는 틀어집니다. 자신이 레즈비언이라고 고백하는 '진희' 앞에서 '주나'는 "정말 역겹다"고 말합니다. 그리고 "미주는 어떤 말을 해야 할지 알지 못했"습니다. '미주'는 "그때로 돌아간다면 이야기해 줘서 고맙다고, 나는 너의 편이라고 말할 거라고" 뒤늦게 후회했지만, 이미 늦은 일이었습니다. '진희'는 세상이 자신을 등지는 느낌을 받았고, 결국 스스로 세상을 등지는 것 외에는 다른 방법을 찾지 못했습니다. 이로써 세 사람의 관계는 완전히 망가집니다.

'미주'는 '종은'에게 친구들과의 일을 고백하면서 "너라면 들어줄 거라고 생각했"다고 말합니다. '종은'도 그러했던 것처럼, 너무나 약해져서 다른 사람에게 자신을 고백하지 않고서는 도저히 버틸 수 없는 순간이 우리 모두에게 있습니다.

그런 밤이 있었다. 사람에게 기대고 싶은 밤. 나를 오해하고 조롱

하고 비난하고 이용할지도 모를, 그리하여 나를 낙담하게 하고 상처 입힐 수 있는 사람이라는 피조물에게 나의 마음을 열어 보여 주고 싶은 밤이 있었다. 사람에게 이야기해서만 구할 수 있는 마음이 존재하는지도 모른다고 나의 신에게 조용히 털어놓았던 밤이 있었다.(131쪽)

'진희' 역시 마찬가지입니다. '미주'와 '주나'라면 자신의 이야기에 귀 기울일 것이라는 기대가 있어 어렵게 자신의 약한 구석을 고백했을 것입니다. 하지만 불행하게도, "이런 상황이 닥치면 어떻게 행동해야 하는지" '미주'와 '주나'에게 제대로 알려 주었던 사람은 없었습니다. '미주'의 침묵은 어떤 "말보다 더 가혹한 말"이 되어 '진희'에게로 갔습니다. 그 결과 이제 세상에 '진희'는 없습니다. 더 큰 어려움이 닥치기 전에, 우리는 「고백」이 알려 주는 지혜로운 말들을 서둘러 기억해야 합니다.

"이야기해 줘서 고맙다", "나는 너의 편이"다.(119쪽)

어디에나 각자 나름의 이유로 불리한 위치에 있는 사람들이 있습니다. 이들이 이를 극복하여 다른 구성원들과 함께 행복하게 살아가도록 돕는 것은 국가의 기본 역할입니다. 국가의 가장 기본적인 규범이라 할 수 있는 헌법을 살펴보면 이 점은 더 또렷해집니다. 헌법 제11조에서는 "모든 국민은 법 앞에 평등하"고 "모든 영역에 있어서 차별을 받지 아니한다"라고 밝히고 있습니다. 또한 제34조에서는 여성, 노인, 청소년, 장애인, 환자, 저소득층 등 사회적 약자들이 "인간다운 생활을 할 권리를 가진다"라고 말합니다. 결국 사회적 약자가 인간답게 살아가지 못한다면, 국가의 시스템이 올바로 작동하지 않아 헌법 정신이 제대로 구현되지 않고 있다고 진단할 수 있습니다. 그래서 사회적 약자가 살아가는 모습은 그 나라의 수준을 가늠하는 잣대가 됩니다.

최근 우리 사회를 보면, 곳곳에서 불길한 징후가 감지됩니다. 온라인을 중심으로 '급식충, 결정 장애, 주린이, 김치녀, 틀딱, 짱개' 등 사회적 약자에게 상처를 입히는 혐오 표현이 넘쳐 나고, 장애인 이동권 보장을 위한 지하철 시위는 입에 담기 힘든 욕설과 혐오 표현에 시달립니다. 성적 지향을 이유로 차별하는 것을 금지하는 학생인권조례 조항을 두고, 동성애, 낙태, 성전환 등을 조장한다며 조례 폐지를 주장하는 목소리도 들립니다. 또한 2022 개정 교육과정이 확정·고시되는 과정에서 '성평등, 성 소수자' 등의 용어가 삭제되어 "인권 담론을 후퇴시키는 것"이라는 국가인권위원회의 우려가 나오기도 했습니다. 적법한 절차에 따라 평화적으로 이루어지는 퀴어 축제를 지방 자치 단체나 종교 단체가 가로막는 일이 벌어지고, 이슬람 사원이나 장애인 거주 시설을 지으려다 극심한 반대에 부딪히기도 합니다. 난민법이 발효된 지 10년이 넘은 지금도 대한민국의 난민 인정률은 세계 최하위 수준에 머물러 있고, 차별과 혐오를 막고자 발의된 차별 금지법은 수년 간 국회에 발이 묶여 세상에 나오지도 못하고 있습니다. 이 모든 것이 지금 우리 사회의 수준을 여실히 보여 줍니다.

그래도 위안이 되는 것은 있습니다. 위태로운 세상 속에서도 우리 소설의 수준은 결코 내려앉지 않았습니다. 오늘도 소설은 낮은 곳에 웅크린 작은 존재들을 발견해 내고, 그들이 내는 울음소리에 가만히 귀 기울이고자 애쓰고 있습니다. 책에 실린 여덟 편을 비롯한 수많은 소설은, 오래 전 「난장이가 쏘아올린 작은 공」과 같은 작품이 사회적 약자에 대해 보여 주었던 숭고한 태도를 지금까지도 각자 나름의 방식으로 이어 가고 있습니다. 소설을 통해 우리는 너와 나 사이에 떠다니는 약자의 얼굴을 가만히 들여다보게 되고, 비로소 세상과 이어집니다. '소설小說'의 '소小' 자는 작은 존재들을 품어 주는, 소설의 태도에서 온 것이라고 우리는 믿습니다.

작품 출처

- 안보윤, 「밤은 내가 가질게」 『그때 그 마음』, 현대문학 2021
- 서유미, 「에트르」 『모두가 헤어지는 하루』, 창비 2018
- 서고운, 「빙하는 우유 맛」 『현대문학』, 현대문학 2022.12.
- 최은영, 「고백」 『내게 무해한 사람』, 문학동네 2018
- 김숨, 「고요한 밤, 거룩한 밤」 『국수』, 창비 2013
- 김지연, 「공원에서」 『마음에 없는 소리』, 문학동네 2022
- 조남주, 「백은학원연합회 회장 경화」 『서영동 이야기』, 한겨레출판 2022
- 김미월, 「중국어 수업」 『아무도 펼쳐보지 않는 책』, 창비 2011

공존하는 소설

초판 1쇄 발행 2023년 9월 1일
초판 6쇄 발행 2025년 1월 8일

지은이 • 안보윤 서유미 서고운 최은영 김숨 김지연 조남주 김미월
엮은이 • 이혜연 김선산 김형태
펴낸이 • 황혜숙
편집 • 김현정
조판 • 이주니
펴낸곳 • (주)창비교육
등록 • 2014년 6월 20일 제2014-000183호
주소 • 04004 서울특별시 마포구 월드컵로12길 7
전화 • 1833-7247
팩스 • 영업 070-4838-4938 | 편집 02-6949-0953
홈페이지 • www.changbiedu.com
전자우편 • contents@changbi.com

ISBN 979-11-6570-223-6 43810

* 책값은 뒤표지에 표시되어 있습니다.